# 晚风寒语

陈小庆 著

黄河出版传媒集团
宁夏人民出版社

图书在版编目（CIP）数据

晓风寒语 / 陈小庆著. —— 银川：宁夏人民出版社，2022.12

ISBN 978-7-227-07727-5

Ⅰ．①晓… Ⅱ．①陈… Ⅲ．①散文集—中国—当代 Ⅳ．①I267

中国国家版本馆 CIP 数据核字（2023）第 001352 号

## 晓风寒语
### XIAO FENG HAN YU

陈小庆 著

| 责任编辑 | 管世献 |
| 责任校对 | 赵　亮 |
| 封面设计 | 蓓　蕾 |
| 责任印制 | 宋　华 |

黄河出版传媒集团
宁夏人民出版社 出版发行

出 版 人　薛文斌
地　　址　宁夏银川市北京东路 139 号出版大厦（750001）
网　　址　http://www.yrpubm.com
网上书店　http://www.hh-book.com
电子信箱　nxrmcbs@126.com
邮购电话　0951-5052104　5052106
经　　销　全国新华书店
印刷装订　成都新千年印制有限公司
印刷委托书号　（宁）0025390

开本　700 mm×1000 mm　1/16
印张　15
字数　250 千字
版次　2022 年 12 月第 1 版
印次　2023 年 8 月第 1 次印刷
书号　ISBN 978-7-227-07727-5
定价　58.00 元

版权所有　侵权必究

# 南山叙事诗（序言）

◎夏　阳

记得电影《闻香识女人》里阿尔·帕西诺有一段台词："我如今也到了人生的岔路口。我总是清楚该走哪条路，无一例外。但我从没走过，知道为什么吗，因为太他妈难了。"这段西式的内心独白，完美解读了教育的真谛——立志为善，将自己的"清楚"传承给更多的后来者，目送他们渐行渐远，让他们代替自己弥补"从未走过"的毕生之憾。

"慷慨惟平生，俯仰独悲伤。"

每当想起自己飘零半生，任由青春信马由缰，与太多的光和影擦肩而过，内心便涌现太多的不甘和无法言说的伤痛。世界上最大的悲伤并非愚笨无能，而是明明知道却不能。这种不能，就像《闻香识女人》主人公因双目失明而力不从心。对此，我日渐醒悟，与其在时光深处做一只忧愁的老狗，面对星空温一壶老酒冷暖自知，不如总结自己的半生，传承所谓的经验，通过有限的平台将"我"裂变成无数个我。于是，我对教育这个职业有了新知，对本书的作者陈小庆老师有了仰望的支点。

陈小庆老师早年从高安师范毕业，以教书育人为己任，躬耕于乡村二十三载，成为远近闻名的教学能手。待到2012年选调考试进入丰城市孺子学校，到 2016 年因教学成绩斐然被誉为"金牌班主任"，按说在城市扎下根来，从此可以安心生活在城区舒适圈里，实现人生躺平。出人意料的是，2016 年 8 月为助力乡村振兴，陈小庆老师毅然到距城区 27 公里的偏僻山村进行教育扶贫，支教于晓春学校，一年后又继续担任首届宏志班的班主任。从终点回到起点，历尽三年磨难，首届宏志班中考交出"高颜值"答卷，全市瞩目，彻底改变了众多贫困家庭孩子的命运，让晓春学校成为丰城这座城市最有爱的地标之一。

生活在这个薄情的世界，望着满大街行色匆匆的精致利己主义者，稍懂点世故的成年人无不深有感触，像陈小庆老师这种于现实和梦想的夹缝中映射出一缕阳光，去温暖众多深受原生家庭创伤的孩子，就像焐热一堆暴风雪中的石头，是人世间何等的稀缺，又是一项多么精细而宏伟的工程。

只有深怀一颗滚烫的心，才会把教育事业当作"宗教"去疯狂热爱。

我在有幸拜读知名作家熊广平先生的大型非虚构作品《以宏志班的名义》后，耳畔久久回荡着早年所读到的一句清丽之音："教育，是一棵树摇动另一棵树，一朵云推动另一朵云，一个灵魂唤醒另一个灵魂。"是的，真正意义上的老师，不一定是救世主，更不是殉道士，但一定是慈悲的布道者。这种布道，并非职业所趋，而是脱离了养家糊口和为稻粱所谋的低级趣味，升格为去摇动、去推动、去唤醒的历史担当。

除了教书育人，陈小庆老师还是一位笔力雄健的作家。这两种身份一旦巧妙融合在一起，便诞生了这本新出炉的散文集《晓风寒语》——关于作者在晓春学校支教的所思所感和心路历程。

上帝为你关闭了一扇门，就一定会为你打开一扇窗。其实这话我们也可以反过来自我安慰，在得失取舍之间处之泰然："上帝为你打开了一扇门，就一定会为你关闭一扇窗。"因为一心无法两用，鱼和熊掌不可兼得。然而，品读陈小庆老师这本《晓风寒语》，刷新了我固有的认知。一位长期奋战在初中一线教学的优秀老师，同样可以身兼为优秀的散文作家，将女性文学的话语升级为不可多得的生存智慧，不断激发人们在庸常的日子里拥有细碎的美好，以清净心看世界，以欢喜心过生活，活成自己喜欢的模样。

在《晓风寒语》里，到处盈满了山的呼吸、云的形状和风的记忆，以及树的孤独、草的生长与花的叹息。陈小庆老师的写作，具有强烈的女性色彩。她擅长从心理与情感的层面展开，细腻地叙事，并凭借女性对爱情、亲情与友情的独特记忆，充分表达自身的情感和主体意识，于字里行间彰显出"自然美""人性美"和"人情美"的渴望。尤其是她的语言自成一脉，清新优美，多以诗歌品质的语言去表现丰富的内心世界，抒写支教山村的独特处境和精神体验。

故此，从教师的日常琐碎回归到女性的多愁善感，与山水结伴，和美食为伍，徜徉于旅途中，悠游在天地间，陈小庆老师的文字极具治愈力和穿透力，可以打动任何一个成年人裹满老茧的心灵，成为深夜入睡前美妙的小夜曲。

陈小庆老师支教的山村有一个诗意绚丽的名字——南山。"采菊东篱下，悠然见南山。"现实中的南山草木葳蕤，山清水秀，花鸟虫鱼、川河沟壑与大自然息息相通，到处倾泻着陶渊明眼中的质朴与恬静。《晓风寒语》一书，正是作者体味人生百态后，将自我放逐南山的心灵净化和精神皈依，并以南山为依托去描绘城市、乡村、文化与人类之间的深刻关系，试图唤醒自身隐秘的伤痛与孤独的记忆。

女性写作向来标榜小资化的、情感式的、自我的书写，从里到外透视着鲜明的女性价值观。但在陈小庆老师的笔下，似乎不太满足于此，她坚持一手诗意，一手烟火，在马頔"南山南，北海北"的喟叹中，既言温暖，又说殇，不断阐发自己对自然的爱，对社会的关切，对人自身的洞察，直至将自己浪漫而忧愤的诗人气质暴露无遗。对此，我们不妨将这些文字定义为"南山叙事诗"。

另外，在本书中她的一些声音也富有见地，比如对城市化进程的忧思，对农业文明的怀想，再比如对现代工业的飞速发展的惊喜，对都市文化的日益兴盛的彷徨。这些声音，放置于新世纪文学发展的背景上看，无一不在乡村与现实的双重世界中，反复叩问生命的价值与生存的意义。

实际上，关于文学的意义，我也一直在思考。现在是电子信息时代，电子媒介的盛行，对当代人的精神生活和日常生活影响越来越广泛，为人们带来了全新的阅读方式和审美感受。不可否认，传统文学这一古老的形式正面临严峻挑战。

时间在腐蚀我们，也在摧毁世界。时间的残酷，近乎龙卷风，可以从容地抹灭一切娱乐文化和快餐文学，不论这些作品在流量上如何惊人，无疑是沧海一粟，过眼云烟。走进一座图书馆，看看一百年前的杰作，那些被冷落了的文学涵养及其精神熏陶反倒在熠熠闪光，于时间的长河里接近永恒或不朽，就像数百年前结实的老家具作为古董流传于世。

至此，我才浑然惊觉，老师和作家殊途同归，教书与写作异曲同工，都是在试图总结自己的半生，传承所谓的经验，通过有限的平台将"我"裂变成无数个我。

向陈小庆老师致敬！

是为序。

2022 年 7 月 26 日

（夏阳，江西丰城人，东莞城市学院教授，中国作家协会会员，国家一级作家）

# 目录

牧　秋 / 001
夏日小章 / 004
鹅　侣 / 007
芭茅与杜英 / 010
南山桂 / 013
桃之夭夭 / 016
芙蓉花与通天蜡烛 / 018
海棠花未眠 / 021
采采苤苢 / 023
鹧鸪词 / 026
天南星 / 028
芳　邻 / 031
杨　梅 / 034
君子兰 / 036
水　仙 / 038
早　酒 / 040
笋包子 / 043

龙　灯 / 046

挂　面 / 049

丝瓜络 / 052

菊花菜 / 054

熏　肉 / 056

滑　籴 / 059

仙草豆腐 / 062

采葛东篱下 / 065

荠　菜 / 067

豆　花 / 069

生　姜 / 072

擂　茶 / 075

馄　饨 / 078

丑　柚 / 081

丽村曲 / 085

槎　溪 / 087

荷湖杜家 / 090

塔　溪 / 093

山　居 / 096

禾　场 / 098

旧　巷 / 101

长亭外 / 104

七夕图腾 / 106

荼蘼桥 / 109

尧　坑 / 112

山　贼 / 115

大枞山 / 118

野　芹 / 120

老墟桥 / 123

云姑岭 / 126

石马涧 / 129

谷雨石江 / 131

明　溪 / 134

老城风絮 / 137

清溪梅烛 / 140

社火与庙会 / 143

老　家 / 146

变　脸 / 149

目　送 / 152

橄榄树 / 156

补鞋人 / 158

西　窗 / 161

细　雨 / 164

盛　夏 / 167

月　色 / 169

菊花令 / 171

拈花一笑 / 174

笛　音 / 177

流浪的七夕 / 180
黔西南印象 / 183
走笔青海 / 188
樱花谷 / 191
湘黔散记 / 194
庐山行 / 198
有故事的树 / 203
拈花惹草 / 207
沙　湖 / 210
八楼小筑 / 213
腊八煮字 / 216
书　房 / 218
年　味 / 221
静　寂 / 223
行走剑邑 / 226

# 牧 秋

## 人约黄昏后

出晓春学校大门,向北或是向南,九月的黄昏正像赴一场晚宴。

秋阳散了热气,秋风也不凛冽,暮色柔软。地里掰一支甘蔗剥叶洗净,自然仿佛是一坛醉人的绿醅,啜饮不尽。

徜徉,无须顾忌,蓬头素面,脚步从容,随手扯下"狗尾巴"摩挲;当然还可哼唱,任曲调落进晚风。

谁敢说秋光不值得赞美,谁的胸襟就无法在山道上开拓,谁的心地就不会在天幕下淡定。自然,河水就不会在视野里明澈。

这时候是不用带书的,院墙上缠绕着瓜藤,开出的喇叭花会告诉你:南山下,古樟边,敞开一部大书,需要你细细翻阅。

那些来自山野的孩子,挟带纯真、野蛮的气息,向你展示他的卑怯与无知,热情与冲动,好学与聪慧。

这时候的世界,寂寞便不是寂寞,孤独便不成孤独。那些定下的条条框框不是行动的上司,不是枷锁。

当它融为日子的一部分时,早已超越了我们承载的意义。

想想吧,在这青山秀水间,他们仰望着,困惑又不甘,对山外充满渴望,对未来充满期许。

他们的体魄与性灵与自然在相同的脉搏里跳动,然而又决不愿受着束缚。

他们蓬勃着竞争，彼此暗暗较劲，仿佛一个个要成为福星高照。于是明白，自己也成了自然的一分子。

太阳挂在树梢，落下山洼，晚读钟声敲响黄昏，才发现循着没遮拦的田野不知不觉走出了一程，脱下鞋子撒开脚丫奔跑，背后还有喊声追过来："甘蔗上糖哩，掰几根去啊。"

呵，明日吧。小桥流水，你去向夜风抒情吧，我要归去坐拥青山，正是少年读书时……

## 静寂的光阴

夜里竟然被冷醒，恍然意识到自己在时间之外，Time out，翻页书，人又朦胧："无情岁月增中减"。

一早又被孩子叫醒："老师，你看我的脸肿成这样子。"原来隐翅虫爱上他的娇嫩了。

带他打完针回来，男孩说："老师，这能叫医院？个叽小（方言：这么小），我想，得像丰城那么大才算得上……"对，咱们用词准确些叫诊所。

"老师，我好想去下屋里。"

"屋里还有谁？"

"就奶奶。"爸妈在远方，奶奶该是他的精神襁褓。我沉默，圆了他念想吧。

一点一十看午休，院墙外传来凄惶唱哭，肝肠寸断直揪人心。这声音落到心底，天地玄黄，沉落在暗黑中。

问隔壁老师，他说这是地里干活人放的悲音，不是现实版。

孩子们倒是安然伏桌，唱声起起落落还在回旋，恍如少年时代，斜阳里看见蹲在路旁的老妪长歌当哭。

田园哪里全是诗意？

批阅日记，内容从早上爬起到困觉上床，从柚子月饼一路写过来，偶尔夹些摸青情节，只剩吃的欢喜。提问，一举手，全班只有七个人与爸妈共度中秋。

留守，是谁的痛点？

从乡村到城市抑或到更远的异乡，逐日被异化的亲情，裹挟在城市洪流中。失守的乡村，连思念都找不到安放的角落，阡陌交通的脉络渐渐延伸在岁月深处。

定睛手上的柚子，早已不是最初本色，味蕾刺激后，原乡定义在哪里？分不清了。又像镜中人，哪里是家，又哪里都不是家。和合塔在后，孺子学校在后，香域加州在后。

楼下退伍兵笛声悠扬在梦里，菊花香飘在梦里。

如今南山脚下，共看修竹伴金桂。每个清晨一脚踹出门去，抬头，人间八月，天空时而深远，时而明净，院墙外有人锄地，浇一曲《从前慢》。现在日子也慢，仿佛坠落在山洼里的夜乌（我们这儿对乌鸦的叫法），分不清暮光晨曦，翻过去的只是书页，书笺零落。

去地里掐菜，到园里斫竹，黄昏时分坐在小河畔，深夜里烧水搓衣，扫掉老鼠屎，察看角落有没有蛇蜕皮的痕迹，阳台上小飞虫又掉落多少。

早起数墙角红叶李小白花又开了几朵，在孩子们的书声琅琅中才想起夏日蝉鸣消失，西风凉，秋意重了。

雾霭总是若有若无，空气混着青草味儿，乌鸦们成群结伴，小麻雀轻捷伶俐。它们飞在栏前树林子里，点缀孩子们的喧嚣。

没有洒水车过后的扬尘，霓虹灯的闪烁，此起彼伏的音乐。跌宕起伏这类字眼可以少用的。

谁在浮躁中想念那宁静一隅，寂静中又感觉地老天荒。万千人丛里闪身静谧山村，最初满目盎然过后，接踵的便是麻木倦怠，日久生情与日久生倦两个极致皆有可能。

谁的脚步与灵魂和解，谁在时间之外酣然俯首？想来每个生命骨子里都秉承不羁，任性或认命，哪一程不可以栖息呢？

读你，台下明眸如水；读你，台上白发犹新，倾身如故，沉淀所有记忆。徘徊复徘徊，当国旗与校旗在飘扬，当激昂铿锵的乐曲传遍每个角落，红墙青瓦与绿野田园共一片蓝天，墙内与墙外的世界无比接近又无比疏离……

# 夏日小章

### 蝉

　　夏天的脚步还响在耳畔，秋风翩然吹红杜英叶子，走廊里便落英缤纷。孩子们在的时候，用竹扫帚有一下没一下地扫着。叶子每天都要吹下来，少年的心事早就越过了树梢，飞出了院墙外。"你们不用扫，回教室去吧。"他们担心扣分，然而扫了叶子还会落下来。就像歌里唱的："花儿谢了明年还是一样的开。"

　　如是雨天，清亮的雨水积成了一小片一小片洼地，叶片斑斓，水色里映射着天光蓝，明净动人。蹲下身，你会看到自己的身影，没错，伴随着蝉声在林子忽远忽近响起，恍惚中倒是浮现"西陆蝉声唱，南冠客思深"诗句。

　　客思何来，或许每个人都有被时光机抛入洪荒中的节点。蝉鸣连着鸟音，在这阔大的自然包围中，人常常被同化，落草为伍，山林可居。

### 紫　薇

　　落叶给校园吹来了季节的气息，高高蓝蓝的天，雪白雪白的云朵下走着，冷不丁涌上一种莫名的忧伤或者喜悦。书声琅琅时，一切才安定下来。

　　夏日空落的校园格外安静，少了孩子们奔跑的身影，连爬山虎都沿着栏杆伸到了连廊中心，蜷曲的苗儿细嫩又顽强。一切都在暗流涌动中，花先是一朵一朵，然后一团一团，最后一树一树妩媚，无论淡白、粉红还是紫红，紫薇就是让你讶然，如久别重逢的恋人，彼此说不出的欣喜：你看我如斯繁盛明艳，我看你一路沧桑终是淡然禅定。

草木俯仰之间一定藏着它们璀璨的密码，"独占芳菲当夏景，不将颜色托春风。"怒放的紫薇就是这般炽热，如鸟鸣虫声不绝如缕地应和。而蝉，更是痴情的歌手，三年五载甚至更多的地下蛰伏，终于见到光明的天地，哪怕是餐风饮露，也要唱出心中所爱。不要说它不知疲倦，而是来到尘世，生命于它只有短暂的六十天、七十天，每一天都是倒计时，"知我者，谓我心忧；不知我者，谓我何求。"

这一静一动，开得热烈又唱得热烈，让园子里生机勃勃。

## 红叶李、黄瓜与枇杷

起得早，不到半晌午人就累了，趁着课间李树下站一站，李子挂满；黄瓜地里走一趟，窈窕的，戴花冠的，明丽动人，惹得白蝴蝶都想入非非，萦绕不去。

苏轼《病中游祖塔院》有：

> 紫李黄瓜村路香，乌纱白葛道衣凉。
> 闭门野寺松阴转，欹枕风轩客梦长。
> 因病得闲殊不恶，安心是药更无方。
> 道人不惜阶前水，借与匏樽自在尝。

诗中道出治病良方是心安，倒也见其旷达性情惯来风格，只是世间几人得似？眼底风情纵是乡间寻常瓜果，一袭素葛道衣，心若自在天地悠然，似病非病，通透了然。

再看这秀水一湾，小桥一渡，田间野寺，枫子古庵。初来乍到总是别见天地之幽，一旦真的浸淫其中，便是奋力而沉重，真是路漫漫其修远兮。好在瓜田李下暂且忘情，提醒你季节的转换。再说因为疫情，庙会的乡俗也无形中减免了，走过庵旁，神也清冷了许多，多的是地头侍弄的老人家。油菜已全部榨成了油，以前只是看到菜花金黄，现在秆草堆积，不得不佩服他们的辛勤。诸事求人，不如求己，他们才是这片土地上亲切的神灵。

像我这样生于农家却不惯农事的人，是不大经得住诱惑的。你瞧瞧黄瓜花金灿灿后便带着玉勺儿，夜里听着蛙鼓虫鸣见风长，不知不觉间，出落得清秀窈窕，纵使浑身小刺儿，也不会介意。比起百果园那些昂贵的水果，实在是高尚很多倍，纯正原生态，绿色无污染。跟在老徐身后认地，想吃就来摘，每一朵花就是一条瓜呀。往地头一站，小河在身边流向远方，莫名的惆怅、难言的辛酸也一同流远。

如果乡亲们偶尔烧草堆，山脚下烟如雾如乳，又如轻纱笼罩。暮光里，南山此时是黛色的，那烟带来了仙气，令人心事沉甸。校园外是一曲《从前慢》，校园内却是骊歌轻唱。

关于枇杷，张耒《四月二十日书》有诗：

> 十步荒园亦懒窥，枕书小醉睡移时。
> 健如黄犊时无几，钝似寒蝇老自知。
> 休惜飞驰春过眼，但求强健酒盈卮。
> 枇杷着子红榴绽，正是清和未暑时。

起初看到一树一树的枇杷讶然，接下来拼命想去尝，最后一棵树、两棵树、三棵树的枇杷放在面前时，居然有了诗中心境。看来还是让所有的想念挂在树上为妙。

一首诗，一朵花，一座桥，一本书……肉体有安放的地方，灵魂真有家园吗？日复日年复年，走过去走过来无数次叩问，身入之境与心中之境永远是相悖的，可能每个灵魂的桃花源背后，都是自我咬紧牙关的引渡时刻。眼前山明水秀的静穆之境，谁能真正抵达？我牵念香域加州园子里的菌菇，西窗下的闲笺，B区门面下的艾合买提烧烤……犬吠鸡鸣，人需要勇气去战胜地老天荒的恐惧，去克服"清风明月相知远"的寂静。

山居久了，一只蚊子会让人彻夜不眠！

# 鹅　侣

一早安排好学校事情，出校门进山，山口遇见豆腐老嘎。他去赶野猪，免得它们把竹笋吃掉，那怎么赶得掉？山间野物多凶悍，我还记得熊崽讲夜里骑摩托车去看老娘的事，就是去寒山亭的那条宽阔马路，居然连人带车被野猪拱翻，我们笑得前仰后翻，他一本正经说："幸好没被野猪啃掉，要不你们还能看得到我？"后来三个人爬罗山，朋友说领我们几个今日走一条无人走过的路，当时心里还一股子好奇劲，结果他指着一路新鲜的坑坑洼洼，说这就是昨天晚上野猪的踪迹，倒平添了神秘气氛，"如果一世英才被野猪背走了，那野猪太有品位了。"够自恋的。南山有野猪吗？我绝对怀疑，豆腐老嘎最后说现在没有，也不知跑哪儿去了，赶多了次数自然就不会来，往年的竹笋被野猪拱得不成样子，你不晓得，野猪也怕人的。现在竹笋一根根冒出来，出土的就差味了，要挖冒尖的。

见过黄鼠狼路上奔窜，见过白鹭纷飞，见过寸把蛇蜿蜒匍匐，日日听鸟声啾啾，从来没想过还有这等尖嘴巴东西，这峰峦起伏的植物世界又多了异类。

酒娘子跟在我身后，她去看山谷里的几只小鸭。那对鹅侣就是她养的，年年它们就在谷中同行同游，出双入对秀恩爱，叫人间所有的睚眦相报都自惭形秽。

"去年人家出了60元一斤，我没卖。"

"那是，我也很喜欢它们。"

"养了十几年了，我舍不得。"

"我在学校也好久不见了,它们现在换过落脚地吗?"

"没有,我们自己吃掉了。"

"唉!你怎么舍得吃呢?十几年啊!"

"养得来再久终究要吃掉的,先生想看鹅,唐家人也养了,可以去看。"

酒娘子惊诧于怏怏的我。

只是此鹅非彼鹅,世间再无山中那对神仙眷侣。忽然想起曾经吃鹅的自己,觉得无比憎厌。看客与吃客之间有什么区别呢?仿佛去年它们伸长漂亮的脖颈,还在眼前凫水,双双对对,对对双双呀……

山路幽静,一路杜鹃花开放,偶尔夹着米白色的檵木,相互辉映着,草木的清新气息将人渐渐包围。湖边徜徉,湖畔的杜鹃花开得更热艳。蓝天上的白云倒映在翠绿中,风过,微波荡漾,自然的调色板已经由往日深深浅浅的绿,点缀上了花的赤橙红黄紫,逐渐变得丰富多彩起来。阳光透过树枝,似乎在预兆即将到来的热烈。身边的鼠曲草顶着黄色的花团,淡绿的叶片上一层白绒,它看着我,我看着它。往年这时候应该是秀市笋包子做得最热火的时候,离开已久,只能对花无语。溪流淙淙,鸭房子特别朴拙,它们倒像世外高人优哉游哉。嫩叶在枝头吐绿,木桥踏过,花就退到身后边。酒娘子看了鸭们,告诉我新笋密集地就兀自离开。垄上的嫩笋也在肆无忌惮地抽条,万物生长的季节,一切都呈现新生命的迹象,村子里只有老人看山看水看田看地,树上的桑叶泛着青绿的光泽,吊着翠色的桑葚,孩子们淡忘了养蚕,桑树寂寞地等待着。

那株古榕树裹着厚厚的青苔,老叶新叶浑然一体,几茎爬山虎孩子般依偎着,旧窑只有形状,空洞得很。踩着厚厚的落叶,山村是宁静的,宁静得鸟音有时也显得聒噪。

从溪水里拔了几茎菖蒲,叶形修长,比君子兰多一份滋润挺拔,多一份凌厉之气。解缙有诗:"三尺青青古太阿,舞风斩碎一川波。长桥有影蛟龙惧,流水无声昼夜磨。两岸带烟生杀气,五更弹雨和渔歌。秋来只恐西风起,销尽锋棱怎奈何。"解缙少年成名,负才傲物倍遭忌惮,望见菖蒲,想起自身际遇,怎不感慨?菖蒲得"水剑"之名,清香避邪,风骨凛然。今日临溪取之,清水供养,青葱碧翠,强似城里高价卖着的花束。你看它不似梅的剪雪裁冰,没有兰的空谷幽香,不像竹之婆娑风月,更无菊的凌霜傲然,但几案之上，端的水木清华，绝无媚世之态。

乡亲们一路问："你就过节吗？你就想过节吗？艾叶都还没长长呢。"他们用手比画艾叶的高度。"今天我给自己过节啊！提前过呢。"到时我要晒一溜长长的艾叶，煎水喝，练成百毒不侵金刚身，好重新面对这人间烟火色。

# 芭茅与杜英

## 芭 茅

落草为伍，一苇以航。

芭茅花，像极了意念中的芦苇。"蒹葭苍苍，白露为霜……"我一直以为芦苇是开在《诗经》里的秋冬植物，是无为之为、无用之用的草木，就像高空中的流云，只合相看惜念，但它终究还是芭茅，乡间极常见不以为意的野草，虽然鲁班以此发明了锯，似乎也没提高半点身价；即便药用价值不小，也仍是芭茅。看着它们婆娑的身姿，忽然间还会跳出记忆中的某些阴影，无法走出亦无法摆脱，直到变成隐疾，还是不能说服自己。生命中总有些永远迷恋而不能忘怀的人、事与物，他们就像眼前的一秆秆芭茅，摇摇晃晃中令人怦然心动。时令六月，就这样盛开在寂静的山路上，那份蓬勃，令人产生哑然失笑的错觉。日本作家川端康成在《雪国》里也写到了岛村的误认，他以为是胡枝子，意境苍茫，不，简直就是某种难言的忧伤……而我，看着夕阳中金色的阳光跳跃在树梢，眼前那些芭茅花像微风拂过琴弦，像溪水流过山涧……

起先它们每一枝穗是弯腰收敛成一线的，垂成诗意，与青翠的秆色迥异，与瓦蓝的天色迥异，与背景的水杉也不同，四围的一切那么明丽，只有它们低调不事张扬。它们不是一枝独秀而是彼此连成一片，风起时，飒飒的声音响起；风止时，在路旁悄然吐花，一团团散开，毛茸茸的。青秆这时候最有劲力上冲，而顶端的花穗毫无疑问又向下俯首，犹如峭然挺拔者戛然而止收敛锋芒，呈现最柔软的一面。每一株都刚柔相济，每一株都指向辽阔的天空，整个世界都因此平静而舒缓……

之所以留下这段文字，是六月里再也看不到这一程美丽的芭茅花了，两旁架起了护栏，绿得生硬无比。

## 杜 英

初次相遇，是狼狈后的平复。

那个夏日课后，从晓春学校返城，公交车上竟然睡着了。"老师，嘎回家好好休息。"亲切的刘师傅叫醒我，我赶紧抹把脸掩饰窘态。他不知道，对于一只夜猫子，公交车简直是摇篮，他的车子又开得稳，完全放松的我就这样无遮拦地沉入梦乡。

下车，拒绝摩的司机热情招呼，选择步行。肩上背着，手上提着，蝉鸣声中一瞬涌上颠沛流离之感，脚步不由放慢下来。

路旁一辆辆小车顶上细细碎碎的花絮吸引了我，不是桂花，暑热高温的季节里，它们简直是一群鹅黄嫩绿的小天使。夏风拂过，我的头上脸上衣襟上，甚至脚上也飘落了，一时间它们像梦幻精灵般欢迎我。

地上亦是聚聚散散，仿佛有条花溪流过心田。再看树上盛开的，枝干很高，绿意如冠，满树繁花掩映在茂盛的碧叶间，密密地排在花枝上。花是同色系，无怪乎不显眼，天光漏过，更如绿色翡翠，似花非花。拈起几朵，花瓣像可爱的铃铛，边缘裂丝，又似一个个小仙女提着流苏状的裙摆，正所谓"仿佛兮若轻云之蔽月，飘摇兮若流风之回雪"。深呼吸，有幽香隐隐约约。

以前无数次经过，以为人行道两旁都是桂花树，真是可笑。而且始终以为八月桂花开时空气才是沁凉的。此刻，悠长的蝉鸣仿佛是夏日伴奏曲。一棵，两棵，整整一路，与对面另一排桂花树相呼应，伫立在城市的风尘里，树上飘落的花瓣无声地慰藉树下疲惫的人。真是不早不晚，穿越无数习以为常的日子，等待这一刻细细相认。

识花君告诉我，这些行道树就是杜英。

然后我在住的小区里也发现了它们的身影，接下来，我在学校里"教师别墅"旁也认出了这一排高大的杜英，呵，十四棵，它们应该与学校同龄，足足十四岁，一直默默地守护在我身旁亦有七个年头，小区内的干脆就笼统地看成杨梅树。可是从前我视若无睹，享受它的绿荫，从不在意它的名字。

以前爱看古樟看桂花看海棠看碧桃，从春夏到秋冬，与植物之间仿佛有着天然的纽带。然而对于杜英内心生愧疚，它说不上挺拔，称不得伟岸，没有海棠的娇艳，也没有樱花的妩媚，多像平凡中的芸芸众生，没有人关注它的花开花落。人们也总是在忙忙碌碌中生活，直到某一刻脚步慢下来，彼此对视，才如梦初醒。

其实想想也不是没有交集，春天的校园里总是湿漉漉的，孩子们在打扫杜英的落叶，水洼里斑斓的画卷，宛如东坡的"庭下如积水空明，水中藻荇交横"之意境，尤其是红叶一片片飘飞零落，树上也是红碧相映，让人怀疑季节的错乱，直到新叶冒出才若有所悟。蹲身捡拣拾作书签，不曾深究；秋天杜英结出青果，类似栗子，摘下来咬过，苦涩不能言。冬天果子转紫褐，就懒得再尝。望着它心生悲悯，绿树苦果，最美的样子是风起时落叶哗啦啦的，凄凉红。

或许对于身边轻而易得的护佑，人们多半漫不经心吧。在现代快节奏的生活中，我们总是忽视身边那些隐忍中的默默奉献，譬如这一排杜英树。

# 南 山 桂

最早识花从名字开始，原来乡间女孩取名，陌上一望心念一动，譬如："一月梅，二月兰，三月桃花红十里，四月蔷薇小桥边。五月榴，六月荷，七月栀子满山坡，八月桂花树间黄……"什么时令什么花，这样枣花、菊花、茶花等名字信手拈来。紫云英铺满童年田野，白梨花盛开在少年花果山。然而这些景象早已缤纷回忆，不只是成长，而是人们愈来愈疏离土地，工业化进程日渐消解农耕文明，背井离乡成为生活方式，原乡留给老人与孩子。

或许年轻时总忙着追逐梦想，花之情感多半象征寄寓，恰如词云："少年不识愁滋味……为赋新词强说愁。"1988年一曲《尘缘》歌词至今难忘："人随风过，自在花开花又落，不管世间沧桑如何。一城风絮，满腹相思都沉默，只有桂花香暗飘过……"一遍遍传唱的桂花化作青春符号积淀心底，事实上是从来没有在任何一株桂花树前伫立。

与桂花结缘首先是"偷香"。进城教书后周末常与朋友踏城，闲庭信步专寻深巷景致，发现老物件的亲切，感受老城市井烟火。三人为众，三碗粉或面条足矣，剪子石头布决定买单，光阴仿佛定格。某个秋日午后，居然在新城莱特酒店旁坡地发现几株黄金桂，花色金黄，其香馥郁，叶稀少，真是夺人心魄。于是三人各摘了半口袋，并暗自议好无伤大雅事仅限"你知我知，天知地知"。饶幸的我们煮饭碗底香，泡茶格外醇。后来发现新城主干道上全是桂花树时，彼此还互相取笑："窃香不算偷也。"再说这雷焕路与物华南路上，都不是黄金桂。

真正沦陷在桂花中，则是2016年8月底，从城区来到南山。自然带给人更多安静：捐建者徐总选择偏僻小山村建一所哈佛风格校园。以他的捐资，可以选择城区、选择镇上，最不济也可以选择交通方便地带，都不妨碍他回馈家乡。可他那么坚定执着，绝不止于生于斯长于斯的情结，更是承继乡贤，奉献乡村教育。

南山景色确实秀美，一过根莲桥（以徐母命名），青山涌翠，古樟苍苍，秀水如带从校园旁潺潺流过。每逢早读立在楼栏看云霭在山腰缭绕，便想起南北朝陶弘景一首诗："山中何所有，岭上多白云。只可自怡悦，不堪持赠君。"趁着孩子们出神望窗外云岫时，讲述诗作者山中宰相故事，背古风，唱《苔》《木瓜》等歌曲，打发山里时光。因为交通不便加上属于车盲，所以周末补课时常常一个人教一班孩子住一幢楼，好在门卫勤勉，终日如此。寝室里水电维修、门窗锁坏都是他帮忙，彼此有许多交集，渐渐地对这校园一花一草有了更深了解。

学校以徐父命名"晓春学校"，除了欧式建筑外，实实在在是个天然植物园：长满车前子的运动场，五月里开满黄灿灿的蛇莓花，夏日老樟树底下一大片一大片鱼腥草，还有寒假过后红叶李在教师"别墅"前开满细碎的花，结果子时孩子们会偷偷去摘李子尝……这是他们的乐园，书声伴着四季鸟雀楼前歌唱，真是天与人与景，心神合一、自然相融，甚至春天院墙外一绺绺的野荠菜，冬日晨曦中狗尾草上凝聚的露珠，都是绝妙的馈赠。人在这里与自然最近最亲，竹叶在窗前婆娑，鸣蝉在窗外应和，孩子们总是从最初陌生孤单到渐渐陶然。

一到秋天，校园就变成桂花苑，一棵棵黄金桂素常毫不起眼，应了时令便像花仙子样。它们围着操场，守着教室，站在楼前，总之不管在哪个角落都弥漫香气。那些金色的小花，一簇簇慢慢萌发，细小如米粒，与绿叶相融，开初不显山不露水的，谁留意？直到香气扑鼻，才恍然大悟般驻足，渐渐地眼前繁花如梦，粲然映眼。走着走着，通体沁润，步步生香，仿佛置身香雪海中，以至夜里也枕香而眠，小楼醒来栏前又是花香扑面，恍兮惚兮不知梦里梦外，整个日子就在暗香沐浴中。

再回到新城加州，从楼下看道路两旁依然是桂花树，忍不住对照：这里的桂啊，常常尘土满面，没有小桥流水与云缭雾绕的背景，也缺了"绝代有佳人，幽居在南山"的清守，城市脚步匆匆，更少有那份"桂子月中落，天香云外飘"的芳香。尘世喧嚣，向哪里寻求再也得不到的安宁？或许那满园金桂告诉你：不问果实不求回报，恍若"生死托斯寄，七尺报母心"，寂寂自开中承载游子最深的乡愁。

　　年年桂子，是年年初心不变的反哺，年年叠加的援助仿佛迢迢的燃灯者，点亮故乡的山山水水，拓宽故乡的道路，在渐行渐远的岁月中深情回眸，以朵朵桂花的姿势，幽幽开在南山……

## 桃之夭夭

校园里只有一株桃树，我始终想寻找出第二株，但它就是孤傲地伫立在教师"别墅"前。直到前前后后的红叶李，碎花朵朵缤纷，映入眼帘，才恍然大悟似的明白设计者"桃李芬芳春满园"之寓意。

记忆中小时候村后就有座花果山，春天一到就"桃之夭夭，灼灼其华"，恍如仙境，结果子时车子一辆辆运出去，水蜜桃滋味呀，是舌尖上的童年。后来渐渐长大，花果山最终变成各家菜地，落英缤纷的景象成为美丽叹息。一畦一畦花生地就让我无数次想念桃花。

红叶李果子一年比一年多起来，是孩子们发现的，他们说："老班老班，校园里长李子了，好多好多，很好吃的。"他们掏出袋子里的果子，还说洗了很多遍。望着他们意外惊喜的小脸，我疑惑不解，"这李子能吃？好吃？"

"老班，好吃，不信您尝尝？"

现在住的香域加州，向北是地中海，穿过马路去孺子学校时，路边就栽有一排红叶李，长圆嘟嘟的果子时我尝过，其涩无比，以致我怀疑自己：明明景观树，还去做吃货，犯二。晓春学校的红叶李更高大、更纯粹，无污染，虽说春天花开映在墙面，是绝妙画图，但味道也不至于有"橘生淮南"之差异，所以当时觉得他们的孩子气发作吧，笑着叮嘱他们别吃太多。

至于这棵桃树，我们一直都在期待，来的第二年就结了几个桃子，老徐说那是石桃不是水蜜桃。但那时认为它是校园里唯一的果树，每次经过它身边，都会数数。看着它白天黑夜混沌不觉似的由指肚般变成核桃大，果绿中透出点点红，心里格外开心。身边的毛孩子不也如此吗？仿佛山中安静的岁月里每日都有份隐秘的期待。可惜校园里另类公民太多，鸟们将它看作仙桃，不停地啄食，以至不了了之。来年桃子比原来多了起来，老徐担心孩子们未熟就摘，于是挂了牌：小心农药，请勿采摘。我们一旁打趣，此地无银三百两嘛。

其实鸟儿常常飞进教室，孩子们惊喜之余倍加呵护，即便捉住了最后也放飞，颇有"谦谦君子"之范，想是这园中花鸟草木日久生情。

待到毕业的最后一学期，孩子们跑来告诉我："老班，今年桃树结了好多桃子呀。"经历了四个月的疫情封闭，错过了油菜花，错过了红叶李，错过了桃花，对于深信花瑞的人来说这可真是好消息。于是跑操后我就去数桃子，孩子们跟过来，六十多个，"老班，像我们班开初的人数呢。"过几天风吹雨打，有吹落不成器的，"这是我们现在的人数（省厅规定）。"鸟儿们也仿佛懂事多了，竟是少有的啄食。"那你们猜猜多少修成正果？你们就个个如愿升学。""我们希望个个都修炼得道。"

就这样疫情封闭的日子，孩子们停在桃树下，数桃仿佛成为一种寄托、一种调整。教室里他们刷题冲刺，南山的每一天都在倒计时。

李子又熟了，累累果实压弯了枝头，值班老师各自分了，一棵李树好几十斤呢。校长说给孩子们送去吧，中考前很辛苦的。是啊，他们长大了，李子酸酸甜甜味道好着呢。

心里有了念想，看着桃子青涩到透红，就像每日看着班上的孩子们长大。清晨，当雾岚缭绕在南山，如雾如乳，奔跑中的少年经过桃树时，口号声格外震撼："九一九一，齐心协力，中国兴盛，我的责任。"傍晚，男孩子们课余打篮球，女孩子往往伫立桃树旁，再去观战。小桃树见证了孩子们成长，也迎来了自己的成熟期。山外的人来了，都说学校如世外桃源。三年蛰伏，孩子们就要出山了，怎不让人满心期待？

因为疫情，中考推迟了一个月。我们掐着时间，一轮复习二轮复习三轮复习，生怕孩子们缺漏没有弥补，就像生怕桃子被鸟们盯上。那日轮休返校，照例去看桃。天，桃子呢？我的桃子，我们的桃子，呼啦啦影踪全无。

后来，陈辉告诉我，他摘了吃掉了，我哭笑不得又半信半疑："你不知道这桃树是花瑞，个数正对应着班上的孩子们？"他笑着说："有你们这个团队，别担心，宏志班个个都是好样的。桃子的味道就告诉我了。"

站在桃树下，我默默祈祷。

## 芙蓉花与通天蜡烛

山里的日子安静，这样你可以看见每朵花的开放。

盛夏一过，清秋来袭，转瞬间就带走了桂子清香，花落人添愁。"你看，芙蓉花又开了！"小毛孩仿佛懂得心意，居然用老子之道宽慰老班。当然，他们的感情更为浓烈，干脆日记里直抒胸臆："我与晓春是一对热恋的情人，在我眼中，无论什么时候晓春都是美的，尤其是秋天的晓春……"估计刘湛秋读了也忍俊不禁，孺子可教也。

很久以前写过《木末芙蓉花》的故事，悲剧，不忍再翻。这里枫子庵先前也有一棵，总觉得带了异样的气息。庵里有蜡烛、香火之类幽幽地令人叹息。赶庙会的时候，老人曾聚在那里摆过酒，还有舞蹈队等。路上遇见她们，总会亲切地告诉我今天在官山上，明天南圳里，后天甪里周家诸如此类的，如果有空不妨去吃酒，只要心里敬畏神明，多少意思一下就可以。她们鬓边插一朵花或系一截红头绳，四处赶场，聚在一起说古道今，有时还会带回"法水"，不亦乐乎。母亲兴致好的时候赶过这种场，并且煞有介事地给我喝，说敬了神明的水可以滋润我的喉咙，免受职业病之苦。可是2020年一场新冠疫情，老人们的欢乐少了一项，很多老人不知不觉间变少了，就像身边一茬一茬的少年，散入天涯无觅处。

道旁的青草年年绿了黄，黄了绿，我向来不大喜欢如此张扬的花朵，看着那庵前独孤一棵时，想起栽花人的心境，心念倒是平复不少。而今学校不知何时也有了一株株芙蓉，乃至栽到了母亲桥一带，倒是应了王维诗境："木末芙蓉花，山中发红萼。涧户寂无人，纷纷开且落。"他写的是春日的辛夷，这里却是秋天南山道上罢了。

南山的秋天是短暂的，甚至匆匆得连桂子香都没有好好感受，就被山风吹走了。几次口信，母亲的身体已大不如从前，待在南山，我去看望她的时日并不增多。"无情岁月增中减，有味诗书苦后甜。"尘世碌碌，我们总是疲于应付，所幸有这一路花花草草，季节变换中心念起伏。

忙完国庆假期，也看了母亲，以为自己可以好好地收些桂子，哪知只见满地落花堆积，树上残剩的色彩也转萎靡，令人触目惊心。而邻近的樟树也裁去了枝丫，锯斧之痕仿佛是无声的诉说，隐痛弥漫，生命是经不起拉锯的，外面的河岸一侧也全部围堤加固，失去了葱茏蓊郁的原生态。

一天天萎缩的河道需要这样的堤坝吗？我只需要一切都保持安静的样子，本来的样子。

山道旁边的小桥流水不知何年何月流来，又不知流向何夜何方。伫立花前，一发呆，心神就逐水而流，渺渺然不知何处。直到铃声响起，生命才有另一个落脚点：讲台，那该是飞扬的地方。是我们引导孩子抑或孩子们引导我，都分不清了。我们的青春已在粉尘中悄然逝去，而他们的青春才刚刚开始舒展画卷，仿佛背道而驰的两列火车在交错中感受季节的律动。

校园最美，不过书声琅琅时，窗前有竹叶婆娑起舞，少年鲁迅的百草园如此，"你们一定能在这个天然植物园里发现许多新鲜的东西，锻炼自己敏锐的观察力吧"。

果然，一大早穿过滴露的操场，小男孩田佳带我到了竹林下边，指着问："老班，您知道这叫啥名字？"

摸一下，肉感，仿佛经不起指尖一碰。它们是鲜嫩的，颜色很魅惑，只是顶尖裹着一圈湿润的黄泥糊状物，叫人不明不白。查一下，通天蜡烛，中草药，别称木菌子、土苁蓉……具有清热解毒、滋阴养血、止血之功效。主治淋病、梅毒、血虚、出血。男孩得到这一内容很开心，老班以前也没发现呢，你厉害了！于是乎一大帮男生都相继跟了过来，挤挤攘攘的，竹林下简直成了他们的百草园。中午通过后窗去看孩子，像很多年前我的班主任一样，这不是我想要的。身为老班实在讨厌这种做法，至少表明还没有达到"无为而治"的境界。好在除了个别的耽于内耗之外，他们也渐渐地能伏案小憩。

我再次去寻找通天蜡烛，居然凋谢了。不过冬日太阳出来一上午的工夫，白驹过隙呀，我怎么没有全部拍下来呢？莫不，这半天暖阳就是它的"覆灭性"笼罩，那些我们看来最享受的"阿波罗"于它却是无福消受。想起王阳明竹林下凝神"格物"，真是尘世海海，无明太多。

# 海棠花未眠

宿舍楼下的辣椒花还在开,不过,现在看到的多半是红艳的小米椒,叶子也老气横秋地染了萎黄,小雪啦。

身旁才一年的芙蓉却妖娆摇曳,花色桃红、纯白、淡紫,还有轻绯,变幻多姿,有亭亭玉立的韵味。习惯了桂花的深沉馥郁,暗香弥漫,觉得这团团朵朵的未免过于张扬。

饶是这海棠,枝干间几乎看不到叶,一小朵一小朵零落,不似春花,绿叶簇簇地拥着。紫红色便有了某种清冷中的透彻。如果花团热烈得让人焦灼、让人迷失的话,最好是看它,开在这园子里的海棠,"幽娴"形容它是很贴切,此时,此刻。

没有丛竹的茂盛,没有丛竹的青翠,连烘托与陪衬都省略了,花在枝干上次第开着,疏影横斜,颇有一份寒冬来临前的凛冽。

是美产生了距离,还是距离产生美?背景是辽远的蓝天,或者说哈佛红的教学楼。细心的孩子们远远看着,常常以为是玫瑰呢。没有风的时候,它们在安静的阳光下肃然自矜,决不紊乱,像少女凝神,端庄又专注。

穿过走廊,映在窗前的丛丛青竹,如妙手天成的画,一年四季的婆娑。雨天泛出湿润光泽,风过,是沙沙抚摸;清晨,扑面绿意沁人心肺;暮色呈现夜光中的水墨画。然而人在其间浸淫久了,鸟声啁啾,孩子雀跃,居然生出"万人如海一身藏"的迷失。

不错,海棠提醒了我,当初园艺师栽下时,压土,自信地告诉我:一定开花,他准保花树成活——没有不活的道理嘛。事实正如他所说,在这热闹的操场前，海棠冷艳地开着，独守一份清韵。

莫名地想起很早看过的《秋海棠》，故事情节早已模糊，主人公秋海棠凄苦一生，让我对海棠花印象亦先入为主。后来每每读到李易安的《如梦令》："昨夜雨疏风骤，浓睡不消残酒，试问卷帘人，却道海棠依旧。知否，知否？应是绿肥红瘦。"倒觉得那份问询无异缘木求鱼，浑然不觉的侍女可能还嗔想着主人的宿醉，哪里体会到她的愁叹与生命不可承受之重。赵明诚去世一年，纵使海棠花红，词人心境又哪得如旧？莫道人间春色好，物是人非谁堪寄？倒是教室里孩子们一遍遍唱《知否知否》，全然是"少年不识愁滋味"的笑意盈盈。

苏轼对海棠是痴迷的，"东风袅袅泛崇光，香雾空蒙月转廊。只恐夜深花睡去，故烧高烛照红妆。"黄州一贬五年，乐观、旷达的他寄意深沉。想想夜深难眠，持烛照花的人有多少曲折心思？且随春风十里，消融在月下花前。海棠朵朵开在他心上，是贬谪日子里的一份通透、一份豁达。

时光流转，生命本身就是花开花落。

"老班，海棠又开花了。"当孩子们的叫声再一次响起时，不觉已是辛丑年的春天了，我有些惊诧，莫非四季海棠？

只见细雨迷蒙中，去年的枝干缀上了一朵一朵嫩花，有的吐蕾，有的开苞，渐次开放，花事已经远远地超出去年秋天报信般三两枝了。几乎每根枝条都有花儿朵儿，左边两棵，右边两棵，真应了陈与义的"海棠不惜胭脂色，独立蒙蒙细雨中"，而且每朵花瓣都一律朝下。

# 采采芣苢

### 南风夏日来

"老班，我觉得这南山满满的仙气，你看那雾，每天起来都可以看到。"

"因为有你们这班小神仙啊。"小神仙对诗歌鉴赏还是难以把握的。"南风不用蒲葵扇，纱帽闲眠对水鸥。哪个字眼让你感受季节特征，从而领会诗人的闲适？"

"当然是蒲葵扇。"年代愈远，见过电风扇的他们是无法领略旧时光里的风物，而葆有好奇心则是天生的造化。

"盼望着，东风来了……西风一阵紧似一阵……冬天到了，凛冽的北风挂在脸上……春夏秋冬季，东南西北风。"

"哎呀，老班我懂了，南风夏日来，为什么我从前没有想到季节与方向之间是这样对应呢？"

看着他们惊诧的神情，我哑然失笑。

### 秀水潺潺流

走过小河，加固的堤岸，日益萎缩的河道，被无情砍斫的堤畔古树，以及耗资巨大的投入……我希望锯斧不要无休止绵延，在这片绿色原风景里依旧可以呼吸纯净的自然气息。

类似景观在沿途河流中不间断出现，垒高的红土赫然醒目，以致我搜寻泛滥成灾的记忆。抑或是六月下旬以来，江西大部地区持续暴雨造成的洪灾让人居安思危，内涝场景还历历在目。可是失去了旁逸斜出的树林葱郁之美，这段堤岸实在单调贫瘠，毫无意蕴。据说为了施工便利，就有了挖掘机粗暴的"一抹光"。像来时路某个已经变成了废墟的村庄，我曾在那里徘徊伫立，笔端无法追踪的惆怅成为永远的遗憾。

　　试着将脑海里那些大地的脉管连起来，胸口还是被厚厚的黄土压着，河水流畅的日子，我的脉管也是汩汩流动的。此刻，堤岸与河面高高的落差令人想到"纵身一跃"的悲壮。

## 记得绿萝衣

　　发现地上绿萝，正是我对栏前绿萝极度失望时。我给它喝过奶，也将生鸡蛋喂它，但总不见它振作。它让我的耐心发挥到了极限，还蔫不拉几地蹲在阳台一角，仿佛房间里的主人，厌倦了咳嗽君缠绵纠缠，厌倦了弥漫的药味，却又无法甩脱。而那个细雨清晨，看见杜英紫色果实寂寂滚落地上，不远处偶尔几片红叶躺着，画面竟有一种凄美。命运曾经将它们聚在一棵树上枝头，又无情地分开，只能对望凝视，最后被懵懂少年扫走。倒是这一丛新绿格外打眼，简直是无声地招摇魅惑，我半信半疑，想起王世贞的绿萝诗："一夜点苍山，入君读书舍。芊眠白云色，而亲在其下。"原来我一直盯着栏前，却忽略脚下这厚实的土地……

　　端起阳台绿萝，像放飞一只鸟样，尘归尘，土归土，舍不得放下的我，终于明白，将它放在地上绿萝身边。

## 采采芣苢

　　操场上车前草一朵朵四叶草般散伏着，嫩嫩的，让人不敢抬脚，我知道它马上迎来生长的最繁盛期。"把操场换成人工塑胶的吧。"校长不止一次提议，可是我们几个人都反对，并且一致坚定地说，这是全市唯一一个纯天然绿色足球场了，所以我们像护卫最后一个纯真少女一般，不奢望它有任何升级。

操场最初铺的是什么，已经不得而知。第一个寒假结束来到这里，我就惊异这盛大的气势，简直弥漫了整个操场。从前《诗经》中的"芣苢"据说就是指车前草（也有薏仁说），你听："采采芣苢，薄言采之。采采芣苢，薄言有之。采采芣苢，薄言掇之。采采芣苢，薄言捋之。采采芣苢，薄言袺之。"那样回环复沓的音韵节奏勾起无限神往，你尽可以想象千百年来人们的吟诵，仿佛悠远的天地间走来一群葛衣女子，她们结伴提篮，她们蹲身采采，篮子里装的芣苢不是草药，而是素朴的生活希望。女子的容颜映在碧色里，不只是劳动收获的喜悦，更是原汁原味田野之韵。

此刻，菠菜状的叶子不露声色地生长，悄无声息地立起，不像玉兰那样高冷叫人仰望，不像桂花馥郁芳香被人赞美，不像海棠鲜艳被人怜惜，你只要低头俯视，年年如斯，丛丛簇簇铺成春天的底色。大道至简，大美无言也。

再过几天，沉寂了一个寒假的校园又要朝气蓬勃，孩子们奔跑在绿色的操场上。车前草默默萌芽、成长、抽穗，开出淡白色小花，悄然结籽，同他们一同生长，历风经雨而生生不息。

## 鹧 鸪 词

　　值班，拍下新年第一张照片时，校园已经是鸟的天堂，穿过宿舍前的小径，不时"蓬"起一群鸟，它们并不过分受惊吓，向前一棵树落下，未几又如斯。这样，让你依旧感觉热热闹闹的。不消说，阳台上又多了"天财"——鸟屎，一团一团的，想象着后面的秀水河畔古樟树下弄得像脱毛鸡似的地带，心就被抽空似的，鸟儿们的一切都可以原谅。它们站在门楼顶上、站在教学楼上一字儿排开聒噪，为曾经的家园，为河畔的葱茏茂密。现在它们只能在校园里不惊不乍地自由飞翔，未必不是一份福祉。至少树底下还走着一个喜欢听鸟叫的人，一个喜欢看鸟飞的人，一个生活里不能没有鸟影的人。

　　它们曾经飞进我的办公室、我的教室、我的宿舍。第一次用盒子将鸟装好，反倒饿死小鸟之后，我再也不敢以爱之名义收留了。它曾经立于我的掌心，待我尽情拍照后，终于飞走。我简直惊呆了：小脚立于手心，小眼睛对视着我。莫非它懂我心意？它偏着头，逗留了几分钟。"飞吧飞吧，飞去你想飞的地方。"我无限欣喜这掌上之恋，人鸟相语有时实在远甚于人与人的叵测。当它们飞进教室时，孩子们停下总跟它一番追逐嬉戏，它又仿佛要巡视着小鸟似的孩子，所以最后总在孩子们的祝福中飞离。鸟儿在这里是自由自在的，人在跑道上走，它们就栖息于操场上，三五成群。孩子们书声琅琅，它们就鸟声啾啾，彼此唱和着，像美妙的和声。

　　住的小区香域加州也有鸟，我听出了"鹧鸪"的叫声，叫声常常牵起"故园"的感觉。唐代写"山雨欲来风满楼"的许浑就有一首《听唱山鹧鸪》：

> 金谷歌传第一流，鹧鸪清怨碧烟愁。
> 夜来省得曾闻处，万里月明湘水秋。

鹧鸪声似乎总惹起乡愁，而我日日浸在乡间鸟音里，反多一份山林的亲切，仿佛童年里熟悉的一切还在身边氤氲，或者说在地母的怀抱中，除了孩子除了鸟音，你不需要在乎太多。川端康成的《山音》节奏舒缓，总是夹进一朵花悄然地开，一只鸟乌夜里啼。每天读几页，山音里的故事像流水一样远去，只剩下音乐。

不是没做过坏事。上罢课，喜欢独自走向阡陌，地头上有农人装着的网，我从网上取下小鸟，最初收获的欣喜渐渐地衍生成罪孽。天罗地网，旷野之上，我感觉到原罪。坐于河畔，秀水潺潺，鸟群成千上万从林间飞起，又落下，我往河心扔石子，于是周而复始，鸟群起起落落，直到感觉自己也成了一只想飞的鸟。

下楼，宿舍前辣椒只有星点萎红，想着去年一路小白花，我释然了，花开终有时。向前迈几步，杜英树下一茎茎嫩叶，如久违的亲人向我招摇。"蔡老师。"意外发现了一丛一丛的荠菜，我跑上楼提桶子下来。先是校园，再是栅栏外，地头，河岸，两个人很快采满桶子。

转角抬头时，忽然看到一个威武的戴墨镜者，"徐总新年好！""我到处转转看啊。"看什么呢？学校后面河岸的草丛、树木全部被挖土机挖掉，河水依然清澈，却裸露出堤岸，灰色冰凉的水泥围上了一段。

穿过后院的泥路，我们兜回了学校门口，就着池塘一把一把地洗。

"谁谓荼苦，其甘如荠。"往年，墙角红叶李已经缤纷枝头，今天只有鸟声和荠菜花聊作慰藉。

# 天 南 星

　　那一天我和门卫老刘散步，意外在路坎下发现一株明艳的草本植物，细长的叶柄上结满珠圆玉润的果实，那颜色无比魅惑，初为绿色，然后向上玫瑰红，又渐变成紫罗兰，如百变精灵，茎秆上还有细刺。在这草木蓬长绿色主流的六月，实在打眼。接下来一株又一株，仿佛从前忽略的此刻要全部占据你的心魂。俗话说："山中无闲草，识得都是宝。"但见多识广的老刘在晚风中也摇头。

　　于是问村上人，扛镢头的豆腐爷弓着腰嗤笑起来："嗨，蛇芋啊，这都不认识。早先细伢哩闹饥荒时还填过肚子呢。现在日子好了冇个吃。"另外一个说："先生只晓得画粉笔哈，这蛇药都不认识。""是药三分毒，那年头没有办法，观音土都要吃。"一株本草居然牵起一个时代的记忆，到底是什么时候？"你肯定还没出世，六几年。"路过的村民一时七嘴八舌。原来它们一直都在这里四季轮回，度尽劫波兄弟在，遗忘淡漠的倒是如我们后辈。

　　思绪拉远。这名字令我想起了挂在宿舍门上长长的蛇皮，想起夜里蜷在宿舍台阶上扭曲的蛇蜕，想起跑道上一瞬溜过的蛇影，心中还是泛起鸡皮疙瘩。记得七年前初来校园那一片金黄色的蛇莓花，盛开时如金色的地毯，美则美矣，总教人莫名恐惧。都说蛇莓鲜艳处是蛇最爱流窜的地方，窸窸窣窣且不容易被发现。儿时大人吓唬多了："山上有野狐狸，蛇莓下有狗屎疙（一种毒蛇），松树上有毛辣子……莫乱跑。"虽从未被咬过，但语言制造的阴影直到成年后仍然无法摆脱，于是乎意念来克服，唠叨来减轻，却丝毫不起作用。就像《圣经·创世纪》第三章中耶和华神谈到女人与蛇永世为仇一般，宿命般蛇永远无法给女人带来安全感。

学校大厨志平则不以为意，每每笑着："下次看到蛇，叫上我，捉住正好做龙凤汤，退凉，味道鲜，还可以治你的喉咙。"你看男人和女人的关注点永远都不一样。中午曾老大端着饭碗往往一路扯着嗓门叫起来："蛇哩，蛇呢？"仿佛蛇是他多年老朋友似的，硬是喊得分外亲热。其实真正有安全感的措施还是撒雄黄，或者夜里一直开着灯。蛇喜阴暗处，毒蛇出没的地方必然有蛇药。自然有它的法则，一切是息息相关，只是没想到在这个食物链上无论蛇莓还是蛇芋都美艳绝伦。

五月鸣蝉，六月溽暑。好在山里傍晚是动人的，南风轻拂，鸟儿归巢，村民归家，山色如黛。老刘的眼力特别好，这一路到母亲桥头，都有蛇芋的身影，一株一株醒目，仿佛暮光就是衬托蛇芋之美，而且蓝色丰盈，如少女天真烂漫时期，成熟时节的才红艳秾丽。每发现一株我心里就添一份踏实，留念拍照，好像意念中的蛇阴影面积一点一点在消除在缩减。这美丽的本草啊，端的就是生命的庇护神。

回来翻看照片整理，蛇芋原来又称作天南星或者山苞米、山棒子、半夏精。十月挖出块茎，去泥去茎去叶去须根，装入网兜内撞搓，去表皮，最后用硫黄熏制晒干，便可祛风止痉，化痰散结，还可治口眼歪斜、手足麻痹、毒蛇咬伤等等，只是使用时需要炮制。当然我最看重的就是能治蛇伤，感觉所有恐惧都弥散一般。宋代黄庭坚在《药名诗奉送杨十三子问省亲清江》中对天南星则是赞誉有加："天南星移醉不归，爱君清如寒水玉。"蛇芋获得了诗意的阐述。

至于村上说饥饿年代作为食物，历史上也有过类似情况。明代海南四大才子之一王汝学（1428—1512）就有一首关心民间疾苦的《天南星》，诗中写道："……君看天南星，处处入本草。夫何生南海，而能济饥饱。八月风飗飗，闾阎菜色忧。南星就根发，累累满筐收……"之后还写道"饱睡到天明，何管蝶梦周……海外此美产，中原知味不（fǒu）。"如果饥饿使人无法选择，最直接方法就是煮吃，无须讲究，草木抵达，生命安顿。现代人活得忌讳太多，愈来愈远离本草初心。

当然，天南星更传奇的则是与明代医药学家李时珍的《本草纲目》的渊源。邻村庞姓人请李时珍去救妻子，李时珍仔细分辨药渣，发现药铺将处方里"漏篮子"分拣成"天南星"，才导致病人中毒不省人事。为病人排除危险后，李时珍作出此生中重要决定，重修旧本草，查漏补缺，纠正药方、药品产地、药性等，锲而不舍二十七年，因此才有后世中医经典巨著《本草纲目》。与其说李时珍分辨本草的差异，莫如说是天南星激发了李时珍孜孜不倦的探索。

一株株天南星在这个夏日黄昏闪烁着光彩，赋予南山另一种质感。

# 芳 邻

与竹为邻，日子清凉。

每日上课，丛竹映在窗前，新枝摇曳，沙沙作响。有时孩子们走神，怔怔地仰望，索性停下课来，拍一幅毛孩看竹图。当然，他们在丛竹下发现过通天蜡烛，好奇心倍增，做先生的面对此类问题也只有想方设法查找资料，问百度。

月季被他们当作玫瑰时，我没好声气。素来不喜月季，虽说它们花形相似。至于为什么讨厌，委实说不上理由，就像莫名喜欢某种东西一样。苏东坡对月季有诗赞美："花落花开无间断，春来春去不相关。牡丹最贵惟春晚，芍药虽繁只夏初。唯有此花开不厌，一年长占四时春。"或许正因为开不厌，才叫人视若无睹吧。

没有海棠的娇艳，没有紫荆的热烈，没有桂子的暗香馥郁，从它身边走过瞄一眼，仿佛每次都有开不尽的花。幸好它在丛竹下面，潇潇风起时，一竿竿竹叶上的雨滴落下来，觉得无限清凉，这时候花才显得楚楚可怜。天气好的时候，月季在修竹之下，简直违和。犹如隐逸人家，门前总也一个红艳女子不伦不类。

园子里的竹，别具匠心，在两栋教学楼之间，已经高过二楼了，只有两丛，但印象中却庞大深阔。穿过连廊时，有疏影横斜印在连廊的白底上，就是妙手天成的水墨画。如果是夜里，昏黄的灯光，竹影婆娑，让人想起苏子的《记承天寺夜游》："庭下如积水空明，水中藻荇交横，盖竹柏影也。"踩着竹影走上讲台，脚底都生出清气，身在山里，远离尘世喧嚷与浮躁，清风送竹影，书声琅琅，也添一份意趣。

忆及少年，竹是乐之所在。走过老井、祠堂就是一大片竹林，散学而归，可扶竹仰看蓝天白云；可依竹而坐任思绪驰骋；可徘徊竹林捧书独享幽静。谷场上晒谷，老人在祠堂里歇息，他们免不了聒噪祠堂里捉迷藏的孩子。隔墙进竹园，那就什么都听不到了，世界安静如竹。

再者，屋前邻居是个篾匠，他能用竹打出各种农家用器：竹席、竹篮、箩筐、晒垫、土箕等等，总之竹在他手中运用自如。青竹裁断、分片、撕开，裂帛之声横空而来，惊魂骇魄，仿佛蕴藏无限原动力。守在他跟前，我收藏竹膜，一片片薄如蝉翼，真是如获至宝。梨英姑婆借我看《列女传》《二十四孝图》等，竖版文很多看不懂，但是绘图却有吸引力。小心翼翼地将竹膜盖在上面，线描，可以废寝忘食。念初中时省下的伙食费换成一本本连环画，用竹膜描红。完整的描整个人像，不完整的也可以描仕女头部。同学父亲在宜春上班，带回白纸，有了竹膜的描红底子，我给她画《四美图》，画《薛仁贵征东》……竹膜，简直是童年绘画启蒙师。记得参加工作后，还从旧书里翻出过许多泛黄竹膜，恍如时间之翼在眼前翕动。

左邻爱吹笛，扯二胡。这在乡村是多么稀奇，总觉得他清瘦的脸有一种光辉，尤其是夜里听到传来二胡的喑哑、笛声的幽幽，便觉天地有清音，盖过所有人间烟火，以至偶尔听到他种种桃色传闻，都觉得皆可恕可谅。他亦会找篾匠要竹膜，往笛孔上贴着，竹笛就吹响，先是"嘘嘘"间断，后来就像有精灵，手指交替摁住，笛音连绵，竹在他手上有了灵魂。

如今邻居早已不做篾匠，像乡间慢慢消失的手艺人一样。吹笛者也早已病逝，教人唏嘘不已。而我画笔成殇，只是忘不了竹赐予我年少的欢喜。现在能做的，站在讲台上，马克笔、绘图铅笔、水粉颜料样样准备。台下少年总有一些喜欢的。那些在素常学习中还没有获得足够信心的孩子，我相信线条、色彩会弥补他们。

像窗外丛竹，赐予自然成长的青葱岁月。

"莫嫌孤叶淡，终久不凋零。"曾经到过一个小镇上的酒厂，除了独特的酒文化之外，主人带我们走了一条长长的竹径，他说光是这条小路，就花了十年时间铺就，一圈下来如梦如幻，恍然红尘外，"一径竹阴云满地，半帘花影月笼纱"，彼时竹成了绝世隐者，令人静穆。

校园里的木本植物都是四季常青，这两丛修竹显得格外茂盛、生机勃勃。春天，小竹笋嫩嫩的，待到像箭一样冒出，那景象足以让人惊呼，一不留神上窜十几米，高而不折，足见其坚韧。待到嫩叶长成一蓬蓬在两楼间婆娑，真是夏日空中舞者，红墙黛瓦间新绿喜人。远看近看，无论哪个角度都是风神俊逸，清韵洒脱。

浅秋日影、露气浮动于疏枝密叶间，不知不觉间觉得身入天人合一之境。即便到了深冬，操场上的车前草只剩下一地萎色，园子里的鸟音也萧瑟寂寞，但是窗外的竹却仍然挺拔在料峭的寒风里，一支挨一支，颀长特立，让人感觉生命张力。风在竹叶中穿梭，竹在风霜中挑战，进行自我完善。

窗下书声琅琅时，窗外丛竹日日婆娑，芳邻是竹，浮生清凉。

# 杨 梅

多久没看园子里的菡萏了？日子忙得一点就着火，一急就想掐架，甚至生出卑鄙之念：躺在病床上未必不是一份福祉，好歹可以冷清地审视自己，万般放下，只管照顾好肉身。

生理苦痛与精神苦痛必须要面对一个时，宁愿选择前者，至少午夜里不会对着雨中一株树发呆，生死之间不会找不着北。

"事一件一件做，话一句一句好好说，日子一天一天过。"谁能主宰自己，谁看这尘寰就众生颠倒，恍惚间每个人碰头都是忙得团团转。

连梦都懒得光顾我们，过了做梦的年龄，也没有做梦的时间。

疫情防控期间，谁都热切盼望着可以自由奔走，一旦解封，忙这忙那，人陷入连轴转的怪圈。"等忙完这阵子后……"仿佛过了今朝就柳暗花明又一村。但真相往往就是，手头这件事没忙完，下件事就追到脚后跟来了，永远地在路上……

若无闲事挂心头，便是人间好时节。

去年的惊喜仿佛还在耳畔，孩子们手上揣了果子叫着红叶李好吃。那时想着日子太孤独，紧张的冲刺学习之余，一点惊喜都无限放大。殊不知味道着实和别处路边、园子里的不一样。甜甜的，卷着丝丝的酸，一棵树累累的，少说也有五六十斤，压弯了枝头沉甸甸的。

心里头想着：以后年年，这里的孩子们都有好果子吃，园子里便不再是单调地念书了。

但今年上上下下居然找不到一颗红叶李。

人一圈圈地走，失望一圈圈加重。

杨梅树悄悄挂果时，实在是毫不起眼，一颗颗圆圆的小刺头与叶子颜色相差无二，摸上去也打手，绝对的青涩版。像极了初出茅庐的少年，看上去浑圆，摸不着道，倒是总叫人硌得慌。园子里忽儿阴忽儿晴，在老天喜怒不定的风雨中，梅子一点点柔软，颜色一点点转红，一日日鲜艳夺目。之前总也混淆不清的叶与果，现在这儿几颗，那儿几颗，嘟嘟地可爱起来，连树下也走出了一圈孩子们的足迹。

他们仰了头，小迷弟小迷妹似的向上望着。

一树星星点点的红，像燃起一团团的小火焰。

下课铃响，一声令下，呼啦啦，杨梅树下聚集一群白衣少年。他们的惊喜此刻早已拂散了学习带来的压力。"我来，这儿红了。""那边一个也红了。""还有就是在你手背，看见没？"此刻这株野生杨梅树带给我们多少野生的快乐。

上楼的时候，无意间看到这一幕，河畔的人拖网缓缓，然后网中取鱼，又放网于河，放给人世一份悠闲。我知道，梅子雨的时候，网不会空无一物，甚至想可能的话，自己也飞奔过去停在河畔，做一个纯粹的网鱼人。日出而作，日落而息，绝不像现在因循苟且。

你看此刻，天云漠漠之下，青山鸟鸣声里，河水潺潺之间，一份宁静的等待，可以忘怀人间多少得失喜忧。一网一网，楼上的人只管怔怔地看着，渐渐地迷失在眼前的画面里。

# 君子兰

## 一

一直以为兰是隐痛，人也好，花也罢。

那个叫兰的女子记忆里笑得温婉，站得亭亭，举手投足之间都像兰花一样，甚至生气的时候蹙眉也是美的。可是有一天突然传来她的噩耗，骑着车在校门口遭遇车祸，生命就停留在那一刻，离开了心爱的讲台，离开了台下的孩子，也离开了温馨的家。她走之后，爱人须发全白，"情深不寿"，简直是谶语。

人与人，彼此真的不能太痴迷。我们总是竭力封存记忆，想捂住时光暗盒。直到命运从某一天重新开始，兰异常清晰地浮现在我的面前。那是12月26日的周末，小车行驶在剑邑大桥上，一辆庞大的货车像怪物似的挤过来，坐在后座的我异常清醒，张开手臂，但就是什么也做不了，什么也不能做，只见死神张开巨大的翼羽罩下来，我听见自己无助的叫声，感觉自己回到了生命原点。车内刺鼻的尾气，撞扁的车门，生生带弯的车体……还有逃过生死劫的司机，小车最终可怜地横在桥面上。两个司机从各自的车体出来，对峙了一阵，便非常冷静地处理车辆善后事宜。

那一刻，我见证了自己作为女性的天然弱势。伏在剑邑桥栏上，把胃里所有的东西都吐向赣江，怔然如梦。站在大桥上，桥身在颤动，车来车往中，离我而去的不只是无常，还有一直占据我脑海里的许许多多的人与事，甚至长久以来的执念。兰就在这时候微笑着闯入脑海。

既然躲不开记忆，那就定格你的笑容，或者尽一切可能逃避转移。譬如上到莫顿·亨特的《走一步，再走一步》这一课时，我讲得很慢，绝对不是要台下少年都成为孤胆英雄，而是希望如果某一刻置身在黑夜的悬崖上，总有一个声音牵引着他们走一步。

一切都会过去，一切都是瞬息，生命如兰。兰走了，我选择性记下兰微笑的面庞。

## 二

有人说这世界没有感同身受的悲欢，沉默最好，时间就是那味良药。

人也罢，花也罢。多年前，我有两个美丽的兰花盆。素常大咧咧的人不适合养花的，但我养起了兰花，在忙乱的生活里，几茎长叶定心，偶尔想起来才照料一下。生活中很多事如此，刻意追求往往失意。若有若无中，兰一直生活在我的闲暇里，不是负累，不是牵绊。人生如飘萍，很多无眠之夜，我在谱书里入眠，寻找安定如兰的气息。那一日回到家，猛然发现阳台上所有的花都没有了生机。一走多久了，一去多久了，没有人会永远在原地等候你，没有花永远为你开放。

蹲在花盆旁，很久说不出话来。不再养兰。楼道口的菊花，溪流里的菖蒲，拐角的石榴，也已经习惯我们之间的离别。

收到一盆兰花的时候，莫名惊喜。山里待久了，感觉自己早已沦为一株草，落在草木间自然呼吸，鸟声虫鸣中，已经放下很多思念很多向往。可是这一盆兰花又勾起了无限思绪……

# 水 仙

　　朋友送了一盆水仙，盆是水墨画，球茎饱满，叶叶青葱挺立，正是呼之欲出时。想象着花开的淡雅，眼前一朵一朵缤纷起来，正好陪过小寒假。细雨霏霏中接过，面前软语笑靥如冬日暖阳。

　　刚毕业时养过水仙，棕色盆，把它放在家里八仙桌上。"妹仔，这个东西看得吃不得呀……"路过家门的女人与母亲闲聊边摇头边叹气，别的女孩忙着女红，而我捻起针来，上针、下针、圆包针，起头又重拆，反反复复，一个冬天也织不起一双袜子，笨得学不会，也提不起兴致，完完全全被上帝关上了那扇门。

　　好在水仙是我的慰藉，寒冬腊月里颜色分明而日变，可以不停地练习线条、静物水彩。终于开花了，特意放在桌子中间。没有玫瑰的妖娆，没有木芙蓉的鲜丽，但一朵一朵雅致脱俗，芬芳一室。端花的人多么希望得到认同，生活不止柴米油盐，还有水仙花开，素描水彩。"还画，等下扔到八国里去，不晓得世间事……"风沙吹老了岁月，永远吹不走母亲的碎碎念。

　　小心翼翼，我又把它移到方杌子上，堂前不起眼的角落里，与书为伍。母亲是相信算命先生的，一次一次并且最终深信不疑：这个肩不能挑、手不能提的女儿，安身立命只能靠书。就算画被她烧了，但书她绝不会动。那盆水仙就这样得以在旧方杌子上的书边生机盎然。

　　成家后，继续养水仙，连着买青花瓷盆，过年时放在餐桌中间，不只应景，更是养眼养心：日子不全是烟熏火燎，还有水仙叶叶青葱，朵朵如雪，温润如玉，花蕊几点黄。花谢时，就在老街口的沙堆里挑了石头，用水养着，勤换。不久后发现水仙花盆从餐桌移到了阳台旮旯，我又把它从旮旯里移上餐桌。几番戏剧性地拉扯后，迎来棒喝："石头当得饱，去吃石头过日子。"怔然听着，才明白水仙是温情感伤的代词，日子就是柴米油盐，就是晨起暮落。一地鸡毛琐碎磕碰中，水仙是盛开的彼岸花。

再经过花店时，依旧迷恋那份风雅、安静，生出红袖添香寒窗前的错觉，却不想捧回。水仙，是时间的卧底，见证青春之窘迫与苦涩，摇曳在梦里。

从此不养水仙，取而代之绿萝，教室后面书柜上，前面壁架上，乃至讲台前都可安放：绿萝长新蔓，袅袅垂坐隅。这绿萝深得学生喜爱，连叶面上的粉尘都会被值日生小心翼翼冲洗。哪天长出了新叶，哪些天又蔫然无精打采的，甚至放在教室后面的，没有放在讲台前的有精气神，都被细心发现。莫非草木有心，同样需要爱的目光供养？总之日日陪伴，寒假、暑假过去依然碧绿青翠。四季轮回，绿萝收藏阳光，收藏水分，生命着实顽强。

"……你说我冷得像水仙，冬天才看到我的笑脸；你说我在等一个寓言，却永远不能够，不能够实现……别忘了我就是水仙……"当冷冽的旋律响彻寂静的山道，那天夜里我正驱车到镇上去买米，歌声悠长，如寒夜裂帛震撼心扉，划破夜空。水仙，我有多久没有关注青春时梦想的花朵，忘却这春天的信使，整日面目不清忙忙碌碌。如果年轻时太多被动句式，那么一路走来，岁月带走纯真，时光苍老容颜，究竟又沉淀了什么？从小镇到城市，又转山居的日子，养过紫罗兰、菖蒲，院子里有海棠、紫荆、樱花等等不一而足，青春期的水仙花里到底蕴藏什么？令人无法释怀。

俯在方向盘上，暗夜沉沉乡村萧然，没有答案。或许人生原本就是一程一程花开，一步有一步的风景。得失随缘需要留白，如残荷缺月，雕栏画痕；如旧时光里孤独的水仙。

搬家的时候，记得水仙花盆静静地摆在角落，捡起来沉吟良久，终是放下。

屈指今日，不知不觉已是十年。水仙，你又来到面前，亭亭玉立，而我已过了"香心静，波心冷，琴心怨，客心惊"的岁月，前尘往事不可追。余生有花癖，对此日徘徊，再兼知己三两，足矣。

捧花上楼，身后人还送来一句话："春天到了花盆还我，明年再给你水仙。"

## 早 酒

秋分过后是小雪，除了昼夜温差大，白日并无寒意，冬天菜园子丰盛。"霜打青菜鲜又甜，下市辣椒味亦好。"一季有一季特色，不管啥时节去秀才埠吃早酒，都能将胃安顿得熨熨帖帖。

秀市人拜年有"摆早酒"的习俗，做客跟别处有点不同，一大早出门，东家一大早忙活，早餐变正餐，"早酒"的叫法可能起源于此，但真正形成规模，则是近三四年的事。用闲话说是秀市人舍得过日子，男人最不能对不起的就是自己的胃。勤快的说法是忙了一大早，趁着早酒缓下劲热乎热乎，继续做事也有味。城市人讲究夜生活，山镇里吃早酒一样烟火人间，风味长存。

早酒离不开荤。秀才埠氽汤肉是出了名的，秋瓜婆、朱秀店里都有，摊子上端来同样不逊色。肉有精有肥，几滴油花，汤水澄清，竟无油腻之气，口感嫩鲜，绝对打开你的味蕾。现代人过于精致讲究，活得累，总担心血糖血脂血压三高呀什么的，忌油荤，但这儿氽汤肉鲜味绝，高手在民间。山里人勤快，赶一脚山路卖完山货，简单点肉炒粉丝或者肉丝汤粉，心宽的直接到肉案上割些里脊肉或五花肉，捎摊上打汤或小炒，加盘青菜，经济又实惠。所以早酒最大特点就是新鲜又实惠，想吃什么自己转一圈买得来。摆早酒的说白了就是负责来料加工，凭厨艺吃饭，也不用贴钱进货，全凭主顾自个心意，小本生意细水长流。

开初是几家粉面馆，慢慢地成了两排长摊红红火火，煎炒煮熘锅碗盆筷响起交响曲，构成农贸市场一角景观，敞开来坐，敞开来点菜，有心动的还会抄起锅铲相帮动手。那种氛围绝不同于包厢或者关起门来成一统的雅致，反倒类似于中国道家哲学的一种境界："小隐隐于野，大隐隐于市。"大俗即大雅，豁亮而通透，各有各的乡里乡亲，各有各的特色擅长，汤炖得鲜，小炒有嚼劲，粉、面浇头配上自家腌的柚子皮、萝卜叽、红辣椒酱，不一而足。

早酒与秀才埠圩集当得久分不开的，无论是闲街还是逢上二、五、八当圩日，卖东西的多，又常守到下午两三点，还有夜里收摊的。赶街的遇见老朋友，卖菜的不留脚货回去，都要耗时，自然要去摊子上填肚子，慢慢地发展就形成了规模，几十家呢。

至于卖牛肉的畲里黄家几兄弟每每是下午4点左右才上砧，毛血旺装在前面，牛烂熟、牛百叶、牛肋排摆在案上，架子上吊着牛胳膊、牛腿子。早先跑长途经过或者住城里的，都要从这里捎新鲜的回去，别处的很多注水不地道。这里地属丰抚交界带，过了秀才埠就是抚州，古风犹存，所以早酒自然也少不了小炒牛肉、牛百叶汤或者烧牛排。天生万物，人间草木与天上飞的地上行的，物我相循皆得旨味。愿意花时间的，买了筒子骨打汤，先旺火后文火，日子就这样熬出滋味来。

早酒当然少不了鱼。秀才埠面积大，不说含秀湖，小溪山塘也多，山里水好鱼质好，来一份杂鱼汤：黄芽头、鲫鱼、肉鱼崽等喷上料酒，一锅炖，相准火候添上葱姜蒜，热腾腾上桌，三两老友浮一大白，解得红尘百忧去。人以食分，人间大事无非生死二字，其他几分糊涂混沌强似那锱铢必较。再说小桌上侃侃而谈，彼此话短情长，你说山里人日子慢，我说山里人彼此见面亲，厚道又实在。那些匆匆忙忙的脚步啊，停下来走一走逛一逛，菜市里人头攒动、人声喧哗，好像一钵麻辣烫，脚板薯、百合、芹菜、豆腐块……混在一起冒热气，菜农啊贩子啊喊叫声此起彼伏。这厢买下提了那厢做，眼前是熙熙攘攘，车如流水马如龙，实际上思绪已放纵在青山绿水间。

早酒就是这样随性适意，朝九晚五的人肯定不习惯，农家不是有句俗话："早酒晚茶五更色，劝君千万要不得"？但山里人陶然其乐没那么多顾忌，再说多半是赶早辛苦忙碌了半天的。年轻一辈的外出打工，能够坐下来的大多上了些年纪，腿脚还利索，人又豁达。他们不愿意远家刨食，又不愿意日子过得沉闷，赶圩、早酒，将生活的平淡变成市井繁华的生动蓬勃。镇上新近发生的大小事儿，外面传来的新闻，真真假假，扯个开心最重要。

早酒又不像老街泡茶店，扑克麻将没个早夜，四下里热闹氛围，人影散去，谈谈笑笑过后该忙啥做啥。男人们在家婆娘爱唠叨，这里嘛少有喝得脸红脖子粗的，你一言我一语都发作不起来。所以你想啊名字叫早酒，其实呢，多半是几个街不见的老伙计一起坐坐，坐得心头云散雾开。并不是人们传说的那样，大清早喝酒不要日子，扔掉世界图个痛快。

至于做早酒的多半是女子，倒真是要起早，5点左右从家里出来，一应准备。实在忙不开的请个老人家择菜，自己没下消停。既要有好手艺又要会带笑脸，摆早摊成为她们的生活方式，累点苦点没什么，忙碌而踏实，谁的日子不是这样？卖菜的春美当初家里紧张，娘一句话就辍学摆摊，供妹妹读书，如今说起妹妹毕业在外成为职业女性，倒是欣慰："我也值得了。"老墟街上卖汤粉的女子，丈夫得病，孩子读书，几乎全靠她一把锅铲撑起那个家。年轻的麻花辫总是笑意可人，你来与不来，我都在。

因此，早酒是秀才埠不一样的烟火，不一样的风情。

# 笋 包 子

有句经典台词：要抓住男人的心得先抓住男人的胃。我想换下：要感动女人的心也得先从胃开始。你想一个能烧一手好菜的男人，多半是个靠谱的人。离心最近的器官是胃，胃舒服了心自然熨帖，在一起吃得舒舒服服的人多半容易贴心，物以类聚，人以食分。再远点说，哪个地方留下了难以忘怀的美食，哪里就留下了深情的回忆。

小孩子最初的思念不也从吃开始么？人之于味，实在是简单又深刻的话题，民以食为天，这"天"实在浩瀚广阔、奥妙无底。

那一日黄昏潇潇夜雨中，几个人坐在一起围着火锅，热情的娜姐拿出袋子里亲手做的艾饺。她说春天里采好嫩青艾，煮熟滤出汁水，小心留存，擀面皮的时候揉进糯米粉去，再切葱（韭菜或荠菜）剁前夹肉馅，生姜末，滴香油，盐少许，面粉与糯米的比例是6∶4，否则饺子太软无形而坍塌……那么多道工序做出来的饺子，不但体态丰盈满实，而且花边也跟绿荷裙似的绽放，放入热腾腾的火锅，不多久夹起，外皮口感柔韧，内里馅香味鲜，令人回味无穷。哪里吃那么好的饺？哪里有那么巧的手？一盆小小的艾饺包进了多少热忱热心。

不记得自己吃了几个了，主客倒是谦谦君子，我则百无顾忌，吞进了肚子还恋恋不舍。

想起了曾经生活过的山镇秀市，那里做的笋包子太好吃，估计咱大丰城哪里也比不上。一到清明前后，田塍上的鼠鞠草疯长出来了，绵延一路，嫩叶片上毛茸茸的一层棉花白，而后开出黄色的花骨朵，提上篮子袋子，连带把自己拎进春光里，踏青又采青。采好鼠鞠草，洗净煮出汁水揉进冬粉，功夫粗糙不得，揉得越久越光滑也越筋道。馅呢是将春笋切丁到水里过一下，就没有涩味了。切香肠腊肉或者新鲜的前夹肉，韭菜、蒜、葱，吃辣的加进辣酱，喜甜的加芝麻冰糖，总之尽可以花样百出，我的笋包我做主。馅料全是自己细细地弄，香油、盐、姜末少许，下锅炒熟，包成喜爱的漂亮形状，上锅一层湿布托着屉蒸。约莫半小时出笼，瞧带着雾气热腾腾的，稍许摊凉，咬一口，是不是五脏六腑都浸透了春光？外面是春光灿烂，心里也灿烂春色，春天到了，不只养眼养心还养胃。

话说回来，那么多年品尝清明笋包子，自己从来都是眼高手低，但是这吃的艺术实在太富有魅力，时令一到，有喊来尝鲜的，呼之即去，乐之颠颠，谢之叠声，甘之如饴，吃不了还要兜着走。学校周围有几个女子，都是"把吃"能手，她们会不约而同，可着劲儿做了还品评谁个好吃。不搅糊不粘牙，一个是一个的样，手脚太毛糙的馅也配得粗，皮也吃得没有韧青味，那些肯在案板上花功夫将粉皮千揉万揉，蒸出来的笋包滑如翡翠，光泽感特别强，称得上匠心匠意，让人一看日子都过得悠容。

笋包子做好后要么给亲朋好友，远点的趁挂清时还带走，慰足人的乡思与情愁。近点的共同分享，山中日子的朴实而厚道。再就犒劳家中的老老小小隔壁邻舍，称得上"特别的爱，给特别的你"，生活的淳意，自然的素美，通过一双巧手全揉进糯米粉揉进心底，日子过得热腾腾，蒸出无限暖意。反正山里多的是冬笋春笋，田头垄上多的是鼠鞠草，地里有的是青葱蒜姜，人家有的是功夫意趣。

至于笋包子最初的来历演变，乡亲们反而追究得少了。据说是有一年清明节，太平天国忠王李秀成得力部下陈太平遭清兵追捕，得附近耕田农民帮忙，将他扮成农夫一并耕地。清兵哪肯善罢甘休，村里设岗检查每个出村人防止带吃的东西。归家后那位农民思索带啥给陈太平吃，出门一脚踩在艾草上滑一跤，手上膝盖上都染了绿色便计上心头，赶紧采艾草洗净煮烂挤汁揉进糯米粉内，做成青溜溜团子放在青草里混过哨兵。陈太平吃了青团觉得带劲，天黑后绕过哨卡安全返回大本营。后来，李秀成下令太平军都要学会做这个御敌自保。清明时节吃青团的习俗就此流传开。日子太平了人们自然锦上添花，用艾叶用鼠鞠草，馅也随心所欲，有声有色有香有料。秀市山林竹海汪洋，即使平常村落村旁村后多有竹林，素材应时令，做得好吃的也多了去，高手在民间啊！

　　自然别的地方也吃过。粤客隆楼下餐厅，其他酒楼也有，丁点大贵气得死。有次同学聚会到高安小镇说那儿也有，心里讶喜，可是店家后来端上尝，小丸子似的粗糙得很，怎么都没有秀才埠的味道鲜、纯、美。我记得还有一回刚要上课，水英仔打进电话压低她的大嗓门说："下了课，赶紧来这里吃笋包子哈。"想想，小女子唯美食与课堂不可辜负，如今美食在后铺垫，课堂怎不神采飞扬？恍惚间如见陌上：鼠鞠草迷迷离离，有伊人采采莫止，日子邈远又庄严。

　　今年的清明节快到了，笋包子的香味正一缕一缕飘近……

# 龙 灯

秀才埠的笋包子好吃，不用说谁都知道色香味俱绝，四月清明一到就挑逗你的味蕾。眼下正月，迎灯舞龙闹新春，不妨先到秀才埠看龙灯，也是年味儿十足的。

大年初一上午开始，街上的龙灯便热热闹闹舞起来了，其中龙山村卢徐湾村的"扁嘴龙"长约260米，共138节，炫目游走，成为乡间和谐绚丽的独特风景线。镇上每家门口，锣鼓喧天爆竹震地，跟着大大小小的孩子，男女老少，仿佛涌动的一股春潮。那些当家的点燃喜悦，发一千烟，眉眼生笑，接住龙的祝福。淘气包顽皮鬼不用担心老辈人嗔怪的，谁不痴狂少年过？也怪，篾条彩纸编扎工艺热情在年味里得到尽情的释放，仿佛积蓄了一冬的能量在烟火中升腾成千家万户的温馨祝愿。即使腿脚不灵便的老人围在火前也如数家珍，喃喃念叨着刚才过去是哪里的龙灯：卢徐湾蒋家是扁嘴龙，罗家桥是板凳龙，还有杨家、桥背、宋家港等等，哪里哪里又是蜈蚣龙……初二晚上最壮观的要数雷坊"老龙"啦。河西圳头清溪的梅烛当然好看，可惜只是夜里辉煌，咱们河东白天舞到黑夜，八仙过海各显神通毫不逊色，不信来瞧瞧。

雷坊"老龙"又叫"猪婆屎"，乍一听啥意思？名字丑成奇葩了，可别嫌，正所谓"情到深处自然痴，俗到极致便是雅"，早过去一户人家养了猪婆，一窝猪崽十几只，就是财星与财运。"老龙"身子圆滚滚一节又一节，你看"猪婆拉屎一丢丢"的，委实财运相连福相随，形象又生动。

雷坊村舞龙的历史由来已久，口耳相传得追溯到雷焕与丰城的渊源。

《晋书·张华列传》有记载，《丰城文旅》中之前拙文《名宦世家雷坊村》亦已叙述，此不重复累赘。晋元康九年（299年）雷焕挂冠隐居在丰城秀市始丰山仙人观。他的重孙雷镡遵雷焕遗愿带家人来始丰山南侧，隐居不仕，迁居距始丰山10公里的会昌乡，名曰"镡舍"，即现在雷坊村。

这样原本自鄱阳小雷岗的雷焕（字孔章），便是丰城有史记载的第一位县令，自此亦成为丰城雷氏开基祖，懂天文知地理，博学而多才，是西晋著名的天文学家及学者。他在任期间，"施仁政，废霸道，谦和待百姓，廉洁抚民怨，宽厚感民心"，深受百姓敬重。这舞龙习俗据传就是来自善观星象的他的谕示：此地雷氏终将繁衍发达，但须记年年迎灯舞狮，若不迎灯不舞狮，容易出盗星，容易引起火灾，后辈年轻子孙容易惹是生非……后来形成俗话"秀市个雷打不得"，就是指雷坊在镇里是第一大村，内分十个小组，五百多户，人口两千有余，应了开基祖吉兆，但村子大难免牵扯是非祸患。对于谕示，雷坊村人深信不疑，代代相传，即使再艰难也要扎两条小滚龙祛灾迎福。

雷焕作为雷氏发展史上的重要人物，其后裔为纪念先贤，历时两年，于2017年10月在雷坊村新落成一栋全木质结构的雷焕纪念堂，面积3000多平方米，以此弘扬传统姓氏文化。值此新春佳节之际，雷氏宗亲理事会为庆祝这一盛事，祈愿子孙团结奋进兴旺发达，决定将过去的迎灯舞龙传统继续发扬光大。

舞龙灯虽是村里组织，但纯属自愿形式，不摊派不强逼。每个生于斯长于斯的雷坊人对小时候场景都记忆犹新。众人拾柴火焰高，消息传开，大伙纷纷响应行动起来。66岁雷龙龙在尚庄中学食堂做炊事员，学校一放假便返乡积极投入准备工作，老伴打下手。"猪婆屎"最关键是龙头的扎制，此次报数十一条龙，他扎的三个龙头摆在祠堂最好看，于是大伙就让他的龙头放在首尾兼中间，作为重头戏出彩。

做龙头先要篾匠扎篾架子，一天一个。圈龙须的篾条要扎得有弹性，舞起来才会颤呀颤显得灵动有致。龙头部分的装饰靠平时留心积累。龙龙去外面看纸艺总会多个心眼，不知不觉活到老学到老。龙须部分用彩球制作，红黄紫粉缤纷有致。过去扎"水球"，用的是各色毛边纸，纻麻扎住，放到水里浸一下，用口一吹，形状滚圆又硬青；现在的材料已找不到过去的纸张，只能做夹球，准备好七寸长篾条，一剖两开到留一寸长为止。然后裁长方形彩纸，横折扇形后成长条，又用剪刀背顶折成痕，两端口细折后夹进剖开的篾片中，棉绳束紧篾条，如小时候学打毛衣的平针扎紧，错落分捻开便成花球状，各球中间的篾条用彩纸管包住，棉绳可系住两球，依次吊在篾条上，近看是花，远看彩髯如须，五排六排吊上均可，每排二十多个，夹杂围拢成彩须。一个龙头一百三十多个彩球，龙口里衔珠，龙齿错落贴饰，龙腮上一二三四五一路插彩旗，龙顶再饰以点缀，古朴厚拙的巨龙头便昂首屹立在你面前。可别小看这纸艺，分量一般都有五十六七斤，撑龙头的人胳膊上可得有力量。龙身子插放烛的地方设计也非常关键，有了烛台龙灯才可以夜舞。

各组"老龙"扎毕，分三次出坊，第一次正月初二，镇上七站八所各单位，家家户户门口舞起来，一直到夜里九十点钟；第二次正月初四，梅家、梅岗、田家、何家、过水刘家、卢徐湾、北昌、粒粒香有限公司、丁家、山上黄家、蒋家、李家桥等；第三次正月初六，湖坊、荣港、车家山、揭家、新基里、狮子山，最后再爬上村子里的靠背山石山，回村每个小组每个祠堂，祝福大家一路平安，顺顺喜喜。一般中午饭后2点钟起灯，先进雷焕纪念堂。3点左右出灯时神铳开路，首尾呼应，彩旗、锣鼓、钹、唢呐紧跟。一到开阔地带，龙头一声"噜呼"，龙身由慢转快盘旋舞起，三百三十多节龙身，五百多米长，蔚为壮观。白天彩龙逶迤绮丽，相随者众，有时水泄不通人拥路塞，大伙都乐得停下来瞩目，彼此会心会神侧目颔首微笑，这才是年的味道，这才是年的喜庆。你看龙首"政通人和""国泰民安""盛世欢歌"……哪一条龙不是美好的祈愿？哪一条龙不是积极向上的载歌载舞？夜幕降临，发烛啦，一千朵流云在走，一千朵星光闪耀，沸腾的山镇沸腾的乡村，沸腾着生活的热望。

七八个小时的迎灯舞龙是强体力的消耗，中途可以替换，所行之处爆竹欢迎发一千烟，舞的就是热血就是希冀，就是对未来日子的全部祝福，让你情不自禁地跟着走，跟着跑，再苦再累跟着岁月不回头！

# 挂　面

　　我不喜欢吃挂面，真的，年年桃花笑春风，第一个送我挂面吃的人，早已消失在春风里。

　　小时候，挂面是突然出现的。那一次上午放学回家，母亲破例平和，灶前一位老人小心翼翼端过一碗面，说特意来给我过生日。她瘦削的脸漾起笑，脑后梳个圆发髻，插一枝簪，对襟衫里裹着瘦瘦身子。别扭了很久，接过筷子，我把面挑起，一小茶碗挑了很久。"叫啊，叫外婆呀！"母亲在灶前吩咐我，似乎羞恼于我的固执。

　　那就是把母亲送走的人，那就是母亲抹着泪念叨又怨尤的外婆。每次拜年走进那高大门楼，立在四方天井前，我都想不通，那么宽敞的井栏屋里，为何单单送出的是母亲。当然，如果虽然母亲留下来，可能这尘世根本就没有我存在。

　　母亲很小就被送给她的姨娘，我应该叫姨外婆。

　　亲外婆给我的记忆便只剩下这一碗面。那个午间，她们俩各自立在灶前，场景怪异。母亲出生在上南山，带回到象牙郑家，是外婆唯一送掉的女儿，送到哪里，便在哪里生根落地。而我是母亲唯一的女儿，我们仨如此亲近又如此陌生，空气里都闻得到夹生味道，是疏离的血脉气息。大舅在供销社上班，外公虽然早逝，可现在都还有人说他当年如何叱咤一方，末了死于江湖传说神秘的丰城五把钳，家道中落。一个女人拉扯着六个孩子，小舅出走不知所终，外婆实在没有余力关注女儿们的下一代，更何况这送走的。站在一贫如洗根红苗正的父亲家里（家底让从未见面的爷爷败光了），那碗面便是她给我最清晰的记忆：外婆面。

很多时候，有不如无，多不如少。真的，就像吃过母亲无数次的花式咸菜，都抵不过那碗外婆面。母亲苛责又暴躁，清寒的生活早已让她变得粗粝，我在奶奶的驼背前后蹦跳长大，极少看到母亲温柔的笑。外婆的记忆惨淡吝啬，留给我的永远是那个午间突如其来的一碗面，热腾腾升起无限敬畏，我第一次意识到自己还有这种系念。颇具仪式的是每逢腊月，村里都有人分寿面、生孩子面、延寿添喜。于我悲喜无感，因为我知道那面是热的也转了阶阶巷巷，凉了糊了，还添了议论，谁家的排头，谁家的手艺，甚至谁挑箩担，谁家多送了一碗等等。

分的是一碗面，挑起来是人情冷暖。莫如有当作无，无亦成有，平常人家平常心。只是弟弟吵闹不吃饭时，母亲另外煮碗面，碗底卧鸡蛋，一切太平了。我背着书包，在奶奶的叮咛中默默上学，外婆那一碗面被我的想象无数次回味无限地放大，最终搁在记忆中，天长日久风干，真实面条反倒失去诱惑力。不管情愿不情愿，面条真正走进我的生活则在师范毕业后，不会做饭不会做菜的我只好将就，半锅水倒下，边烧，手里边还捻书，面条打结、黏糊到后来清散，一点点学会打发自己。对于它说不上喜欢，图个清简。

青春的日子里，总有比面条更重要的事情，譬如书，譬如水彩，还有不能将就的未来期许。于是自我安慰：面条是可以的，土豆也是可以的，一切都是可以的。

直到终有一天念初中的弟弟愤然诘问："每天早上，你除了给我煮面还能弄什么？"我怔怔看着他，原来我怎么也做不出母亲的味道，就像母亲永远做不了外婆面的味道。母亲的面条里盛满了对他的爱与宠溺，作为刚工作的姐姐这样煮面，对他来说无疑是紊乱潦草的打发，看着锅里清汤寡水，我只好黯然地收拾。

事实上，我糟糕的厨艺多年来怎么也做不出挂面好味道。

儿子小时候不知哪里听说北方人个子高大是因为面食吃得多，于是有段时间天真地让我每天早上给他做面条，而且要汤鲜。我又听说煮面开锅时的水蒸气可以美容，或可去掉脸上敏感出现的红血丝。

于是，母子俩各怀"鬼胎"煮面、吃面，最终结果是不到半月，每日耗精费神，我见面条多窈窕，面条见我碎无样，计划像剪开封口的面条一折就中断了。

真正让我味蕾苏醒的面条是2016年夏天的遇见。那年带班结束后体质严重下降，一段针灸疗程后进入休整期。在兴义那座山城，时光慢到和自然同呼吸节拍，每日醒后堂妹就挑有金字招牌的面店带我吃早点。那面条初见也不特别，但作料多是土著山民原生态手工制作的：炸花生、辣椒干、芝麻、脆哨、香菜、榨菜、酱末、葱姜等等，一拌香气扑面而来，色彩斑斓挑动舌尖。你不得不叹服，日子还可以这样慢下来厮守，一碗面条就是色香味无与伦比的艺术。最特别的是到《舌尖上的中国》节目组2014年拍摄过的秦云老太婆摊摊面分店，就算是清汤也绝妙滋味，按照墙上吃面攻略：一抄，抄碗底；二拌，拌匀佐料；三入口，麻辣生香。连滴的辣椒油也生猛，吃罢表情堪比电视剧《麻辣变形记》中"粉红豹"品尝"最后的男人"风格时的神态……在那里品的不仅是面条，更是黔西南地区饮食文化，几乎是人与自然和谐的结合，完酷的体验。忘记职业病，带回佐料，我对面条生出雄心壮志，跃跃欲试：左持面，右擎勺，千条万丝入沸水，酸辣香鲜由我来，我爱粉笔亦爱面条。

但人生计划远远赶不上变化，秋天工作地从城市回到南山，就像终点又回到了起点，日子重新拧紧发条。好在食堂师傅手艺好，无须做饭，烟火人生成为奢侈，更莫说早餐面条专业提升。有朋友赠送挂面说："这么简单东西，下锅捞下就行，一定适合你。"呵，再也不是年少轻狂时，看过面店师傅手艺，明白愈是简单呈现的食物，背后愈是蕴藏着匠心。我的敬畏不再是外婆面里的单纯，偶尔动手煮挂面那些零碎断折的一定放下锅，仿佛它们的前世今生都在手中，几片青菜点缀，画风清白，口感自然。之后教小侄女自立，让她从学煮挂面开始；累罢与挚友相聚，也是躲在安静角落吃面条。我觉得两个没有血缘关系最好的见证便是这各色面食。

话题就从挑开面条开启，没有酒桌的繁复，又无须锅盆碗筷清洗，两个人从面条聊到人情世面，散尽红尘愁肠，各自重新出发，君向潇湘我向秦。

回晓春，继续看着南山雾霭缭绕，暗思外婆长于斯，母亲生于此，兜兜转转，我到这里，一年、两年、三年。清晨，端一碗面放上讲台，台下书声琅琅，耳畔响起净空法师的话：一饮一啄，莫非前定；兰因絮果，皆有来因。

## 丝 瓜 络

出校门，仰首高高电缆线上，吊着几个丝瓜，风一起，真是绿得晃眼，如空中舞蹈曼妙，叶子婀娜，藤蔓交错，画面绝美。

低头，最早角落里其实荒草萋萋，臭烘烘。"把它理出来吧。种点菜，好看又实在。"春丽总担心学校骂，"旮旯里添绿意怕什么，种了菜还省得跑街上买呢。"呵呵，我的眼前似乎闪现无限生机，所以，一次次怂恿。

这不，看着空中舞者，心也跟着荡漾起来，电缆线几股并拢，丝瓜们肆无忌惮，愈来愈长，愈来愈胖乎，和海崑的比起来简直是一顶仨。"不要吃，让它们一个劲长下去吧，看会疯到什么程度。"我几乎把它当作自家的了。

海崑送来几个丝瓜。楼下厨房前的围墙内，她种了几株，大大小小长了几十个，左邻右舍一并享受。可不知怎么回事，盛在盘子里白绿白绿，吃起来倒苦。她说，这是要碰运气的，好的吃起来甜丝丝的。莫非我运气不济？有了这体验，反倒不求丝瓜味道，不如静默中，望那高昂绿意，守些隐秘念想。

从夏天到秋天，日日讲台上下，说寂寞又丰富，转眼浸在冬日安然阳光里，不经意间发现丝瓜叶子竟枯萎了，剩下几茎枯藤。倒是下面白菜、芥菜、菊花菜啊，翠绿可爱，望着线下干褐晦涩的长条，我在等待，等到里面结满丝瓜络，等到里面长出墨黑丝瓜子，捧在手里"嗦嗦嗦"，那手感怕比新鲜丝瓜更有味道，身段也变窈窕了呢。加上外面田塍此时更热闹，二三朋友徒步绕着水田，沿着山道，一去七八里，行在密林中，呼吸着自然纯净的气息，闻着鸟语花香，对着那天、那山、那树、那村，或坐、或卧、或倚，挤眉弄眼，抛拳抬腿，随意拍。归来经过村落就大爷大娘乱喊："有鸡蛋有鸭蛋卖么？"人家回句："妹郎仔喝茶么？"呼应间宛如远客拉呱，有，是收获；没有，也是快乐，这景象比关注丝瓜貌似少了傻气。最妙的是来了歌兴，三人扯开嗓门吊："走，走在乡间的小路上"；或对着大山一起吼："请把我留在，在那时光里"；再不深情一曲："牵住你的手，相别在黄鹤楼……烟花三月是折不断的柳，梦里江南是喝不完的酒……"

若有谁纠结了，雪上加霜，你贬我损，怎样痛快就怎样扎下去，直到肝肠寸断，郁闷全消，才发觉损友也是宝！到哪里找这么美的景，到哪里找这么嬉笑无忌的人，偶尔间看电线杆上，一只美雀儿含情伫立，翅羽金黄不住扑扇着，待要秒杀，却又"嘭"地飞远了。"就你那眼力，还秀色可餐快闪纪念？"话音未落，大伙一并甩开胳膊流星大步齐刷刷走开了，再沉的心也走得空荡又干净，丝瓜早忘到脑后去了。

直到一日看见人家屋檐下褐色丝瓜，冷冷清清撂在堆着的柴菀上，犹如重获至宝，明白日子终究还闪躲了另一面，于是叫得婆婆甜蜜蜜笑欢喜，她便一股脑儿全送给我们来。丝瓜，可爱的丝瓜啊，虽说谢了明艳的黄花，过了清雅的甜嫩，拍不成"美人照"，又做不成"美人水"，但赵梅隐的诗意足够想象："黄花褪束绿身长，白结丝包困晓霜。虚瘦得来成一捻，刚偎人面染脂香。"

剥掉褐壳，露出千缠百密丝瓜络，真是韵味无穷，难怪杜北山也痴描。瞧无数孔眼，恍如盛满黄昏的任性任情，密匝匝日子里缝隙悠然，无劳形案牍，无聒噪应酬，尘世难得共从容啊。

偶尔静下来对看：一粒子一朵花一条瓜，等到生命汁液全部风干，黑子"哩哩啦啦"从里面倒出来，握在手心又像握住神秘的生命部落。据说它的子儿就是从端口射出去，落下来又是一株新藤，无须精培细植。这看似枯萎色彩却积蓄了全部希望，在冬日寂寥灰暗中等待，如《诗经》里女子绵密婉约的心思，从不张扬。

不是谁手心里的宝，可是哪个掌心里，没有这样密密的缠绕，密密的纠结呢？放开，不过墙头杂木，随风飘零一萧条；拾起，千丝万缕层层好：通经活络，清热解毒，风湿痹痛，筋脉拘挛……从童年饭甑底下的铺垫濡养，到洗碗洗锅极简单极平常家什，似乎从不登大雅之堂，但幼时，洗饭甑，诧异这东西的妙处，总想探个究竟，可是大了呢，丝瓜络不知不觉淡出了视线，寻不到诗人一砚在手轻捻细擦，梦不到品茶人垫毡的精裁细剪。犹如繁管急弦中，一天天我们终于忘却最初的歌谣，直到看见空中的飘摇，才忆及那些纯净默想的岁月，不知随了丝瓜舞向了何方？

## 菊 花 菜

下了课，习惯性走向地头，一场雨浅浅打湿了地面。这是冬月最温润的时光，阳光洒在菊花菜（又称茼蒿菜或蓬蒿菜）上，水滴珠圆，叶子鲜嫩。整个园子里它的形状最美，若有若无的香气沁人心脾，真是秀色可餐。

想起那日日忙碌的姑姐，撒下秧子，告诉我位置，一畦葳蕤蓬勃时却漠然："你只管摘就是，省得我劳神分扯。"说罢又拾荒去了。多厚实的菜啊，居然只管播种耕耘，却不在意长成品味。我一棵棵地看着，它们挤挤挨挨缠绵在一起，又绝不倾轧，簇簇明媚，简直就是素颜极致。扒开，土壤疏松肥沃，手一提就拔将出来。拎着这份清爽碧翠，感觉人亦像菊花菜一样舒展开来。

冬至一过，寒潮来袭，很多东西销声匿迹。看见菊花菜，人就敞亮豁然，仿佛走到春天的门槛边。一蹲身，扑面而来就是春的气息；立起，马路上赫红笔直的水杉浸在浓雾里，河畔古樟浸在浓雾里，池塘弥漫着水汽，一切都浸在浓雾中。直到太阳被鸟鸣叫醒缓缓地爬上来，山村也被鸟鸣叫醒。校门口陆续来了孩子，铃声响后校园一阵喧嚣又变得宁静。伫立栏杆一望，园外西边菜地却格外鲜明葱茏，地头各色各样的绿深深浅浅，热闹而缤纷：芹菜挺拔，胡萝卜细碎，包心菜圆滚滚，调羹白玉绿，芥菜秆可劲儿直窜，白萝卜露一截雪白身子招人。参差交错，仿佛响起一首绿色奏鸣曲。真是一片生机盎然的天地，隔着栅栏诱惑人……

菊花菜实在是一个动人的音符，比起年尾纷至沓来的繁文缛节，它清简如斯，生长，自在生长，无须纠结。长成菜中花，花中菜，其叶如菊，可赏可蔬。南宋诗人陆游在《初归杂咏》中就深情吟唱："小园五亩翦蓬蒿，便觉人迹间可逃。"想想诗人豪情满怀，心愿难遂竟蹉跎，走在它身旁，入眼入心，如知己相顾此情聊慰。好一个"人迹间可逃"，多少意难平，恨难消，有这一刻偶尔、间或，抑郁之气尽数弥散消融。谁能想到这剪剪蓬蒿，竟成了诗人体己。唐代李白在《南陵别儿童入京》中所写："仰天大笑出门去，我辈岂是蓬蒿人？"蓬蒿在诗仙的笔下是低微不起眼，是庸常俗极的写照。两者相比，我更愿意放逐在这蓬蒿中，吸纳这份清气，去抵抗无休止的琐务。

药王孙思邈《千金方》中讲茼蒿味辛，安心气，消痰饮，养脾胃，具食疗作用，是植物营养素。后来它还有一段更诗意的传说：杜甫到四川夔州，肺病入侵眼花耳聋。当地人用茼蒿、腊肉与糯米粉等做成菜给他吃，之后肺病逐渐减轻，直至病愈，杜甫赞不绝口。为纪念这位大诗人，人们又把茼蒿菜取名"杜甫菜"。是啊，对于颠沛流离的诗人来说，这份情谊更暖心暖胃，弥足珍贵。

归罢，将菊花菜淘洗，入锅简单清炒，一碟鲜嫩柔滑，格外熨帖。正应了东坡词《浣溪沙》："雪沫乳花浮午盏，蓼茸蒿笋试春盘。人间有味是清欢。"

## 熏 肉

某个地方一去再去，不是脸皮厚，就是风光魅力指数够高。这不，我又抽空走进了石江。

一下车到廖林转山路，叶子的山歌响起来了，"怎么如此像我的湖南老家啊？"她是湘妹子，触目勾起乡愁，忍不住喊山，把人喊进了云里雾里。"我听得懂。"咸院笑着说。他老家萍乡，毗邻湖南，"山里多美，我过年回坑背村去计划养牛种花，鸡鸡鸭鸭……"这一念，仿佛出现了一片"哞哞……嘎嘎"的农庄热闹景象。

年轻的诗人徜徉在他的桃源里。其实眼前山道上就我们这几个人，看到热情的小杨带路都不可思议，后来才知道，一直在外面打工的他返乡准备撸袖子干了。坡上菜园子里有个老人在拔萝卜，讨了一个生吃解渴。整个村子里只见到两个上了年纪的在修谱，一个婆婆顺着屋檐下走，日静山空。好在这阵子进山的人渐渐地多起来。"你叫我婆婆吗？""对。"她意外叶子这亲切的称呼，以为远亲想唠嗑，可惜我们要走路不能聊久。墨水是人气指数王，"你来哩啊。"真是谁见谁爱，仿佛身形一现就是希望，如果有一天石江整成了旅游风情小镇，当勒石为铭。

转过村头老树，下芭蕉潭的斜坡路已经劈出来了，而且道旁全用竹子依势架成栏杆，手扶着竹子，便不存在任何危险。到了芭蕉瀑下面，巨石旁原来的荆棘全部斫去显得非常开阔，似乎少了份蕴藉。想起林林初次给我们带路时，对比她的敏捷，我们那连滚带爬的场景至今还在心底悬着。如今涧石上没有青苔不再湿滑，瀑布依旧潺潺不息，一波三折一览无余，只给喜新厌旧的人添了叹息。

揽月石藏在竹林里,林下稀疏,想来月色皎皎时,银辉洒下,真是清修福地。山间的路现在走得波澜不惊,印心谷在搭同学台,老聂他们刚栽好杉树桩,墨水拿出傅瑶华老师润色后的《云姑岭情歌》,叶子就着山谷唱响,歌声时而轻灵悠远,时而活泼甜美,时而天籁掠过,时而清泉汩汩。光阴哗啦一下子倒流几十年,恰同学少年风华正茂呀。阳光暖暖地照在人身上,谷里茂林修竹,身后一道泉眼无声细流,掩在热蓬下,将印心谷衬得格外静谧。

"我爷爷在家呢,正好喝口茶歇歇吧。"午饭时的饮汤令人通体舒畅,饭毕小杨带我们一路继续行走,来到巷背村,一个精神矍铄的老人静静坐在门口。门前竹杈上挂着三个貌似小香瓜的黄大佬,据说是一味药,黄大佬下吊着装野猪的铁笼夹子。老人七十岁了,利索地演示野猪上套的过程,"刚在医院里出来,年岁不饶人,原来一年装好几头,山里野猪满山窜快快跑啊。"

我知道,那家伙可凶悍呢,山道不时可见它撅出来的坑。老人说,今年只装到一头十九斤半重的,好在现在他们都晓得放养猪娃,猪身心愉悦,肉质自然好,跟野猪差不多。丰城新城区希尔顿门面上专门有个石江土猪肉店,价钱三十多元,卖得比其他猪肉都高。

穿过堂前往右闪进一间昏暗的屋子里,哇,正是熏肉进行时。估计有五六百斤,蔚为壮观。中间一口火塘,一尺见方,上面还放着冲壶不锈钢碗,熬粥烧水皆不误。火塘中间垂着一根离地六七尺的活动木棍,熏肉可以灵活上下悬吊。

"你坐下来我细细给你讲哈。"老人家一点都不忌讳方法外传,他说这么多肉可不是他一家的,也有城里人专门委托熏制,就是他自己的也多半等孩子们归来享用或带走。每年一到农历十月下旬,山里气温变低,他们就砍好五花肉,三四斤一提,太小不好看,太大不入味。每斤三钱盐抹匀,多了咸,少易变质,放缸盐腌上一周,取出来,烧开水汆一下,冲掉外面盐巴,日头下挂起晾晒滴干水,倒挂熏房。

火塘深也一尺左右,柴火可有讲究的,不能用樟树,熏出来的气味闻不得;不可用松树,会有黑烟子熏得没看相;更不能用蕉叶柴……然后小火塘文火慢慢地熏,日不见其变而日有变,日不见改色而日变色,熏得愈久肉愈香,色泽也渐渐金黄起来。山里人有的是工夫等,等到年关愈来愈近,日子也像蒸出来的熏肉无比透香。客人来了，切一盘方块状，晶莹透亮，肥而不腻，瘦不塞牙，筋道醇厚，摆在桌上都让人醉啦。

远方的游子归吧，喝一口向阳酿，揽一块家乡的熏肉，还是故乡惬意美呀。正月一过出门带两块熏肉去，无论天涯海角都揣着老家的味道。另外，不光是五花肉，猪头、猪脚、猪尾巴等都能熏成腊味，真是好一个熏字了得。用冬笋炒或直接蒸，还可煲汤提鲜，真是煎炒煲煮入百味。我知道老上海有道"腌笃鲜"名菜，爱做美食的朋友不妨把熏肉切几片扔进去，味道鲜香妙绝，一定赛过上海人。

站在熏房里，浓浓的烟火气息氤氲开来，心头弥漫着腊香。湖南人也有做腊肉的传统，此行原本是让叶子在山中试唱《云姑岭情歌》，实地找感觉的，突然间他乡似故乡，怎不让她思绪翩跹？咸院更是心心念念，过年回家后一定让妈妈帮他喂猪放牛，老家坑背，他有多久没回去了，有了系念陪伴更勤。日复日我们长大成年，羞于情感直白表达的人总得给自己一个理由。今天在这里看山看水，遇到熏肉怎不思乡？再说如此慢功细火熏出的乡情，挑逗的何止是你的味蕾？就连《论语·述而》中孔子也说："自行束脩以上，吾未尝无诲焉。"意思是干肉十条可作拜师之礼也，足见诱人之色。

石江熏肉绝：绿色生态、纯正、原乡的味道。如今年味儿似乎愈来愈淡，但老家总有一朵云彩、总有一种声音、总有一种气息召唤你，如费翔深情的演唱："天边飘过故乡的云，它不停地向我召唤，当身边的微风轻轻吹起，有个声音在对我呼唤……吹来故乡泥土的芬芳……"歌声响起时，游子的心头啊是不是飘起熏肉的香味呢？人这一生要行走很多地方，但是千山万水后，将我们的胃安抚得最熨帖的一定是家乡的味道。

# 滑 氽

　　薯藤叶青葱弥漫茎蔓匍匐时，是一件多么美好又令人充满向往的事。

　　秀市土壤富硒，山多地多红薯多。奶奶是路下村人，听她讲过去故事，一天两顿饭，晚餐多半用红薯替。到了20世纪70年代的我们，红薯是零食，上学书包里奶奶会塞熟薯。即便打猪菜，母亲依然不马虎，她说干净是人一辈子最好的风水，所以我去割薯藤叶喂猪同样不可马虎，太嫩的不能割，没长全，做事要留有余地；太老的下锅切碎点，总之提回来要清清爽爽。当然，这不妨碍少女心生长，挑了修长的几茎，折折撕撕，耳朵上颈脖上一挂，便有了绿耳环与翡翠项链，装饰着山里女孩的梦。秋冬之交薯藤叶老去，土地又蕴藏着秘密，刨出来的红薯结沙的粉，不结沙的甜。蒸的软，烤的香，舌尖氤氲着香气。乡亲们红薯一畦一畦地种，吃不完，要么挖地窖藏或晃悠悠吊在楼板下，要么井水旁排一路洗净，碾米房机刮滤渣沉淀，粉块雪白雪白，滑如玉，白如雪，在十月的太阳底下，一坛箕一坛箕架上晒着，日子便明晃晃地动人。

　　有了红薯粉，希冀就蠢蠢欲动起来，伴随着少年味蕾，只恨节气太少。一到节令，母亲将五花肉剁碎，加上酱油，盐少许，薯粉用凉开水揉，两下里搅和成糊状。烧滚了水，用猪油走一圈避免粘锅，水分调和亦有讲究，既不能太稀软又不能太干燥，最好是能挂匀铺开，一勺一勺贴锅边，半勺在水里，半勺在外面，未几，水沸腾，哧溜一声全下去了，再来一轮。起锅了，口感柔滑，咬得又有筋道。记忆中，简直是"无滑肉不上席"，而且每次都意犹未尽。告别了瓜菜代，红薯生命在滑肉里变得更柔软圆润，日子都轻盈起来。说是菜,一碗下去,胃也跟着充实了;说是饭,它又不需要夹菜,是妥妥的合二为一。倘若鸡杂作馅,滚进鸡汤,味道就更鲜了。要是接客,主人总是将其作为最后一道压轴菜端上来,这是考验功底的,汤是汤,滑肉是滑肉,二者分明的,算手艺到了家。若是弄成面目模糊的羹状,主人自己都觉得尴尬。至于粉与肉多少之分,就更显出待客之道了。端起滑肉,实实在在地就端起一碗人间烟火,端起岁月沧桑。而今奶奶早就不在,母亲也上了年纪,眼睛不方便,滑肉里总有那么厚厚的几片,外面柔是柔,内里粉白,夹生得很。我扭过头说"好吃,好吃",心里却叹息流光容易把人抛,哪有绵远不变的滋味?母亲逐日老去,病痛的折磨、生活的琐碎,让她有心无力,所以每每看到这道菜,欣喜之余又总是怀念,滑肉,到底浸透着细水长流的安宁啊。"我有旨蓄,亦以御冬。"过年,应该是热闹中寻求逸静,沉淀自己的最好时光,一如土地的秋收冬藏。太素了不合时令,醇酒膏腴又添油腻。不妨慢下来,从关心自己的胃开始,胃的想念就是心的想念:剁肉,揉粉,来一锅荤素绝配的滑肉。开初可以稀稀霍霍地搅,终究还是要从容淡定,放下锅,沸腾之后勺起来,润心泽胃,胜过美酒华筵觥筹交错。它不像河西人做笼仓米粉肉层层叠叠地蒸,一桌一桌摆开去,那般粗犷豪气盛大的场面。你说小日子也罢,滑肉就是一种私房菜。即便有人用笼仓蒸,可是一屉一屉下来,切成干巴巴的菱块状,总觉得少了韵味。蕴清汤之鲜,得柔黄之软,藏肉之筋道,这般水滚的滑肉,讲究水分,讲究火候,又不拘泥形迹,才是随性自在的生活。

  这才是地地道道的秀才埠味道。你看清明的笋包子,夏天的仙草豆腐,冬天的滑肉,纯正的牛杂汤……民以食为天,秀才埠偏安一隅,山林为生,秀水蜿蜒曲折,人们有足够的时间捣腾美食,形成早酒一条街。连南昌人也一早过来品尝美食,然后驱车含秀湖休闲,轻舟钓竿,"湖上往来人,但爱鲈鱼美。"滑肉不过其一也。若是心血来潮,滑肉可以换馅,有加香菇丝的,有加荸荠块的,有用牛肉的、腊肉的。总之,无冻馁之患,无病痛之忧,你尽可以呈现你的创意。某一日下课归来,计划好了做滑肉,结果发现薯粉不够了,于是将葛粉补充,最后口感远胜于薯粉滑肉。唯一遗憾的是,野葛粉来之不易,比之记忆里最初单纯聊以温饱的薯粉丸子,我想滑肉已经是奢侈养生美食。

做滑肉有三个关键词：静、净、清。苏东坡被贬黄州时写过《猪肉颂》："净洗铛，少著水，柴头罨烟焰不起。待他自熟莫催他，火候足时他自美……"东坡肉讲究文火，慢字下功夫方出味道；同样滑肉急不得，下锅汤要清，揉拌的过程手要干净。素常不讲究的人做得来，人们心里像平时都那样，吃得都不落味。揉时用心，静下来想想，若是一双兰花指小巧地搓揉，本身就是场景美、细节美的画面。可三两知己，可三口之家，可独揉独余。放下世间纷扰，揉出一方宁馨，揉出日子温情。人生多少轰轰烈烈，终究一饮一啄之间，了然无碍。

滑肉的"清"是指水沸过后，放料下锅，切忌拖泥带水。很多人最后总是舍不得碗底粉，结果丢进去，混混沌沌成为败笔，像晚节不保的君子，人生总有舍才有得。能端出一碗味道极致的滑肉来，那人内心一定是自己的王者，淡泊笃定，风雨不惊。

前些日子，听说桥东镇上开了一家早酒店，也有滑肉。特意和同事去品尝，等了许久，一上桌撺入口，怎么都吃不出记忆中的秀才埠味道来，或许一个地方久了，胃也有了印记。

滑肉，像极舌尖上的秀才埠，拥着美丽的含秀湖，波澜不惊，与世无争；守着秀水河上的老桥，踩着慢悠悠的时光，白云苍狗总有念想。

## 仙草豆腐

　　小雪一到，寒衣当道了，静寂的山村被温不够抵御骤来风寒的，我想起了香域加州楼上吃过的糯米酒，曼彤带来的时候总如管家婆似的叨："日子过得这么潦草，早上怎么着也得学会糯米酒蒸个蛋吧……""作为美眉口气最好温柔点，可别这么霸道。"话一次次总是咽回去，我怎么不知道呢？夏日状元桥下秀才溪畔，大伙一起教的教学的学，那些光阴沉淀在记忆深处，就像糯米酒一样心头发酵着：

　　院子的野草疯长起来了，蝉儿扯着嗓子眼枯叫着，它们可没有树林里鹁鸪那么悠然的品位，间或咕咕咕咕不急不慢地唱响在耳边。一霎风一霎雨，叶儿们可得意，绿得晃眼翠得浓密，一片荫凉匝地。这时候先生或家眷们可贪着它的赐予，叽喳着新一天怎么消溽暑。本来擂茶的味香香咸咸，只是择叶、擂叶、炒豆、炒芝麻烦琐了些。这样的气温正好搞酒，美美说做豆腐搞酒谁也称不得好师傅，好在程序都知道。呵插一句，咱们秀市水豆腐、油豆腐可是出了名的嫩得好吃，长途司机过往都记得带上些拎回家呢。

　　淘糯米、蒸糯米，松软有粒，麻麻叽热（方言：微热），凉开水拌酒娘子，撒到糯米上均匀搅，中间挖个洞预备着流蜜甜的酒酿子呢。说着说着仿佛闻到酒香了。再说以前要碰运气，才能买到好的酒娘子，现在店里有专门一小包的糯米曲儿。糯米是现成的，蒸熟下缸，期待，第一天、第二天、第三天打开盖，呀，好红的手，香黏甜，大伙快拿碗来，蒸蛋羹煮荷包蛋，再不济有酸酸味的，那就放冰箱，当佐料弄荤菜，也是原生态。失败后总结，只怕你再不动手。像我这等懒怠的，早晨一碗鸡蛋酒酿美美地打发了。谁知酒也欺生,那天兴致勃勃蒸了两斤糯米,结果成了糊状,缠缠绵绵不像话。老孙说是因为蒸的时候水蒸气上来,糯米粘连所致,就这样酿成八月第一缸酸酸糯米酒。

可以佐菜的,反正冬天里鱼做得多,老孙安慰我。得闲来,小院谁家门后都有钓鱼棍,伏在秀才溪上小白鱼还是乐于上钩的,下锅喷点酒糟小鱼儿不更香吗?对,这下心中释然。我的第一个酒师傅与酿酒师傅叫琴,名师出高徒有时候也没谱,因为永远拿不到毕业证,逼急了索性不认师傅,横竖都没理。

至于仙草豆腐,学名该叫凉粉吧,店里有卖一包粉子的可以按说明做,但是我总觉得那样子少了一份烟火味。哪有人家自己到地头采仙草,洗净揉汁拌薯粉或米粉,下柴火锅搅,舀起来摊凉划一块的清爽劲?秀市镇上一到夏间逢集就有卖,那些婆婆做这个算一绝。

作为懒虫生活在这山镇上颇有得天独厚之处,仙人草故事老辈人会给你讲:很久很久以前天干地旱,人畜难抗,深山一仙人白须飘肩,不食五谷却丰润体健,见人间苦楚,便手执一草言煮后食之,众生普救后谓这种草为仙人草。想吃的话,山里人家地头栽半垄,应时就到。赶圩的日子有的是这消夏卖,一坛箕一坛箕一溜摆在那儿,陈草做的,颜色略带黄;新草做的颜色青绿如翡翠,有些简直发散出黑珍珠般的光泽,剔透晶莹,那你遇到高手,赶紧买些回家。划开成小块,蒙上保鲜膜冷藏,吃两天没问题。吃起来分在青花瓷碗,真是先要好好养眼看个够,再满足口腹之欲。也有些性急的放了薯粉没搅匀,或者火候差些,薯粉粒都看得清,卖相差些,站街站久点而已,小镇地广人多,集散得晚不愁卖。我们在圩上买菜,太阳一蹿火,没事也买些放冰箱取出来加蜂蜜,再热的日子一口下去,凉丝丝沁人心脾。

何止口感美?仙草还有清肝降火凉血祛热利尿等功效。据说时下最流行的美容圣品"玻尿酸",就是仙草里大量含有的"醣醛酸"成分,其中植物性果胶有绝佳的保湿性与蓄水性,被公认为"天然保湿因子"。一斤干仙草熬成的水,能做成几十斤的仙草豆腐,所以有人说卖这个挺赚的,哪里懂得人家做起来的一丝不苟,料配得不成比例,火候把握不好,做出来的像糨糊或者死颜死色,只能眼睁睁看着辛苦白费了。一次美云丫头心血来潮自己动手,有点小样蹦了八尺高,那嘚瑟劲仿佛悟到真传似的,我说没尝到,她撤嘴:"我也是碰运气的,好不容易,没有下文了。"倒是街上那些老人家两个水桶一个坛箕日日挑出来卖,神态里满是欣然:"妹啷叽,买些降暑气,热天不闭痧啊,沁凉沁凉个!"脚步停住:"新草还是陈草呢?""你看看上好的陈草呢。"拉呱拉呱装了几碗进袋子,末了还会给你加上大半碗呢。鲜草做的滋味青黄气重,一年的陈草最好。摆在坛箕里的颜色就是表白,靠的不只是技艺,买的不只是仙草豆腐,连带着品一番返璞归真呢。小镇上如今也只是有年纪的老人家才会去"把",年轻人嫌费功夫很少动手了,"要吃,街上买就是。"

也许你会说这东西登不了大雅之堂,只合农家地头侍弄,夏日细洗揉搓文煮慢熬,一番闲情品尝。可是人间多少大事,不是细致中做来,坐下平心静气,让薯粉与仙草贴心贴意融合到一起,清凉是它的体温:一碗喉吻润,二碗破孤闷。三碗搜枯肠,唯有文字五千卷……够了,哪里要卢仝的七碗茶?暑热的时候,坐下来两两相看,仿佛面对深山水泊里的一介隐士,炎与凉都尝透,兀自清明婉约。这清明是无尽的暖,如冬日风雪瑟瑟品尝蛋花甜酒,令人五脏六腑热腾腾。

小雪的日子伫立栏前,楼前的树梢飞来几十只小雀儿,许是冷,叽叽喳喳地叫,树杈里还有一个鸟巢,四面透风。转头是我的"鸟"窝,外面凉意陡添,远方传来问候,眼前似乎闪现起红泥小火炉,火炉上正温着甜酒……喇叭里隐隐传来吟诵:"绿蚁新醅酒,红泥小火炉。晚来天欲雪,能饮一杯无?"

## 采葛东篱下

  年少印象中的葛，是数茎藤蔓和菖蒲、艾叶映衬着五月端阳节，几许生机旧门楣。那东西山里坡地、沟渠道旁绿意弥漫，紫色葛花倒是打眼。后来读《诗经·采葛》："彼采葛兮，一日不见，如三月兮。彼采萧兮，一日不见，如三秋兮……"记忆从不为它停留，总以为日子当如芭蕉，或横阔，或细腻。即便是落魄空旷也绝不纠缠内耗，但命中注定有些东西是绕不过去的，如野葛。

  毕业走上讲台每周二十多节课，咽干喉痛职业病来得早，什么药尝过都不甚见效，医师建议动手术。不，我决意不想挨刀子，母亲给我野葛粉：平时每天吃点吧，清热解毒退凉……真这么神？不过饭碗要紧，哑嗓权当金嗓护吧，静下来挑两调羹，先用冷开水调匀（水多水少都冲不开），缓缓将烧滚的开水如线注入，"哗哗哗"不住地搅，看白色旋涡一圈一圈渐变灰融融状，还好没有板蓝根的药味，也不似金钟菩提的奇苦，口感温润，喉部舒畅了些，慢慢坚持竟成为习惯。算起来二十来年还欠着那一刀，葛粉功劳实在不小。

  本来秀市的"滑佘"在丰城是独具家乡特色风味的。细细剁好肉馅拌薯粉及佐料揉匀等，用汤佘的比蒸熟的鲜，但薯粉容易撑腹，小女子爱做爱吃也不免抱憾。后来与友人起念掺进葛粉，饱胀之感没了，食欲不振时做两碗倒是提神。虽说两者价位悬殊但味道妙极。

  只是薯粉易得，野葛粉却不可常有呀。毕竟葛根不像萝卜地瓜拔起来容易，简直就是深藏于地底下的隐士。每年十一二月份诸事闲定，勤劳的村里人荷锄上山，早上出门，有时带好中餐晚上回来。看准那比大拇指粗的藤茎打圈挖，小心顺根顺势深入下去，年成久而大的有一百多斤，挖的圈径达一米，鸡葛深度有半米，蛇葛有一米多，还不能破皮，够费劲了。而后涮皮清泥，压榨浸泡，漂洗沉淀，揉细晒干，工序一道道委实繁杂。滤粉后的渣都是上好的有机肥料，地母真是无穷无尽的宝藏。有些上年纪的姐妹甚至相邀到抚州崇仁一带山里道旁去挖，他们当地人是不懂得这"江南人参"的珍贵，还是感于其间的劳累辛苦就不得而知了。我记得早先村里脚勤的人如寿叔、反里姆妈、荷英崽，每年得二三十来斤数目就很可观了，本家嬷嬷如今七十多岁了，这边念叨累，那边还坚持上山去挖："好东西晒干了，藏些，年数愈久愈好。"作为"植物黄金"，野葛粉是深得老家人喜爱的，一些留给自己冲泡，一些当珍贵礼物馈赠，像某用来做"滑佘"那是"败家娘们"的奢侈吃法，须知葛根要三四年才长成。

好在葛藤生命力极强，地面繁茂苍翠，河畔坡地蓬蓬勃勃，整个就是野性的女子，想要把她无休无止浓烈不羁的爱弥漫开来。可能你觉得她没有大家闺秀的亭亭端庄，也没有小家碧玉的婉约秀气。对，她就是绕藤缠树占山为王的精怪，称得上霸道跋扈了，无须你呵护关照，却蕴藏着自然精华。那句"千年不醉野葛花"仿佛就在演绎传奇：人在江湖多少身不由己，若是无力劝爱的人戒酒，那么醉眼迷离际，转身化作紫葛花一朵，泡进茶杯凭君一饮而尽吧，情到深处已甘心付出……野葛花的爱情呀，真是痴得任性。

至于葛藤上长的一种虫子，放进蛇油做成"葛虫汤"也是奇方，哪个脸上毒热湿疹每日涂抹就会见效，可惜不易得；葛根呢，食疗药效均可，降低血糖血脂血压，保护肝脏、心血管都不错；从美容功效上又堪称"女性私房密友"，可以补充植物雌激素，避免钙质流失，美容作用大呢，再列举下去简直有广告之嫌了。传说葛天氏发明葛布缝制葛衣葛衫，遮羞蔽体，人类由此步入文明，在《说苑》有载："绵绵之葛，在于旷野，良工得之，以为绨纻。"足见上天有好生之德，想想端阳门楣挂葛藤，该是老祖宗为我们指点迷津：最接地气的，往往最能温润人的心田。白居易《湖亭晚归》"松雨飘藤帽，江风透葛衣"借助葛衣描写的则是另一种情怀了。

近来自家种葛的多了，甚至有卖的也常鱼目混珠求高价，葛粉与薯粉、魔芋粉外形叫人难分，如人饮水，冷暖自知。"万丈红尘三杯酒"，那些在红尘中日日油炒煎炸出来的人啊，静下来，还是泡一杯家乡的野葛粉吧，那味道才是永远的纯正，直抵心魂……

# 荠 菜

连着几日的晴朗，叫人疑心夏的多情，岂知一场雨后便是瑟瑟倒春寒，面前的南山也挡不住风寒料峭了。跺着脚向院墙外跑出去，猛然想起谚语云：三月三，荠菜似灵丹。可不，正是挖荠菜的好时候，土地吸收了水分饱胀疏松，院墙外地头上沟坑上跟野草们混然杂陈的野荠菜在雨水的润泽下，叶色格外清亮，楚楚动人。刚出头的四五片儿底部一提，就拔出白生生的细茎；略长成的便是茎上着紫带些风情，像伞一样倒支开来；更有些时日的便自己从中间抽出一茎白花，细碎地顶着柔弱，叶底也蓬勃紧实如莲座，叶片羽状散开来，底部蕴藉更多的紫气，连蔸拔要费些劲，倒不如任它疯长抽薹去。不多会儿便满满一袋子，比起那些地上栽种侍弄出来的芥菜白菜萝卜菜可多了份嫩生生，根上沾些泥，到河塘里稀里哗啦洗开去，荡起清浅涟漪。正是二月早春，一群小蝌蚪拼命游过来凑热闹，在荠菜底下打转，许是这洗得白灵灵的茎，惹得它们心动。

"城中桃李愁风雨，春在溪头荠菜花。"蹲在石级上，看着水汽淋漓的一团实在惹人欢喜。

荠菜，村上人叫野花菜或地菜，又名护生草。可别小觑它，身材小却历史悠久、分布广泛，尤其咱们乡间田边、地旁、坡上，一到春天便寻得到它的身影。初觉得它颜色几乎与别的野草混在一起难分，细看叶边曲曲折折颇似荷叶裙，中间顶出的四瓣花便掩不住秀丽了。开得盛时一小簇一小簇细素映目，可不似金黄的油菜花那么招摇诱惑，极像山野恬淡的女子。端的秀色可餐又叫人喜念顿生，兼之营养成分丰富营养价值高，算是佳肴一碟灵药一方了。《本草纲目》记载："利肝和中，明目益胃。根叶烧灰，治赤白痢，极效。"中医说从花到叶到茎，全草降压全株入药，入肺肝经，具有强筋健骨止血消炎之功。属于药食同膳，称之野菜中的名牌则当之无愧。

每逢三月三，煮几个鸡蛋放把荠菜，"中午吃了腰不酸，晚上吃了腿不软。"老辈们如是说，至今还有人家保留这习俗。有些地区这菜如同香菜一样小把小把扎着卖，他们放进火锅里，捞起来满口清香。女作家张洁写过《挖荠菜》，最难忘怀的是艰难岁月荠菜带给她精神安全感，她就像怀念那些与自己共患难的老朋友一样充满深情。于我，不单是美味，更是勾起儿时奶奶温情的一种野珍。那些地头沟垄上的荠菜啊，只要你愿意弯腰寻觅，绝不让你空手而归，如《诗经》所云："谁谓荼苦，其甘如荠。"小时候春天几个伙伴挎上篮子，田地间转一圈挖来洗好，奶奶开水一焯切碎揉冬粉做米饪，或者在煮煞饭（泡饭）里，滚锅扔进去，简单的日子便有格外的新鲜感。以至于后来的饮食人生总也挥之不去，奶奶的温情通过荠菜抵达年少的胃，就这样藏在岁月深处……

而今隔了多少年，亲人老去童年远去，对镜顾影双鬓渐染华发。一路走来生命中一点点断舍离，直到终于回到南山脚下，细雨霏霏中挖起荠菜。俯身土地，面对它，恍惚中觉得又回到儿时，还是总角丫头，还是渺小自在。乡村，早已不再是奶奶的父辈的乡村面貌，因为疏离变得陌生，因为荠菜又勾起多少辛酸又暖暖的回忆？

平日里沦陷于周而复始又节奏碌碌的生活，性灵早已疲惫，或许只有借着这细嫩的野菜才恢复季节的敏感，才在烟雨中蹲身弯腰感受大地母亲的恩赐。低头，收获的是荠菜；抬头，释放的是情怀。如今我们的下一辈早已不需像我们儿时提篮走上田埂寻觅野菜，他们有全新的生活方式，但谁也不能拔着自己的头发离地而行。

荠菜，给我们带来的何止是舌尖上的春天。水煮，水里一份青绿，碗里几茎青绿，仿佛山水在肺腑间流过，到底是我在自然的怀中，还是自然在我的胸间呢？已经分不清了。清炒，一盘嫩绿晃在眼前，原生态自然美让人心宁神凝，日子可以无限放低的，万千红尘，只要这一素到底的清简；剁碎了裹进饺子，咬一口，悠远的香味荡气回肠扑鼻而来。如今转眼清明，四海八荒的游子回乡祭祖，有那离别已久上些年纪的还要装袋带回去，留待远离的日子慢慢温习老家气息。荠菜是连根拔起，它的每一道口味都沁人心脾，可是游子的根是拔不起的，更何况它永远扎在真实温暖、疼痛不灭的故乡呢？

# 豆 花

傍晚时候，做事的忙着回家，散学的孩子们玩得满头大汗，村东头升起第一缕炊烟。"豆花仔啊……豆花仔啊……"长一声短一声从田埂传来，卖豆腐脑的是个六十多岁的婆婆，衣衫素洁，笑脸和气。最初孩子们团团围拢，嚷着："我一碗，我一碗。"没有零子儿的便"爷爷、奶奶"飞也似的奔家讨去。上年纪的就一碗唠嗑着日子长长短短，这景象让人恍惚一下子回到童年。

"豆腐胜似肉"，家有忌口的人最先想到的菜肴便是豆腐。煎豆腐、熬豆腐、烙豆腐、豆腐汤，小小豆腐万变花样各随口味。常言道：北豆腐老，南豆腐嫩。北豆腐卤水点来得硬扎，南豆腐用石膏水多滑嫩。南豆腐里又数山里的口感好，罗山霉豆腐是出了名的，秀市油豆腐也毫不逊色，色泽金黄外酥里嫩有弹性，蘸吃煲汤素炒怎么做怎么好。很多长途司机路过都要踅进街里带些回家，城里的也常如此。有一次丰城来的周凤回秀市开会，中途时说要办件大事——买七八斤油豆腐回去小区左邻右舍分享，可惜最后只买到一盘，因为没有预订。几个豆腐人家每日行情固定有数，剩了隔天差味变质坏了招牌。好在中餐有盘素炒油豆腐，让她略感慰藉。

不过豆腐菜系中要论锦上添花的还属"豆腐脑"。首先，这豆腐脑大餐酒宴上是寻不到芳踪的，确切说在街头里巷陌上人家，宛若邻家美眉，纯白雪嫩如凝脂，端起来豆香扑鼻，秀色可餐。《故都食物百咏》中云："豆腐新鲜卤汁肥，一瓯隽味趁朝晖。分明细嫩真同脑，食罢居然鼓腹归。"岂止诗人好兴致，你看嫩盈盈的，盛在碗中要甜要咸要辣随你调，看着格外养眼。其次它不像麻糍，芝麻豆屑碎碎黏黏，身子圆嘟嘟在你面前扭动：要我要我。一买又软绵绵牙粘得爱恨不清，小孩子们不知深浅撑着容易伤胃。

最可贵的还是做豆腐的人那份匠心。老话说：世间三件苦，打铁撑船做豆腐。一点没错，但凡好东西念到口落到胃到心都是要费一番功夫的。开头叫卖的便是桥东上南山"徐豆腐"，三十多年了两口子风雨不误，守到青丝成白头，他们还是用老式手工方法。你说他们顽固也罢，他们认定不改："嘿！人老了，觉得就是这样好！"

老式手工方法，一桌豆腐凌晨四点钟就要起床，而且事先要将豆子浸泡好，热天三个时辰左右，冷天要六个时辰左右，发到豆子开牙口线才合适。他们一口石磨磨坏了才改用电机带磨浆。夫妻一个灶前一个灶后，非常默契投入，用柴火烧滚水泡浆、滤浆、熬浆，点卤、包浆压榨，到早上七点钟豆腐才成型。若是做两三桌得两三点钟起床，一桌豆腐除去成本起早摸黑不算，实际利润还不到十五元，老两口做的简直就是限量精心版，有时候乡亲们自己来取，在外打工的儿女们总是电话劝不要再折腾了，图什么呀！吃着豆腐长大的人反过来骂做豆腐的，"哎呀，这手艺是不赚钱，可是我们半辈子都这么做来个。再说早上这一带人都爱吃，人家吃得安心信实我们。"他们说也有人来推销什么新式添加剂东西，说省时省力出豆腐多又快，但是他们宁愿做老古董，一元钱三块豆腐从不涨价，要的就是自家的味道。至于豆腐脑，更要细致，一桶豆浆几多石膏要称好，多了出水像蛋花一样；少了不来事等好久，比做豆腐省去包浆压榨后面两道程序。山里人做事累了正好解乏，还有小孩香香口。这东西养人，做得动就做，再说只有病死人，没有累死人的说法。

是啊，未必要名厨经典，未必要人参燕窝，时光淘洗浸涨打磨，一番泡滤点窖，徐氏豆腐靠的是清爽淡泊细致宁静，匠心所致，让素常的小吃别有风味。至于营养价值，豆腐文化阔气点说是国粹，又何人不知何人不晓？所以说要吃手工柴火豆腐脑或豆腐，还是得到乡村来，高手在民间。不说叫声韵味十足颇似唱山歌，光看这做法就让你咋舌，再想想：挑的人左肩换右肩，平平仄仄村落小巷或是弯弯曲曲的山路上晃出来，"豆花仔啊……豆花仔啊……"那样的场景叫人看着听着，莫名就触动心底最柔软的那根琴弦。待到面前撩开桶上洁白的纱巾，小碗在掌心温润和热，如玉脂琼浆余味无穷。要是讲究的再滴香油，切上香菜添点姜末，口舌生津怎一个好字了得。第二日第三日或是上午或是黄昏，那声音又悠扬地响起来了，来一份吧，连同歌子连同笑容一起带回家，那些尘世的钝痛隐秘的忧伤犹如软嫩的豆腐脑一样，轻盈落入，不知所终。

  而暮光中一肩轻快离去的背影，一路散发着淡淡的豆花香，随着袅袅炊烟，早已抵达到至极的简单了。

# 生 姜

进山。六十码、点刹、超、回道……耳畔不时吼声如雷。倘不是女司机实习期,绝对得以其人之道还治其人之身,但终究忍住。驶过东岸新村,分不清是紧张还是副驾声音压迫,脸颊已汗涔涔出。山口左转,方向盘被夺走,前行山路果真比 S 路还 S,司机屏息凝神。

村庄就在罗山脚下的山坑里,邻近胡家、里堆、麻垄、青垄岩等倒也密集。水系古称"锦溪",现称沿溪河,相比杜市古名"凤舞里"改成"口前""坑头"好听。多年前在镇上教书,身边小侄女那时要牵人手走。夏夜,一群人常常走山,边喊边唱跑调的歌,什么"烟花三月下扬州""月落乌啼总是千年的风霜",甚至骑摩托车跑十几里山路到小村谌母殿前看戏。"也许时间就像命运的线,有缘时遇见,无缘时再见,回忆那一天,我们背对着脸,突然间时光逆转十年,回到原点……"脑海里莫名回旋着陈培峰低低的声线,那些曾经厮混的哈哈时光,漫漶不清,迷失在深秋里。如今各随风散,人世沧桑,哪里要十年?就像这村前溪流兀自清澈,而屋宇不再旧模样,焕然一新。

踩在收割机横扫后的稻田里,禾蔸长长,一切瞬息变化着。甘蔗上了糖,脚板薯心形叶高高倒挂下来。正是收姜时候,"立夏日初长,种姜罗山上。"喜欢沙壤土的生姜是这里特色,三宝之一,祖祖辈辈,家家户户都会种。面前一畦一畦葱茏着的正是,齐刷刷密匝匝长满地头。叶片柔柔,青翠可爱,生机盎然簇立晚秋中。扯姜啰,嗨,嫩黄的茎块出来,块茎上带着点红衣如处子羞色。外婆扛着锄头过来。"我们有力气拔,不费劲的。""不是,得挖出姜娘来。姜娘是好东西，街上卖得更贵。"原来马大哈的我们只管拔，不知道每一蔸都有姜娘。俗话"姜是老的辣"说的就是这老姜，又叫干姜。收姜包括一嫩一老两种，姜娘在底下，嫩姜是后面生发的。不注意的话，姜娘就还在土里，提起来一瞧，果真，就是颜值没有子姜清润，子母相连倒是有趣。

难怪外婆要用锄头再挖下，否则我们真是暴殄天物。老姜是调味能手，百姓人家，哪一个案前餐桌少得了？"饭不香，吃生姜。"元代农学家王祯在《农桑通诀》中说，姜在"白露后，则带丝，渐老，为老姜。味极辛，可以和烹饪，盖愈老而愈辣者也。"姜还是风寒卫士，伤风鼻塞初起，灌一碗姜汤，蒙被发汗则通体舒泰。

至于嫩姜用醋泡也是一道美蔬。罗山姜是出了名的，从街上买来，搓洗干净，放入通风处晾干水分，切成薄姜片，每一片都是明媚的少女色。前面磨耐心，后面练刀功。再在烧开的水中焯一下，马上捞出，风干水分，加入盐、糖，再加点蜂蜜拌匀。然后将拌好的姜片放入玻璃罐内，浸白醋，密封冷藏，看着杏黄透亮的瓶子，吃起来格外受用。"承天地之玉露兮，沐四时之和风。不辞辗转之苦辛兮，经余之巧手兮。"搓洗晾焯拌，一道道工序，时光发酵，日子沉淀清香。

此刻站在天底下，青山环抱，稻田吹过微风，扯一缕秋光扯一蔸生姜。秋收冬藏，地里甘蔗、姜呀薯呀立冬后都要下窖。忙完了山上茶子，山里人闲不住手脚，就来忙地头了。记得早先含姜片防晕车，大包装里只有几片姜，那时觉得贵。现在自己动手，才明白《朱子家训》所说："一粥一饭，当思来之不易；半丝半缕，恒念物力维艰。"姜收好后，除了吃用，窖藏也讲究，出窖后的姜会多份老辣，价格比嫩姜贵好几倍。

细细端详：姜如人生。嫩黄的色艳颇如少女之清纯，地头葱茏是年少趋于的成熟，而皱巴干沉的姜娘则藏在土深处韬光养晦。看似不起眼，却与人们生活息息相关。

姜的旁边是两垅脚板薯，学名紫山药。扯藤抽棍，锄头得从周围挖下去，否则一不留神拦腰一截，紫色的伤口紫色的汁液流出来，让人心疼不已。说来也是，这家伙样子虽然不规则，大脚丫似的，但营养价值独特丰富，降血脂、抗肿瘤、防动脉硬化等，形状也比生姜硕大。如果说姜作春衫称少年，它则一袭紫衣入泥尘。山里人种时不用打药，它在地下铆足劲儿疯长，愈长愈丑，直到丑成饭桌上纯天然美味。带回去不用洗泥，能留很久。"多挖些多挖些，下了山不容易吃到。"七十多岁的外婆，对土地充满深情，一边挥锄一边念念有词，仿佛生姜、紫山药都是她的孩子，对于瞎帮忙的我们显然又比孩子还孩子。

　　一群人扛着锄头走在田埂上，溪水静静地流淌，溪畔芙蓉花在风中团团朵朵，摇曳出山村的静谧。午饭后继续挖红薯，这不是一般的体力活。年轻的劳力大多背井离乡外出务工，留守在家的老人不愿荒山荒地。只是到了收获时节，才凸显所有的窘迫。上山采茶子一不小心就伤筋动骨，即使受伤，很多老人家也是选择隐忍而沉默，严重的甚至背上篓子再也回不来了。像朋友这样好歹离得近，方可周末来帮忙，但是多年离了田园，弓身弯腰，一会儿就会汗流浃背现出原形。这不，一垄地才刨完，刨薯人就"哐当"将锄头一扔，身子直直地坐着："以后买薯，我坚决不还价，坚决不还价。"两三块钱一斤的薯，实在不易，从扦插到生长收获，哪个环节不浸透山里人汗水呢？中央电视台曾经到麻垄专门拍红薯做滑肉的纪录片，据说耗时半年。

　　归来，生姜、红薯、紫薯、甘蔗摆了一地，大伙东一提西一包瓜分外婆的劳动果实。转身离去，乡村又恢复了邈远与寂静。

# 擂　茶

盛夏里吃擂茶是一种口福，爱上擂茶亦是从夏天开始。

"夏至入头九，羽扇握在手；二九一十八，脱冠着罗纱；三九二十七，出门汗欲滴……"三伏天一到，人们总是制作清凉饮料避暑消夏。丰城市桥东镇观建一带，就流行打擂茶、斗擂茶，可以说家家户户女子都会，要论谁家打的味道妙，那可是非"桔妹"莫属。

桔妹原名黄美连，15岁从观建洲上黄家嫁到熊家，现在七十多岁了，依然清爽乐观，走路生风。她打擂茶远近出名，河西湖塘乡"花镲锣鼓"非遗展演时，专门请她现场表演，一杯杯如翡翠，色香味俱全，堪称一绝。从懂事起算到现在，桔妹打擂茶历史有五十多年了，加上心灵手巧，技艺精益求精。不仅如此，做仙草豆腐、米酒、米浆、豆腐乳等农家小吃，样样来得，真是一把好手。

忘不了2016年夏天，高考结束后熊佳鑫打电话给我："奶奶从乡下回来，老师我接您到我家来……"门开时，是桔妹那一张美奶奶脸：白皙、自信且优雅。"老师，三年前我给您打过电话，您总说忙没有来。"语气颇嗔怪。"我跟佳鑫一直念叨，这下让他亲自给您打擂茶吧。"

餐厅里摆着一应家什，佳鑫坐着双手握木棒，面前擂盆妥妥地放在轮胎上，纹丝不动，真是设计巧妙。擂钵里一圈新鲜翠绿的茶叶，擂一圈少年笑脸相对，架势有板有眼的。"哎哟，这招太古典了！"记忆里打擂茶应是在宁静僻远的小山村，一番古道热肠，擂去夏日燥热，而眼前在城市一隅，真是猝不及防地相逢。他的动作忽而快忽而慢，奶奶立在身旁指导，时而撒芝麻，时而点花生,"后生,慢慢擂。"只见一片片碧绿的茶叶慢慢碎成末,木叶的清气飘散,一缕缕一丝丝的芬芳擂出来,"好香呀。"使劲吸溜鼻子,香气氤氲开来,身旁还有久别的学生说说笑笑,仿佛三年时空从未隔断过。

"老师啊,这现打的擂茶好喝。今儿天热得死,咱们当消暑,乡下人家就算城里买了房子,也还是乡下人……"桔妹如数家珍,说她先就准备好了一切,三年前没喝成,三年后一定要补起来,甭管孙子考得怎样,人都要感恩。"好喝吧?"我忙不迭地点头,外面天热得像蒸笼,桔妹用勺子不断地给我添,四海碗下去,喝得回肠荡气,通体舒泰,人就醉在擂茶芬芳里……

到底是擂茶味道好,还是师生情谊,很长时间我难以分辨。然而接下来行走河东,山里人尤其热忱,夏天喝擂茶的机会渐渐多了,最后我不得不说桔妹奶奶打的擂茶味道确实独特。每一次品尝,每一次都回味无穷。并且桔妹将手艺从乡下带进城里,教会了很多同乡。

从此夏天一到,眼前就飘起擂茶的芬芳。

事实上打擂茶、喝擂茶只要一个下午,但打擂茶准备是个漫长的过程。口感好的擂茶制作工具很有讲究,用料很丰富,下的功夫更是深。轮胎能坐实擂盆且省力,很多地方放在椅子上,双腿夹着,样子过于笨拙,放进轮胎擂得舒心自在;擂盆得选结实纹路又清晰的,要不然有人用力过猛,擂着擂着碎盆,鸡飞蛋打扫了兴致;擂棒选茶树木或者柚树木,通气又结实。"哪个家里没有备胎,没有擂盆擂棒,简直算不得观建人,进了城也一样。"女人们凑在一起乐哈哈。

至于用料:老茶叶、蛤蟆藤、芝麻、爆米花或锅巴、花生等等马虎不得。茶叶不是选嫩的,而是专拣老茶叶,现在集镇上有卖,四五元一斤,一小袋买来,要选油光碧翠的。最好的自然是上山去采,不打湿便可以留存。蛤蟆藤学名叫海金沙草,历来医家对这种本草都有很高的评价:清热祛湿、解毒、利尿通淋等。夏天正是藤叶葱茏采集之时,打擂茶放入新鲜蛤蟆藤进去,又可以起到养生之功效。山里人一般都是现擂现喝,新鲜的打碎,细腻如末,色泽幽绿,盐是跟茶叶放下去的,开水也早就冰好了,看着都欢喜。

该放熟芝麻了。制作时,将芝麻放在盆里用清水慢慢旋慢慢淘,结果芝麻在一边,泥沙在一边,这样干干净净再去晾晒,晒到半干湿状态,下锅炒,爆得啦啦叫,芝麻看起来生熟同色。撒入擂盆打时,香气一圈一圈钻进鼻翼,化作擂茶的魂灵。下一步轮到熟花生了，煎花生火候是个技术活，过火了有焦味，影响色彩和口感，需要煎到外面花生衣转红，里面花生仁色白如玉，希望有嚼劲的可以打粗一点，细心的花生衣、花生仁都打细碎点，看不出衣片。

　　如果说芝麻、花生讲究火候，那么爆叽与锅巴得看家庭主妇功夫了。爆叽又叫爆米花，做时首先黏米洗罢，再浸五六个小时，用蒸笼蒸或压力锅隔水蒸三四十分钟，取出来揉散、再晒，这样米粒一个个不会粘，过油七八成热时炸，放入玻璃瓶存好。最好的用锅巴，但是现在人家都用电饭煲，不方便。桔妹每次都在老家准备，打半锅水烧滚，下三四斤米，用锅铲不停搅，直到汽水上来，拿篾笤箕舀出米汤，锅铲弄平下面的米饭，等到锅边汽水冒出，灶里的火用灰煨上，像冬天里用火笼煨鸡蛋，余热慢慢烤，漂亮的锅巴结成了。可别急，锅巴一片一片还得下油锅煎，浅黄色结片，密封罐装，啥时用都咯嘣干脆，清香爽口。

　　每一道材料，桔妹绝不马虎，桔妹总是最先分享自己体会。女人们擂茶一道道打，一边聊着各自家常，算起来还真是慢功夫。城里买了房子的，离开老家，喊擂茶情谊不变，如同成了一个地方老乡的标志。今天你家喊，明天她家喊，这个瓶瓶罐罐摆出来，品一品比一比，斗茶的日子就格外热闹，生活的悲伤哀愁都随擂茶消散了。回到乡村的，无论离别多久，擂茶打起来喝起来，仿佛旧日时光从未走远。客人来了，一起感受打擂茶，甘醇的擂茶就是淳朴的风俗人情。

　　"一碗喉吻润，二碗破孤闷。三碗搜枯肠，唯有文字五千卷。四碗发轻汗，平生不平事，尽向毛孔散……"卢仝的《七碗茶》写尽茶的酣畅淋漓。桔妹带着大家打擂茶做到了极致，冬天里也可以打擂茶，不过用的是开水，正月里油腻了，喝上温热擂茶，熨心贴肺，简直是人间至味。一人一碗是不够的，吃了还得兜着走啊。生活有酸甜苦辣咸，但擂茶蕴藏的是天地草木间的清气，加上用心打磨的独特香气。它早已变成了老乡见老乡的情感纽带，走得多远，香气就传得多远。

## 馄 饨

  记忆中毕业那年的馄饨最香,一点葱花,皮薄透明,裹着的肉末并不多,香气氤氲,沁人心脾。几个人背上画夹走走停停,煞有介事用手指做取景框,遇到热气腾腾的馄饨摊便坐下来。其实城墙斑驳的色彩,小吃摊的烟火气,以我们的功底,根本表现不出来。或许年少轻狂,有梦想就很美。

  那时看什么都是形与色,馄饨的色泽、质感,连上面浮着的油花,我们都在想怎么用笔触,老师教了弹盐可以有雪花的效果,这个滴水会不会泅出痕渍呢?再看那下馄饨的妇人不慌不忙挑一点盐入口入心,便有至味。多年以后自己经历了坐锅、干烧、稀糊种种奇葩过程,才明白不是所有的人都能做好一碗馄饨的。

  很多早餐的留白,都是在暗暗想念。

  一次次穿过桥东小镇,看熙熙攘攘的人头攒动,听此起彼伏的吆喝,感觉生活在别处。所以心念起时,最想缓缓地走,开春的树苗,初夏的瓜果,小河鱼,风味小吃……优哉游哉,货比三家,讨价还价,万人如海一身藏,那种享受,实在是忙碌日子里的一份小确幸。

  时间足够,可安静地坐下来点一碗馄饨。

  其实镇上小吃摊叫得最响的是"徐国亮炒粉",顾名思义,是上青人徐国亮抄锅铲,但是他收工早,而且摊子在外面敞开着,没有一点讲究。尝过几次后,觉得写诗的徐国亮比炒粉的徐国亮多一份深沉,同是桥东人,都从徐山钨矿出来,同名又同姓,也是奇了。甚至发过奇想,有一天两个徐国亮扎堆那是什么味道,是粉诗还是诗粉?可惜人海苍茫,为了生活各自忙碌,结果无从知晓。倒是有一次朋友仨吃得兴起，又特意跑到大桥底下尝网红"老婆叽炒粉"，挑了几下，最后不约而同叹息。

"千里香"馄饨就在太乙场斌斌皮鞋店对面。

有时起个大早，或者半晌午跑过去都行，如果碰上一、四、七赶圩，里面老人、小孩、年轻人都有。众口难调似乎用不上，里面蒸饺、拌粉、小笼包子、油条、豆浆样样都有，还可以炒粉，细嫩的，炒得也清爽。"这馄饨有什么秘诀吗？总觉得你做得特别香。""掌握火候，开初烧转水放下去，之后小火轻轻搅，否则容易散，作料呀葱花呀都到最后撒。"那对夫妇一点不忌讳，眼前的主顾是吃了还要打包带回去。事实上每次买回生馄饨，自己做的味道也不对。

她包的馄饨摆放得齐整，米白色里隐隐透出肉色，仿佛性感女子若隐若现中露了春色。那春色挑逗人之味蕾，你想呀一番风尘仆仆，坐下，面前热腾腾又香气萦绕，还有什么放不下呢？这馄饨不是什么名贵佳肴，无须计较座次排名，无须担心吃相雅俗，吃得优哉，更不要虑及什么酒桌文化，总之没有一切负累。至于和你坐下来同吃馄饨的那个人，一定是你相处最自在的人，像眼前的馄饨暖胃贴心。

端上来的馄饨汤清，色素，白瓷碗里绿葱花点缀，风格简约。像碌碌风尘中迎面走来一位江南女子，秀色可餐呀。于是返城的日子，总也有意无意地寻找，但味道就是不同，仿佛"千里香"馄饨着了胎记。

再去，女人正坐着裹馄饨，肉末粉红，皮子一沓沓，"这些都是机器做的。"她指着馄饨皮与碎肉末，啊，心里隐隐失落，机器替代手工，少了原风味吧？"可是不同的人是不同的皮，不同的馅。皮太厚不好看，太薄容易破。面粉里放碱要把握好度。""馅呢？三分肥七分瘦，前腿或者后腿肉，别人的我不说，你自己看得到。""这一路排着三个'千里香'馄饨店，都是从福建来的你老乡吗？"女人爽朗地笑了，告诉我们这儿只有她一家是仙游人，因为大家觉得这生意好，于是用了同样的牌子。"没事的，各有各的口味，都要过日子嘛。"

他们这个店十五六年了，起初是姑姑在这里开，后来是弟弟接着，五六年前才是他们。总之来自福建莆田仙游的那一带人们，凭着"千里香"馄饨手艺，全国各地走遍。像他们这家到过上海、广州，来到江西，先在孙渡三年，后来才到桥东这里落心下来做，桥东人也爱吃。一斤生品做五碗，一托盘五六斤，生意好时一天可以卖出五六托盘。再说"年深外境犹吾景，日久他乡是故乡"。一家三代客居在此，其乐融融也。

当然，生意比别的好点，一是打的皮好，二是馅肉料好，三是汤好，最关键在于葱油佐料。女人把清汤打好，取出佐料，告诉我熬葱油是技术活，洋葱、生姜、蒜苗还有海鲜等等，火过了黑乎乎的带苦味，余香满口就靠它。我没想到小小一碗馄饨竟要如此用心。

"爸爸，我还要一碗。"一位年轻的父亲带着一对小棉袄坐在身旁，小的一勺一勺喂着，大的嗯溜嗯溜咂巴完，又叫起来，眼巴巴又望着父亲。"好嘞，老板再来一碗。"父亲毫不犹豫。

怔怔地看着，我的心头一热……

# 丑 柚

## 念 柚

　　写在前面：拎个柚子走大街，心里头咚咚锵，朋友说，家里一棵树，只长五个柚子，特留一个给我。投我以绿柚，报之于文字也。

　　孺子学校上班时，每天来来去去，我都看见左家人屋后的柚子，黄澄澄挂在树上，像黑暗中的明灯在心头晃呀晃。那些柚子主人为什么不把它摘下来，四围还圈着铁丝网？我的意念无数次爬上树干，"嗖嗖嗖"木棍一顶，或者站在树下竹竿一撑，"咕咚"掉我怀里。念头无数次在心里升腾、焦灼，未成事实。这感觉颇似左手捻刀，右手捻粉笔头，不伦不类，所幸只是犯罪未遂状态。好在办公室里每隔段时间就有人带乡村小吃，可以将我阴暗的心理转移。尤其是那次徽哥带来的柚子，外面沾泥裹灰，味道却无与伦比，能将酸甜比例调到那种程度，大概只有神奇的自然之手了。市面上蜜柚固然好看，又觉甜有余而酸不足，甚至还夹有蜡味的果粒，败了兴致。

　　但这丝毫不影响我对它的偏爱……

　　生在山里，记忆中村前村后，栽着苹果树、梨树、枣树、柚树，像孙猴子的花果山。姑姑头胎生女儿，姑爷望门前柚树，名字就有了，所以，我的柚子表姐始终青涩，脸盘圆圆，眼睛大大，头发黄黄，书读得不多，早早地嫁到另一片山旮旯。去年见她，已经是儿孙绕膝，岁月风干了水分，她的笑就像怎么也抻不平的柚皮样，好一个淳朴而多皱的柚子啊，那些藏在岁月深处的情谊永远难忘：一起采蘑菇、摘杨梅、耙柴……她不像我幸运，可以读书，倒是令我早早觉得，人生识字离别始！

第二个柚子藏着我的劣根性，大概有些嗜好，人是无法挣脱的，不管过去多少年。记得在秀市中学，春叽院子里柚子水分足，酸甜美妙，她用一半拿来分享，又留另一半来勾引馋虫。罪恶的种子是她埋下的，下了课，我就撺掇伟忠偷柚子去。伟忠个高，人也憨厚，立马雄赳赳、气昂昂，双双出校门，不过两百米，站在她家院墙外，瞄准目标就下手，回来剥了吃，还丢几瓣给春叽："这柚子可比你的过瘾带劲！"春叽嘴一撇："要恰鬼快快捞得到啬。"做贼的人总是心虚，笑声泄露了我们的秘密，于是，在办公室转圈追打……不知不觉我在小镇度过了十几年，年年分享的柚子啊，盛装了太多的欢笑与酸甜，以至孩子们都知道某的不良嗜好。

那年九月九接到祝福短信："老师您门前的柚树活了么？那是上次劳动时，我们商量好，偷偷为您栽下的，留到我们读高中再说的……"我跑出厨房，蹲下身，呵，这才想起去年人来疯，给他们来两节假公济私的劳动课：搬砖、挑石、垒泥、种花，还美其名曰"一米阳光"，其实就是石头中间全栽些不知名的花花草草。可怜它们孤独、惨淡地开在空旷小院里，人们走到面前，要么不屑地"哼哼"，要么取笑我的"艺术情怀"，甚至夜里有车子毫不留情碾过。好在院子里也只有一个这样的神经，贪恋一抹绿意，谁想那里藏着孩子们特别的礼物！

到底是人疏懒，系不住花花草草的心，最后只有小柚树顽强地活下来。它的叶片青翠，嫩得养眼，我给它浇淘米水，偶尔还帮它洗去叶子上的尘灰。想着有一天它会开出洁白的花，香气馥郁，人便坐在花树下，装模作样一卷在手，偶尔骄傲地看柚子，该是多么惬意的场景。可惜好景不长，一年后，我离开了那个小院，便只能嘱托朋友照看，日复日，年复年，小院回转得愈来愈少了，只在心底暗自祈祷。哪知，一日接到电话告知：小院水泥硬化，原来开的地、栽的树，全部被挖掘机挖掉了。按说当然是好事，只是小院最后的想念，这样消失未免黯然。

"下次我给你到街上再买柚苗吧，可是你栽到哪里去呢？"是啊，栽到哪里去呢？一个离乡离院的人，拥挤的城市，哪有自己的地盘？

今年，因为支教缘故又回到了乡村，临近中秋，查寝室，没想到孩子们递过来一个柚子说:"老师,自家树上的,沙田柚,您尝尝。"到另一个寝室,也收到了一个柚子。仿佛面对意外的失而复得,我惊喜地将两个柚子捧在怀里,走过路灯下昏暗的操场时,脚步竟是无比轻盈。柚子,这朴素又奇妙的柚子啊,我在这里见到了你!

## 丑 柚

十月将尽,坐在临街小店里,一盘小白菜,一盘干豆角烧肉,一杯白开水,辗转奔波之后居然觉得是人间至味。漂亮的老板娘问:"你从哪里来?到哪里去?"如此哲学命题,真是一语惊醒梦中人,问得心惊,无以作答:眼前一切都是陌生的。

陌生的小镇,陌生的乡村,陌生的老人,门前有永远热爱的柚子。故事从哪里开始,追溯到哪条河流,来来回回中依旧太多未知⋯⋯

好在她最终以为是送货物下乡的。其实陌上行走的,不过是个讨故事的人,风尘仆仆中感受土地的淳朴、良善。老人不免疑惑与警惕,但也不乏热诚相待:"话打哪儿说呢,信字辈都不在了,我把小时候父亲讲的告诉你吧。"话匣子打开一条奇妙时光通道,有人从江湖旧事中迤逦而来。

说个先生的故事吧,十里八乡谁都晓得他文采,满腹经纶的他赶考时自己要讨个彩头,于是请了脚夫,坐的是独轮车,轮到上坡时,平时助人为乐的他暗暗跟自己较上了劲,问车夫这坡能上么?若是往日,车夫绝对一径直上没问题。偏偏车夫昨天做了一整天农活,怕不能一口气上去,看这书生儒雅,想讨一份体贴,结果说要书生多担待些。岂知书生给足了车费,也不要他上坡,也不要他拉回,径自扬长而去。

人,怎么能跟自己较劲呢?横竖都是自己承受暗伤,除非身老沧州,只作逍遥游。原来书生想借着他的口气,问前程。如果是上,那他就继续往前去赶考;如果不是,干脆回家闭门读书,好一个狷介书生。

后来怎么样呢?先生而已,教出学生无数⋯⋯"静坐常思己之过,闲谈莫论人是非",故事断了的时候,思绪也在陌上游荡。金黄的稻田,宁静的村庄,只有累累柚子沉甸甸挂在枝头,今年是它的旺年吧,可惜无人问津,只有蓼子花稀稀疏疏,溪中萍草铺满,这一带清水流到镇上就不知怎么分叉了，就像无数的人走出村庄后淹没在滚滚红尘中，只有故乡那条小花狗或许还记得主人的少年，还记得与少年欢笑嬉闹吧。

"你这柚子可以尝尝么？"爱柚的人见了天下柚子都觉得亲切，就像门前的老婆婆见了什么人也都觉得亲切，"你想摘多少就摘多少吧。"实在没一个载相（中看）的，就像故事叙述的结果总是出离人们想象。后来呢？谁知道后来，吃柚子吧。剥柚子是很费力的活计，至今我还没剥出一个囫囵的来，除非用刀，但是纵横下去总有刀痕。

哪有倾城之柚，从色彩、从形态、从味道，门前树上的柚子们压弯了枝头，还是灰不溜秋斑斑驳驳的，秋天的况味全裹进了厚厚心底，酸酸甜甜，一丝丝涩味。费力地剥，终究夹着遗憾，爱柚的人不会计较，但是不爱的却是无限地放大苦、放大涩……

从前的那个先生放大了上坡的"梗"，倒也走得决绝，成了乡间传说。现在的人离了枝头，心底里还藏着梦，老人守着，孩子守着，所有的心血筑进了乡间新居，老屋拆了，故事还在，新屋建了，建屋的人还在异乡打拼。只有一树树丑柚守在家门前。

# 丽 村 曲

鼻翼飘香。恍惚之间，不知道是眼前景象如梦，还是思绪真的迷失。脚步高高低低，一步三摇，觥筹交错中，1170年前的风尘古道上，朱熹一袭长袍仆仆行来。山川有幸，牵动他的诗情："问渠那得清如许？为有源头活水来。"不，是汩汩清泉酿成酒酿成诗，洗去他旅程疲惫。日暮时分的源岭围村，吕蒙馆师热诚招待。他醉了，醉在这林壑尤美溪涧萦洄中，醉在这热土醇厚乡情淳朴里，索笔，题诗，纵酒啸咏。山道留下他执着的背影，问道求理，循光而行……

此一行去临江郡清江县探访弟子张洽。张洽聪慧，博览群书，好学笃志。尽管朱子彼时仕途不得志，赋闲讲学，作为理想主义者认为像张洽这样的君子为数不多，寄望他传承道统。张洽用他的一生践行理学之道，世间师徒知遇莫过于此。而朱熹于丰城，龙光书院讲学论道，亦留下浓墨重彩。飞鸿踏雪，足以窥见彼时丰城文化之兴盛，令人添了无穷遐想。

驻足，仰视发黄的朱子匾额，厅内将进酒，杯莫停；摔碗酒，岁岁平安；醉酒而行，借你，忘掉所有烦忧……最古老的原乡表情中，珍藏着生命密码。这片土地自古以来便是稻米油茶之乡。八月双抢，十月茶事，一年最劳累最有收获的农事结束，乡亲们开始酿十月酒，开坛时叫上相帮亲友，拜谢山神庆丰收。迎春又筹划一年光景，走亲访友聊聊，米酒甘甜，谷烧浓烈，芬芳了日子，丝毫不逊于秀市早酒与淘沙的封缸酒。因了朱子的"源头活水"，丽村烧田更多一份沉淀的力量。你看，平凡朴拙的陶坛哟，每一个都不完美，每一个都存在缺憾，但密密匝匝，酿酒坊前，堆叠成震撼的画面。日子不光有艰辛有汗水，更有诗酒飘香相逢笑。

酒坊内，香气四溢，左边有人正在铺谷酿，右边一排排窖藏酒。俗话说"酒酿得好，还要藏得好"。酒的生命力与器皿有密切关系，陶坛透气不漏溢，又便于酒的呼吸。一般说酒有三种藏法，除去普通的罐装，还有窖藏与洞藏。像春酒一招一式都有讲究，刚柔相济，方得醇厚，勾撒匀铺，最后利用地窖作用，才能酿出酒之灵魂。这座两千年的古镇，人们用酒连起了彼此的生活。"天有时，地有气，材有美，工有巧"，融四者合而为一，成匠心工艺。探亲访友，庆生祝寿，酿酒、喝酒已成为人们生活最具仪式感的见证。

丽村位于丰城西南，背倚道教名山玉华山，可谓山水秀美。丽村基酒厂历史则远溯春酒，近溯四特。20世纪80年代，丽村人陈光汉在四特酒厂做技术副厂长，感念家乡风土，便在此建立基酒生产基地，全部供往四特酒厂。1988年形成乡镇企业，两者有不解之缘。直到2003年改制变成民营企业。十八年过去，酒厂坚持酿造原浆风味，潜心铸造基酒品质。药都樟树与丽村接壤，那儿出名的是四特酒，只是樟树的药与酒都是品牌，丰城还沉在历史醉意里。好在这里已经成为江西省工业旅游示范基地，展览馆将源头活水浸润着整个园区。不只可以遥想岁月深处清泉潺潺，家家户户酿春酒，人们举杯相逢的热闹氛围，而且能一幅幅场景再现观赏，且又在传统工艺基础上，借天时地利发扬光大。

出酒坊，是曲径通幽。有萧萧翠竹，夹道相拥，光从缝隙洒落，石径扑朔迷离。向导徐向民说，十八年前，引竹围栽，铺石成路，才铺成今日动人的光影效果。设想朱子再次穿越时光，亦当留恋复留恋吧。这样清风鸣蝉之地，岂能无兴？人生短暂，唯书与酒不可辜负也。长亭有坐，三两知己，曲水流觞，儒风已熏千年。

转折，却见道侧陶坛列队相迎，翠色掩映，红盖褐坛黑字，醒目鲜明，疑心到了酒林中。少顷，入藏酒洞，果真别是一番天地。拾级而下，但见洞内两条长长隧道，光线幽幽暗暗，影影绰绰，隐约可见左右两列藏酒，蔚为壮观，真是养在深闺人未识，身在酒中不觉醉。原来新酒放在坛里密封好，存放在温度湿度适宜之地，慢慢陈化，口感柔和多了。

"掬水月在手，弄花香满衣"。曲折回环的景致，四处飘逸的芳香，给我们开启一扇扇别致的酒文化窗，也让我们看到了丽村人坚韧而执着的追求。告别丽村酒，回首，已是酒香熏得行人归。

# 槎　溪

人间四月天，趁着假日，走进初夏最美时光。

车到张巷镇港口吴家，爬上了一条黄土路，确切地说是一条堤坝，明媚的天底下卧着一条潺湲的河流，河水浑黛，倒影蒙蒙，彼岸地势低，水湄边青草簇簇团团，连绵湿地一片绿草如茵，原来这就是槎溪。槎溪发源于淘沙槎村附近的猴尖峰，猴尖峰凌厉陡峭，据说早先丰城的风水都以此作为文笔峰，它流经杜市、张巷、石滩，最后汇入清丰河水系。又有典故说来自晋代豫章太守范宁，得巨槎（楂树）于超山范登云白石墓，置于河道而取名。古诗句有"九月浮槎"，想想该是怎样温润满怀古意悠然的场景。如此算来，至少有1600年了，难怪一路绿鬓如须千古飘然。沿岸如狮子邓家、茂溪、揭徯斯故里、金山揭家、白马寨都分布在其周围，古村牌坊门第临溪不远，历代进士有二十几位，所以不折不扣是剑邑河东地区一条文化河流。

此次剑川老师引我们一行，选择了中段逆流而上，导航仪上显示的蓝色线条，蛇形蜿蜒。原本荒芜的河边野田，此时也生机盎然葱茏映目，有老牛扫着尾巴，白鹭时而惊飞时而旁落无人栖息，一片恬静的自然景象。

停车，这样的时光最适合慢行，但见身边的荼蘼花开得妖娆蓬勃，白的红的桃花色中间是黄色的花芯子，花瓣薄如染色宣纸，似乎风一起便吹落。鼻翼轻翕倒是暗香浮动，以至于令人疑惑，春天到夏天的路怕也是芬芳的，干脆取名叫"荼蘼小道"吧。宋代王淇有诗句："开到荼蘼花事了"。而眼前花事正盛，缭乱缤纷，丰哥不时蹲下侧身忙着择取镜头，正是一片芳心在荼蘼。

车前草在脚下一丛一丛，马唐草、决明草、藋草、小飞蓬叫得上名字叫不出名字的兀自招摇，仿佛我们侵入了它们的私密领地。夹道谁种下一棵棵枫杨树，高大颀长，将浓荫洒满道路，间或爬山虎之类的绕树而缠，果真是多情牵挂相依偎，照了水的涟波光里也映出一片潋滟。抬头，不时还可以看到高高的一串串金银花如瀑如帘垂泻，枝叶间一幕金色闪烁跳动，只是枯藤尽褐，仿佛幽深处情怀落落，令人惊喜。阳光隔着树叶窥视，令人行走中享受着树的荫蔽，又羞愧于自身的疏离，尘世如烟，我们总喜欢将目光放到远方，却忽略了哺育我们最近的村庄、田园、河流，等到终于有一日，发现抚慰我们的依旧是年少的河山。

河道的滩涂忽而在左，忽而在右，隔岸观去青绿画轴上色彩层次分明，临水饱满，只待妙笔蘸取，挥毫泼出。这边挡下冲刷出来的大片面积，远望如草原，小径隐约。看这两岸地势，多年前也许是滔滔不息，槎溪应该经历了船商盛行的时代，而今物换星移平缓如斯。多久，我们没有亲近蓝天碧水了，一时间如见到久别的亲人奔去，不料拨开荆藤棘藜发现竟是水草迷离，剑川老师一苇渡航想穿过，一脚漫漶。雪狼手起刀落，利索斫起毛赖子树枝，架上去一踩，还是软泥涅地，只得复前行，丰哥依旧独辟蹊径寻找新的视角。未几，果然羊肠小路在等我们，阳光，绿滩，黄牛，溪流，此刻组成江南最素静的一隅。

盘桓稍许，转入溪北岸边的村庄金山揭家，地属张巷镇（溪南属杜市）。这是揭傒斯后裔一族分支，20世纪20年代初，村中筹建民居群时，有识之士便请学者梁启超，文人总统徐世昌等题字刻匾，分别有揭士哲宅、存道流薇宅、水木清华宅、象启文明宅、复返吾初宅。整个建筑群庄重华丽不失典雅，匠心独特。其中水木清华宅面积最大，约240平方米，其次是复返吾初宅约220平方米，房屋两进两天井，坐北朝南，大门石刻"复返吾初"，落款梁启超，此联句便是我们常说的"勿忘初心"。另外匾额如"授经衍庆""杜陵遗韵"等都出自名家之手，群落布局紧凑，用料考究，雕刻装饰技艺精湛，槅扇、门窗、撑拱等形象生动，耗时十余年，到1933年方趋于成，其独特的文化景观在于将自然生态与人文生态寓意其中，具有鲜明的时代特色。穿巷拐角，石板坚实沉幽，昂首则气势恢宏，时光一线天际一线。从题字官衔最低亦是当时丰城县令熊继可来看，主人绝非一般俗流，但人生百年终究过眼云烟，往昔辉煌发达皆成历史，如今唯有一对老人默默住守。剑川老师回忆当日发现时情景，点点滴滴擦去石灰块露出下面石刻字迹时，仍激动不已。可惜我们因时间关系，逗留不久。

"槎溪之水清兮，可以濯吾缨；槎溪之水浊兮，可以濯吾足"。如果说曹家滩枫港是自然递给我们的一张倜傥名片，那么到杜市上前胡家村雷家埠桥畔一段，则是浑厚之上传来的天籁音乐，你看河水清且浅兮，水底细沙历历可见，多了明眸顾盼的神采，多了天然未施脂粉的韵味。甚至石级都是旧时人家的础柱倒放做成的，浑然朴拙，日日夜夜倾听流水的诉说，伫立其上，心中风尘洗涤荡尽。石梁桥更如一帧蘸老墨画成的水彩，由四五米长的麻石铺就，宽约两米，长有五十多米，七墩八孔，墩如船尖形，墩身两边野藤蔓草爬山虎。桥建于康熙三十九年（1700年），乾隆九年（1744年）重修过。你说它不事装束，你又在哪里见过如此气势磅礴的绿，肆无忌惮地装点渲染跨于溪上？一篷一柱，弹指一挥三百年，石缝青苔浑然一体，在远处看走过的人若隐若现，平添诗意。何必要烟雨？何必要恋人携手？踏上去心就浸透了水木清华。以至连温文儒雅的墨水在桥上都情不自禁地手舞之足蹈之，如回天真见少年。

沿岸继续，可以寻到杜市大屋场揭傒斯先生的故居，可以看到孝子坊、进士第、凤舞里、落星桥……一路人文鼎盛，精华荟萃。槎溪，流淌在时光深处，扁舟一叶，等你寻梦！

## 荷湖杜家

五月的升华山杜鹃开得如火如荼,一路车水马龙,俱是赏花人。如果从坳上杜家村前水田顺溪而下,则又是另一番景致。作为丰水源头,这样的溪水在山林谷壑中是潺潺密布的,它们曲曲弯弯,滋润山的肌肤,滋润这片土地。沿溪行,触目所见,不是水绕着石头低回婉转,就是石枕溪水遗世桀骜。涧石变幻多姿,各具情态,时而如履平地,时而攀援历险,恍然来到幽静隐秘的石博园。偶尔蹲身,石底可见水草簇簇妖娆,若天然盆景。两岸翠峰相对,崖壁青藤蒙络摇缀,参差披拂。山风起兮,长啸一声,空谷悠然,尘世遥远。

因为溪流澄澈,故而命名澄溪,升华山乃有澄山之称。要是途中上岸,沿着小道拾级而上,又可见巨石结阵巍峨耸立,外形如印,被称"官印石",人们总是悄然拜谒,祈偿心中夙愿。其实"山中石人不知岁,天官挂印已经年。"巨石青苔弥漫,仿佛高士参禅隐在山林,四围虫声唧唧,是大自然为我们翻开的寂静画卷。直到趄回坳背杜家村,眼前气象又豁然开阔。

坳背杜家村背倚青山,面临澄水,宋嘉定年间(1204—1222年)杜允铨从崇仁淡陂迁来,相中这远离嚣尘偏僻一隅卜居,整个村庄坐落在山坳里。入山地势高的称坳上杜家,顺势而下称为坳背。村前与村后山峰逶迤延伸而聚合,可谓风水宝地,一如古诗云:"空山隐卧好烟霞,水不通舟陆不车。一任中原戎马乱,桃源深处是吾家。"

杜家村村庄规模不大,一进村口,两旁石坝写着:罗列仰文峰,渊源传武库。上句点明地理特征,又昭示悠久的学风文脉;下句传递出村庄与杜预的血脉渊源。杜预（222—285年），字元凯，魏晋时期军事家、经学家、律学家。晋武帝咸宁四年（278年）接替羊祜出任镇南大将军镇守荆州。他是三国历史的终结者，西晋灭吴之战统帅之一。立下军功之后，沉迷经籍著书立说，时人称之"杜武库"，武库，意思样样精通，无所不能也。著有《春秋左氏经传集解》及《春秋释例》等，是明朝前唯一一个同时进入文庙和武庙之人。

杜家村现在称为"文武杜家"，一则追踪溯源，二来发扬光大传承先贤之意。村庄过去交通闭塞，但是兴文重学，从没放弃立学育人的念头。他们的宗祠推门便见"勤耕苦读，积功兴业，知责明志，精忠报国"的家风。中华人民共和国成立以来这里走出了诸多读书人，皆承玉华之雄，得丰水之润，无论走得多远，都心心系念造福桑梓。既有退归田园着力振兴乡村的老共产党员，又有从事雕塑回馈家乡的艺术家，更有出国留学的博士，以天下为己任之公仆，民风淳厚朴质，可谓钟灵毓秀、人文荟萃。徜徉村庄，如在画图中：可三瀑听泉，可厅下观鲤，可亭阁赏月。尤其是村前溪中鱼鳞陂的巧妙设计，是天人合一的水文景观。涉溪而过，田园稼穑；中流驻足，仰观云霞，俯视水帘之美而沁人心脾；前则沙渚如舟修竹丛丛，后则石溪水流溅溅。村庄俨然镶嵌在青山绿水里的璀璨明珠，即使寒潮到来，天色阴晦，连鸟声都变得空蒙时，伫立村前，看不到远处的香炉峰，村右那排古樟依然飒飒有声御风迎寒。池塘碧绿，小村笼罩在沉寂中，色彩鲜明的是人家屋墙上勾勒出的一幅幅农耕习俗壁画，连同村史馆里的磨槽、土灶、巨大的树碾子（用于榨油的工具）都以最朴素的形式陈列。今昔对比中浮现远去的童年，远去的时代艰辛的劳作背影，像屋后水车，将记忆旋转，又沉落时光深处。从前的烟火，从前的人家，从前的巷口水井，都随着澄溪化作悠远的画面。老人们聚在幸福食堂里烤火，看电视，宁静中守着春去秋来，恬然中等待花开时节。暖心抚慰的岁月，是山高水长的尊长尽孝之风。

"落其实者思其树，饮其流者怀其源。"祠堂乃祖先的灵魂所在，无论多么遥远的辗转跋涉，都始终背负祖先的根脉。八百年风雨沧桑，休养生息，杜氏秉持对祖先的虔敬，将祠堂修葺一新。一方面保留传统的建筑风格，一方面又厚植家国情怀，创新红色教育。登上二楼，除了杜氏源流介绍、历史人物、当代人物、村庄风貌之外，更是增设了航空航天教育展馆。在这里，系统性地普及了航天科技知识，展示了中国航天事业发展历史，弘扬了航天精神文化。将为前来打卡的青少年提供一系列专业知识学习，打开眼界，观看各种模型，种下"飞天"梦。倘若说以前祠堂只是延续宗祠血缘关系的文化空间，那么现在我们欣喜地看到它走出了农耕文明的视野，以科学之光引领后代，助力乡村教育之未来。

五月看花海，十月赏秋光。季节就这样撩开升华山的面纱，向人们展示荷湖原生态之魅力。冬日到山顶去看落雪，自然美妙，但又不是寻常可遇之事。那么，放慢你的脚步，从溪流开始，从涧石开始，从村史馆开始，从村庄的航空航天教育展馆开始……那架栖落在花园中的飞机，刷新你的高度，带你感悟山水田园在历史中的变迁，又翘首美好的未来。

文化浸润乡土，教育泽被后世。回首山村静谧，鸟音清脆，澄溪明净流光，涟漪荡漾，正绵绵地讲述着游子的乡愁故事。

# 塔　溪

去塔溪，村民好奇，说那么陡，只剩下老的空房子，上去看什么？

到坪坑右分垄上，斜穿山路，须盘旋而上才抵达。早在1956年，四宜、西坊与升华三乡合并为希望乡（西坊之谐音），坪坑是乡址所在。2003年希望乡又并入荷湖乡，如今房屋已经与市集无异，但多半门户寂寂。当然，若是去看留存比较完整的原生态山居，毫无疑问属塔溪。

塔溪在升华山东边山腰上，而升华山坐落在玉华山与鸡笼山之间，仿佛"川"字中间那一竖，犹如天然分水岭。前段日子，毛静与涂秋亚老师一行披荆斩棘开路求道，发现漫山杜鹃红时，公之于朋友圈，惊起叹声无数。原来我们总是舍近求远，错过身边最美景致。冬日玉华看雪，秋日枫叶斑斓，夏日山顶露营、赏览奇石，原本驴友雅事。而这个春天，经历了疫情煎熬之后，怒放的杜鹃唤醒了人们所有的感官。用镜头记录的不只是摄影师，还有一波一波涌来的市民。作为网红打卡点，玉华山春潮涌动，杜家村车如流水马如龙。所以不妨从坪坑走垄上，独辟蹊径去塔溪。

塔溪是安静的。车子在扣人心弦中飙上去，古老的枫树枝枝叶叶都似乎张开臂膀温情颔首。是的，它们一直就那样安详地矗立在村口迎来送往，仿佛久远的梦幻在眼前展开它的画卷：土坯房，泥瓦屋，石台阶，以残缺、以破败、以朴拙而陈旧的姿态叩问我们。我想每个人心头都涤荡着一种情绪："我从哪里来，又到哪里去？"

这不是小时候或者更远些祖祖辈辈的村居样子吗？日复日年复年，他们如何走进，又如何走下山梁，背转而去的以后，谁又守望相助？没有答案，只有山鹰不停地在头顶盘旋，时而俯冲时而翱翔，是神灵的召唤还是独特的暗示？空中暗云翻滚，阳光冲破云层时，村庄依旧寂然，一对耄耋老人坐在屋檐下，平和又慈祥，那种熟稔的乡村表情，令人亲切又莫可名状浮起淡淡忧伤。乡亲们大都搬到坪坑去了，剩下几人还在这里，日出日落花开花谢，生命与自然已经融为一体。

每个村庄的前世今生都有一段颠沛流离的经历，塔溪亦不例外。这一带入住最早的是杜家村民，北宋嘉祐年间，说来有九百多年历史；其次便是六百多年的晋参与塔溪，晋参地理位置更偏，过于阴郁，杜家村如今成为山下最不可错过的景点，溪上的鱼鳞坝带给人美妙心情，蹲身下去，流水从指缝中，从脚边哗哗流过，流走所有的心事。而半山腰的塔溪，小心翼翼地翻开它的身世，它是木平最大的村落，六百多人，范姓近四百，杨姓、毛姓各一百左右。范氏由长安夏梅迁到庙背，因为兵乱，元至正元年（1341 年），范秉伦、范本伦、范礼八三人看见塔溪林木森然，两峰之间泉水清冽，土地肥沃，于是一千八百贯买下，叩石垦壤，依山就势开出基址，有如李愿归盘谷，寻觅到这一方乐土，从此生生不息。东边升华山峰顶犹如宝塔，他们住在宝塔之下，梯田一道道弯弯曲曲，房屋一层层顺势而上，所以称塔下或塔溪。站在村庄高地上，仰可看云卷云舒，俯可看树木翁郁，山林是天然屏障，兵荒马乱的岁月里不得不佩服先民的生存智慧。

塔溪是流动的，沿着村东梯田拾级而下，荼蘼花摇摇曳曳，鸟音无处不在，溪流声时而轰然，时而潺潺。脚下石缝里不时冒出一线清泉，到了汇合处，才明白从山顶到山下，众水归一击石相鸣，最终弹出澄溪山水交响诗篇。如果你要从溪边回到村庄，感觉很近，可是真要沿着梯田，有时青翠草丛，有时湿地小沼泽，是极易迷惑的。忽右忽左盘旋中，幸而一位老人在上面不停地打着手势指挥，仿佛每一道田塍都绕在他心里，每一线泉眼都了如指掌。置身巨大的山洼，回望这一片梯田，突然间会涌出怅惘，生命实在渺小又无比神奇。他说山的那一边还有几百亩，一代代开出来的，现在人都下山了，慢慢地又撂荒。他长长地叹了口气，上了年纪啊，仿佛悲哀于自己有心无力。坐于梯田之上，老人眼神飘忽，在他们的血脉里，庄稼永远是安身立命之本。即便在山林，他们依然秉承而无法割舍。时光流转，年轻人像山鹰样冲出山林，他们不再拘泥于古老的生存法则，他们蛰伏得太久，生命需要闯荡，沉淀中更蓄积渴望。一旦有了积蓄，他们便和祖先背道而驰，搬下山来。我们该庆幸时代的和谐安宁与发展，然而生于斯长于斯，面对老居谁又义无反顾，决绝而去？塔溪，是每个游子难言割舍的故土情。

塔溪是野性的，人家门口石阶檐下就是一道道深沟。如果放在现代人观念里，小孩子学步或者哪个成年人喝高了回家一趔趄一踉跄，就不可想象。可是听村人说，小时候，从上面的屋脊跳到下面阶檐上，是他们的儿戏。山里哪一条路是平坦的？而今即便年纪上了七八十岁的老人依然上山砍柴斫竹，保持劳动本色，与山林草木为伍，他们朴素而坚韧。甚至各色的花也充满野性，不像城居者的盆景，而是墙头一团地角一簇石缝里一叶，坡上拐角或者一树女贞，飞花如梦，密匝匝映入你眼帘，还有金银花就挂在屋边地头上，毫无秩序地烂漫，毫无违和感地绽放，与屋舍的错落相映成趣。院子是石头打出来砌成的，台阶是石头打出来铺垫的，毫无章法又一步一步，菜地是竹条围成的栅栏，随便一扭，柴扉轻掩，恍如古诗里的家园，让你的脚步情不自禁慢下来。

慢下来，远离尘世喧嚣；慢下来，接近天与云，远处山花影影绰绰；慢下来，山风拂面吹来清凉，生命回归自然与本真状态。走累了，人家屋檐下坐一坐，与老人聊聊家常，竟是分外热情，想必如许安仁诗云：客来总说游山好，不道山僧却厌山。老人不是山僧，山居日子安之若素，却新奇于我们的新奇。

塔溪，安静如我！

## 山 居

　　山道上有来来往往的小四轮，跳上去捎上一程，可以走向村庄，走向竹林，走向田野，走向小桥，走向河流……这时节是捕鸟的日子，村人砍竹支网，傍晚时去罾网边，可以取到鹁鸪。鹁鸪极活泼的，不小心着了道，便可怜地悬在网里。也有取的时候，一机灵又飞向天空，让人喜不自胜。（山里常见）

　　人也罢，鸟也好，原来灵魂里有种东西是永远无法网住的，只是尘世的我们总在不断地罗织不断地挣脱；鸟儿看似自由飞翔，但驰骋也充满莫测危险。不过要是坐在河畔，暮色里河岸树梢常常飞起一大群鸟儿，或者晚风吹起，或者往河心里扔颗石子，它们便像头顶上张开一柄巨扇，呼啦啦极有魅惑力，转瞬又落进林子里。杳无声息，任你无可奈何，只有河水从你面前流过。

　　至于村头黄澄澄的柿子树或者田野间某棵枫树，作为季节高悬的特别旋律，色彩是随了阳光日日变幻。枫树斑斓，造物主就是丹青妙手；柿子通常具有美学价值，不适合我们的胃，在日本备受尊崇，是日本国果，有柿子节。"啖柿听钟声，晚照法隆寺。"日本近代文豪正冈子规最出色的俳句据说是上面这首。想象下古都秋日，正冈子规一番游历，倦罢坐于茶店休息，尝着柿子，听着远处传来报时钟声，是多么苍凉又热烈的禅意。

　　某日经过人家院子，看到一树橙红，星星点灯般迷人，惊艳了天空。结果后来人家居然送来了小半袋柿子，离了枝，挤挤挨挨滚在一起，这诚意使人啼笑皆非又歉意顿生。我爱的是秀色可餐，却被当作口味之享，不知那小院添了多少黯然。其实柿子同俳句一样，只可在心底意会，如莲，可远观而不可亵玩。

继续往山深处走，你会发现别有洞天。人家矮墙根、旧屋门前便可见到这景致了，不期而遇的惊喜一下子挑逗起味蕾欲望。你尝尝，没事的。薯啊南瓜啊丝瓜啊，辣椒茄子豆角啊，当它们换种形式与你相见，那种久别重逢的喜悦胜过任何酒宴之奢华。你想想，土地贡献了秋天果实，山泉里洗涤，柴火灶里蒸熟，切片，放在阳光下蒸发水分，又回锅，蘸以芝麻、辣椒、茴香，少许糖，少许盐等。一道道工序，每个环节都凝聚着细心、耐心与爱心，过程缓慢悠长，也不是特别量多，做孩子们零嘴。恍如记忆里儿时母亲味道，奶奶味道。而现实，父母年迈老去，需要我们不断坚强鼓励；孩子尚未独立担当，需要我们不时操心关注；站在讲台上，即便半生打磨，也要学习学习再学习。

此刻，突然久别重逢，仿佛剥开尘封已久的硬核，触动内心某个柔软角落。眼前婆婆啊，您的善意与淳朴，您的热诚与温情，使疲惫心魂熨帖，何尝不是山林原风景？让我们更坚定地继续行走。

尽管不是所有遇见都顺畅，一路辗转很可能莫名其妙被当作"山贼"，被冠之以最不屑称谓。古韵悠然的村巷一瞬黯然失色，悲哀莫过于此，但缓缓转身，斜阳日暮，乡村的景致里永远藏着慢生活的含义：石板上的青苔，房檐下的雕镂，村口的古樟，仿佛时时提醒我们，内心保持安静而不被打扰，是多么弥足珍贵！

# 禾 场

村庄前面是禾场,像江南无数小村一样。不同的是这禾场前面有三个池塘连成的 S 形湖,或者说太极湖,老话讲的风水宝地。湖边有一棵枫树,风姿绰约,深秋一到,火红惊艳。

清晨坐在湖畔,湖面雾气阵阵喷涌,仿佛要用它的奔腾不息裹挟一切。在这泥沙俱下的日子里,有鸟音清脆,有霜叶似火,还有水色如黛,令人沉静。湖面上一只野鸭独自凫水,岸畔鸦鹊不时掠过水面,停在电缆线上。远处传来鹁鸪声声,路上行人稀少,野葛叶茂盛葳蕤,紫色花浓郁而热烈,传递着土地的深情。"晒完红薯就去挖葛。"五娘子要看我拍的照片。她的笑声让我情不自禁想起那日山道挑红薯的佝偻身影……

祥福一脸平静地背着割草机呜呜呜地割着湖边的芭茅,瘦高萎黄的细崽扫着乡间马路,新掰子翻晒着茶子,长子老两口对着太阳狠命地在围墙上反手甩打着豆秸秆……"太阳再出来豆子也蹦不出来,明儿个得用棍子拷!"他们对我憨厚地笑,岂不知我以为那是水到渠成自然脱落的事儿。只是老两口姿势让我不自觉地切换,设若那是他们三四十年前的镜头,绝对甜蜜而温馨。但此刻,老去的村庄,老去的夫妇,对着一地老去的豆秸秆,如此卖力萌萌的姿势,实在古怪到笑不出来。

"好久没看到徐老师了。"六年前我从城区转场到这山脚下上班,素常见他不是扛着锄头就是提着土箕,去菜园子里或者从菜地里回来,经过禾场路过校门口。身子虚胖,脸是长年日晒后的暗褐色,有时露红,亦是疲倦的。"老师您注意身子骨。""做些轻快事,累不到。"他和蔼地笑笑。杜鹃花开时，我们俩伫立在山脚下最红艳的杜鹃花下，只看花。"里面还有好多这样的。"说这话时，他的目光掠过山林深处，平静又意味深长。

是啊，年轻人远走他乡，纵使杜鹃再火红，也只是花自热闹。长大的人在远方寻觅他们的生活，留下老人们守着老屋禾场、庄稼菜地，终日像老狗一样围着村庄打着圈圈。一些人愈走愈远，索性他乡是故乡；一些人宿命中轮回；一些人一辈子也没有走出禾场。年逾八旬的徐老师是第三种，他在邬家村小教了一辈子书，退下来依旧整日闲不下来把地种田，纵使满脸老年斑，眼神混浊。"人老得快啊，风吹叶子样。"我早已忘记他教给我的知识，唯独不能忘记的是他站在树底下："妹叽，快下来，去上课。"然后伸出双手欲接状，没有气急败坏，没有厉声呵斥。下了课就爬树窜林子的我们就在他温柔的仰视中溜下来，飞奔回教室。

毕业后站上讲台的我，无数次回忆这一幕，心底涌上敬意。万一他呵斥或者听之任之，我们都可能紧张或无所顾忌而出状况。但他身为校长，踩着上课铃声来到树底下寻找，仰头伸出双手，选择了最温柔的方式接纳我们的顽皮淘气，以最简单的姿态诠释乡村老师的形象。他还会织毛衣、掐袜底、缝衣裳、纳鞋底等女红。总之台上粉笔，田里犁耙；屋里针线，屋外庄稼，没有他不会的。乡亲们说男人女人的活他都行。多年以后行走乡间，在一本本族谱中熟谙"耕读"这个语词，感觉他就是如此写照。

眼下十一月，是乡村禾场最忙的辰光。场上晒垫铺开，坛箕摆开，褐茶黄豆，雪白薯粉与粘米粉，高高低低参差交差成丰收注脚。老人们不紧不慢，暖阳下家长里短唠叨，嘴角笑意不自觉漾起。冬天禾场不像夏天，这当儿烈日当头，转眼便乌云翻卷倾盆大雨，于是喧嚣中抢收，扫谷装谷挑担卷晒垫等种种，一番风风火火，雨歇谷收才作罢。小时候我们一到农忙，也就借着在禾场上翻谷机会可以透透气：木耙将晒垫谷子翻得均匀，角上堆着耙出来的一摞秕谷衣子。若在田里，打谷机呼呼响，摞禾打谷，汗水流得眉眼都睁不开。还有母亲天不亮就将我们往田里赶，趔趔趄趄走在田埂上，那心情便巴望着快长大，逃得愈远愈好。哪知道转山转水转不过命运之神。一墙之隔又被拉回到禾场面前。是啊，一个人纵使再有力量揪着头发将自己从泥地里拔出来，也没有办法切断血脉里的筋筋络络。

四季更迭，冬天日短夜长，太阳温暖慈祥，有妹双手扒动粘米粉，雪白的粉雾在她指间飘落。五十四岁的她可是禾场上最年轻最闲不住的女子。粘米粉不像冬粉,除了原料必须要黏米外,还得用滚滚翻的沸水到石磨上磨,然后用米牯袋去沥,石磨压一晚,控干水分,趁着好日头晒个三四天才成。冬粉是糯米做的,黏口,煎油子好。粘米粉做米牯用,乡下话叫"健米牯"。勤快的有妹哪一样都是里手,"嘴一张,手一双",薯粉葛粉淘洗得也格外干净。你夸她,她却笑指另一个:"哎,大木小木,砌墙做屋,操犁打耙,篾匠里的一切,他都会,那才是厉害角。"

顺着目光看去,是禾场另一位叫梅荣的清瘦男人,正提着门框大小的一块筛子,四方架竹篾编,形状独特,比晒垫小巧比坛箕方正。搁在三四十年前,"一元八一天工资,很吃香的。"豆腐老嘎忍不住弓腰比画。眼前闪现他们旧日工作场景,系着皮子围裙,破刀分篾,抽丝刮薄,指尖穿梭,竹片变得柔软……如今这些乡间的能工巧匠慢慢演变消失,蛇皮袋替代了圆箩,水泥地省去了晒垫。篾之精巧,木之榫卯独特都成为时代印记。更多的老手艺人已不知不觉退出视线,村庄多了寂寥与落寞。就像今年雨水足茶事盛,禾场满晒茶子豆子薯粉之类,忙碌的仍是个个老去的身影,挽不住那年轻的脚步。

"归去来兮,田园将芜胡不归?"木风车呜呜扇响时,禾场一箩一箕一桶,每个果子都洋溢着阳光的味道,自然的恩典在这里淋漓尽致地发挥。它们凝聚了乡村所有的想象与魅力,也见证每一个从这里走过的身影:土生土长的庄稼,淳朴如斯的乡亲,勤劳的赤脚先生,日复日沉甸甸地书写乡村的历史……

# 旧 巷

离开秀市镇多久了，梦中的天地却往往定格在那片山林，那座小桥，那条小巷。青石板的小巷中走过千万遍，巷子边老旧的房子幽深幽深，一脚踏入仿佛看不到光阴的尽头。小巷是热闹的，它的热闹在茶水店里，在剃头铺子，在大麦枣石琪玛店、寿衣坊、老秤店，以及不管青天白日还是暗夜沉沉，都会传来嘈嘈杂杂的暗哑的二胡声，自然还有爱恨复杂又生猛的八角湾。

整个小镇只有这条巷子年沉月久了，我爱走这里去学校上课，那种疏离又贴近可闻的烟火气息让人陶然。从老邮政所穿过一片场院就可以拐进去，不过几分钟，但是两旁高低错杂的房屋逼仄形成的投影照在青石板上，点染暗角的青苔，自然会让你的心静下来，让你的脚步缓下来。日色慢呀，是不是走进了从前的旧时光，伏在从前的老井旁，没有车马的喧哗照样热气腾腾？你看，开水店总也是满满的客人，他们坐在八仙桌上将茶灌下去一番皮包水，再摆起龙门阵，或者直接在桌上吆五喝六香烟横叼，麻将扑克棋盘里的光阴似箭。也有硝烟起纷乱争，可是茶客们聚众相劝，得饶人处且饶人，罢罢罢，谁的日子不是鸡毛蒜皮，冤家宜解不宜结嘛。市井的喧嚷与底层的秘密尽可以在这里猎取，每逢赶集的日子，一些老人便特意约好去坐茶店，有的泡上一整天，黄昏时才悠悠动身，提点子日货荡回家。我有个姑父在家里向来是威严火爆得很，眼一翻谁都要噤声，绰号"翻眼"，打得老虎死的人。姑姑呢一辈子逆来顺受忍气吞声。哪知上了年纪的姑父每逢赶集茶水店坐下一泡，性子竟泡柔了许多。"静坐常思己过，闲谈莫论人非"，修身养性嘛，再戾气横生的人经小巷里粗茶一番淘洗，脾性也收敛了许多。

且看，老裁缝戴着眼镜仿佛总也有做不完的衣裳，土洋布上绣着凤凰，鞋面鞋帮上也是花团锦簇，可是叫人总是觉得诡异，都是青底色，还有糊在壁上的青布样，连同裁剪的人都是着青衫。你无法想象他或她的青春色彩，恍惚一辈子都在为他人作"嫁"衣裳，做好的衣服悬挂起来，晃在你眼前，就着小巷里的一线天光，踏着脚下的青石板，你定会相信还有个神秘的异度空间，没有悲喜痴怨。后院里传来数声鸡啼，一刹地老天荒，谁将你流放在这寂寥的时空里？

二胡咿咿呀呀，拉的白首老人坐在竹椅上，闭了目总是不厌其烦自得其乐。夜里不知哪家壁缝里又传出 K 歌声，有时独唱有时对垒分分合合的爱情词叫人想到"悲莫悲兮生别离，乐莫乐兮新相知"。据说里面有个口子转转折折进去就是神秘的"八角湾"，开初人们插科打诨，话语里带出这地来，总也疑惑，后来点破，留了神看，一个浓妆艳抹的女郎都没有瞅到。"你又不是男客怎么让你看得到？"真是柴米油盐人常见，春花秋月重门后了。还记得某个先生喝醉了酒从小巷里颠到学校办公室，挠头顿足发牢骚："女怕嫁错郎，男怕入错行，老古板句句真言呐，这辈子不抵不抵，老子比不过，爷老子好好歹歹娶过三房；后班子更没得比，如今活得窝囊废啊，一日下来的粉笔钱连八角湾都不敢进，也进不了，荠菜蔸子守到老，苦到老哇……"那一次段子办公室倒是没人笑得出来，"老兄喝多了睡一觉吧，待会学生会来拿作业……"

"难道我哇错哩么？大伙评评理。"

"是没错，要不我们出钱你去么？"

"你真把老兄我当什么人了？哼！"

也许八角湾只是个传说，小巷故事总是庸常日子的佐料，无论愤激还是悲哀，散落在深巷院落，终究是长长的叹息。里面住着一对相依为命的母子，儿子二十来岁只靠老娘养着，某年某月某日跑去网吧杀了游戏的少年，无法判罪，因为他神经确实有问题，这给镇上沉溺网游的孩子一个严重的警诫，小巷里蒙上了阴气。来来去去都多了份小心，看那老去的母亲兀自忙碌，仿佛什么都没发生，又仿佛千山万水踏遍不动声色。

当然，卖发糕、卖麻糍、卖豆腐仔的吆喝声起起落落如歌子飘过小巷的时候，你会发现孩子不知从哪个角落门后冒出来了，大人们牵着，他们阳光灿烂哭着闹着笑着，温情荡漾。这景象令人驻足，窄窄的小巷一时犹如麻糍甜糯动人。

还记得乡志上记载的第一个女大学生姓周，就是从这条小巷走出去的。如今她已经成了一个有名的医生，这一带口耳相传，但她难得归来，那次我是特意去看一所老房子的，房子的老人骄傲地说出她的女儿，令我讶然，不由得细细打量起来，庭院深深深几许，她在这里度过的少女时代似乎不着痕迹，又让人生出莫名的崇敬，酒香不怕巷子深呢。跨入老房迈了一进又一进，旁边厢房微弱的光线从漏窗里透出来，森森的凉气，到了后院，视野开阔豁然，田地青草萋萋。一个老书记说曾想在河岸这一带修起长堤做沿江公园，供人们茶余饭后休憩健身，最终搁浅。想来梦总是旖旎，昔日的"煤海绿仓"如今提倡生态经济规划，新的镇政府亦迁往朱家山对面了，恐怕没人记得这当初的设想了。小巷东头是旧日的圩市，繁华落尽，西头是日本鬼子炸过劫后幸存的石拱桥，算是镇上古迹，也曾为此写过《老桥》。

洗衣洗菜的女人们沿桥畔石级下河，天光云影中洗去日子的尘埃。桥身上布满爬山虎。圆月之夜，伫立新桥望老桥下，银光闪烁，月影荡漾，端的是小镇最美景点了。只是如今秀水河两边，鳞次栉比的新房林立，岸上是人间的苦乐，水底是波影的动荡。月色摇晃中此岸渡到彼岸，一段通往学校一端通向大街，一程小巷幽幽，令人忘记人间一切了。

春日你打小巷穿过，小巷恬然如梦；夏天，小巷向人们敞开，下了晚自习经过，灯光暧昧昏黄中透一份清凉；冬夜里真是少走，骑着单车窜过去，仿佛考验，那拖长的身影不知会带出什么来。秋雨绵绵，雨水从檐下滴滴答答落下来，撑一柄伞会勾起丁香的情结，守在那门口的老人让你哑然失笑。路过的年轻人多，厮守者几何？他们才不愿对生活作太多的回顾，背井离乡，他们愿意用自己的行动向未来求索，将一幢幢老房翻成小洋楼，小巷就快慢慢地变作记忆淡出视线了……

# 长亭外

　　一去近百里，驱车飞奔，进入隍城镇主峰马鞍岭，丰高交界点，路标醒目，戛然而止。抬头，两旁不似昔日陡峭，没有绝壁耸立，长路通向远方。回首来时梅林公路段两旁无数红灯笼悬挂，结彩的喜庆，点燃梦中的乡愁；用旧的词语，似乎不相宜某种思念。少年的乡关，永远停留在这个隘口：丰城袁家岭与高安火田村交界处，马鞍岭，岭如马鞍，坡已缓冲。

　　时光倒带，记忆呼啸澎湃在胸口。少年离家念书，来来往往路面坑洼，直到跨过马鞍岭，疲惫才急转，充盈喜悦：青春的水彩画面只有单纯风景，人是灵动一点，似乎随时可以奔向遥远，所有风尘都是铺垫。多年后，再见这片夏日茂密葱绿树影，心爱的水彩变幻流逝，粉尘染白鬓际，而这青翠山岗，还如年少水木清华，怀揣旧梦的人怆然无语。

　　林中路愈来愈宽阔坦荡，路标崭新。是的，选择了既定道路，就选择了一生的方向，如绿色护栏沉默延伸。哪怕从未忘记的梦想，同黄色反光标志一样不断闪烁警示。夜色阑珊里，看道旁灯笼表达风月无边，却始终是脚下红尘，步步丈量。

　　回转，驿站风雨长亭里小坐，幻化出久远岁月，不是他乡游子，突然间千回百转光阴连缀：是谁抚平了路基，补缝填洼，朝朝暮暮将一切镀上了诗意颜色。眼前桂子幽香，罗汉松耸立，原来流动的诗章在这里划分节奏，每一处驿站便是诗行的标点。尽管远离繁华，内心感慨，梦想亦曾策马江湖，但青春致敬橘色作衣，无数次照亮回家路。

　　总有疲惫与怅然，像赶路人歇脚，时光不觉暗换，哪一处都是风景线：

雷坊水库岸线逶迤。这样的驿站背景，足以洗涤岁月浮躁，那些一闪而过的奔驰者，望一眼心旷神怡，有白鹭掠起。唤醒我们的，除了山水交融的旖旎风光，抑或还有沉在岁月湖塘里的人文履痕。一方水土一方人，故事令人沉醉，也许生枝长叶绿遍海角天涯。可是浮世飘零，我们总要找个地方憩息，驻足，像飞鸟一样掠过，谈笑间多少烟云磨灭，只有风雨亭前仙女树婀娜，从此年年妩媚。

  山一程，水一程，行到拖船驿站，怎么也没想到眼前竟是：小桥流水，一池清荷，仿佛一不小心走进《诗经》里。闻香而来的人，俯仰间便有万种风情，旅途劳顿者陡起惊叹与赞美。我们在物质世界里委顿太久，忙着前奔。或许只有你藏身一隅，看车来车往，莲心里懂得所有过往人世的苦而静住。用花的经络修复干燥的肺片，用水的宁波温润混沌的眼眸。登上观澜亭，看着你，恍如某个历史纵截面，走过风雨沧桑，而今哪处驿站里都有小园香径可徘徊。有人说"迷失在时间里是可耻的"，镜头里有无数身影闪过：秋光正好，找不到驿路断肠人。此刻芬芳是你，夏日开在淤泥深处的生命花期，纵是他日疏影横斜，仍然守住那份孤寂。没有你，哪来道路清爽，天薄，地厚，是你日日掸去羁旅尘灰，人在路上，路在心上。赶路的人啊，歇歇脚吧，再匆忙时光，生命也需要停顿，看荷或者让荷看你。

  一路欣赏，每个驿站构筑的和谐与自然都是一道亮丽的风景线，终究让人释怀。未来可期，乡道、省道、国道，这座城市叶脉逐日更新它的血液，流动中吟唱崭新诗篇。旧日故事存在老去凉亭里，谁坐下翻动岁月光与影，谁的眼眸留着昨日情思，谁就不能不摁动快门，记录一路刷新的变化。

# 七夕图腾

## 一

当心潮在年少悸动里，涨成无边的海，你来了，攫取汹涌波涛，夹着海潮气息，驰骋将我牵引，穿越海浪，展现海底诡谲奇异，沉默又升腾成焰火交织的辉煌。黑夜苍穹沐浴辉泽，我化鸟而飞，迎风迎雨迎电……我是勇敢海鸟，逐你桀骜而翔，狂喜而泣。

飓风过后，风暴平息，一切归于沉寂，生命接受洗礼，一如初生之婴纯洁膜拜，而你又继续远行。从此，在我人生海岸漫长线上，你是我等待的帆影，可是航程啊，为什么那么长，仿佛从今生渡到来世，让我伫立，浸透在隔世苍凉中。

到底是什么注定了我的凝望，你的迢遥呢？

## 二

你不知道么，守望的日子这般凝重，日复一日，翘首、低头，在时钟机械声中轮回。为你我一点点生长，在世俗藩篱上一寸寸嵌进新生肌肉；为你我一点点拔出，那与之俱生的陈腐，伤痕累累，翅羽纷凋，可我是那只骄傲的白翅鸟啊。

在我栖息的山野，每处地方，每个角落都能感受你的气息。我的心充满希望而欢欣，甚至每棵树，每片叶子都有你朗照的痕迹——你无处不在。

只因为有了你，日子才不再孤寂，孤寂才不再难耐。

什么时候，你在林中播下相思种子呢？从此山野里疯长一份渴念，没有翅羽，我用喙飞啄，找寻联结每一处，用我笨拙姿势一步步铺起一条通向你的道路，一如精卫填海。

纵使荆棘满地，翎翼纷折，只固守一个信念，不停穿梭忙碌，模糊季节与时空。春天的种子会发芽、开花、结果，可你撒在如梦七月呢。走过夏，走过秋，在这密密森林中，焦灼奔忙已使我精疲力竭。

仰头，多想过了冰雪尘封、青鸟不飞的冬日，头顶会有一片五色花灿烂降落，将我纷扰，旋转成美丽花冠……可枝头赫赫然，只挂着一串串无花果，泪水模糊视线：不是所有耕耘都有收获么，不是所有春华都成秋碧吗？一切的一切，都是那么坚定，冬天过去了就是春天，那时每一处都有我笑颜如花。

难道都只是虚幻影子？每一处都不是你，却将我重重围绕，不能呼吸不能伸展。蚕儿吐丝作茧自缚，依旧可以化作飞蛾翩然，走进来年春日梦里，桑叶沃矣。此心如是，却不如蚕，我在哪里错过春天？错过你?!

咀嚼这一串串苦涩，我不明白：蓝天白云，甚至那些伴我一同生长的野莓山楂，还有生命激情的小溪河流呢，难道都离我而去？到底是它们让我失去了你，还是你让我失去了它们？

回顾一片苍茫，我问风，风吹遍茫茫天宇；我托雨，雨刷向这滔滔大地。天地沉默，只为我挂一面面幡旗。

## 三

从此，我把自己尘封，尘封在回忆里，只有回忆火把温暖每个冰凉夜晚。瞑目，有无数次梦醒时刻，有无数次梦醒后痉挛与祈祷：不要，永远不要醒来，捧一抔遗忘之土吧……既然脚下每一步都烙遍伤痕，回首如焚空白……隔着这么多山，隔着这么多水，这世界是不是还存在着一种永恒渴望？

让一切都沉睡，沉睡吧！

只有午夜钟声还在滴答滴答，悄然滑过昨日今日分界线，不为谁停留？

生命之旅还在蜿蜒。满怀惆怅凝眸，我把你放在青春祭坛上：你开垦我生命沃土，让我从此感觉丰盈与充实，蓬勃与希望，可是转眼你又借光阴这磨刀，将我锋刃逐日磨去。

　　在这苦难追寻中，我一无所有，而你仍在远方，明明灭灭闪烁，明明灭灭召唤，我们之间到底是离得愈来愈近，还是愈来愈远？

　　莫非一切都是冥冥中注定？无须曲解置疑，你以你的飘逸、你的高远永远翱翔在我前方，将我牵引。我的翅羽一片片磨难，又一片片生长，生命逐日坚韧：面对尘世蒺藜，纵使老去，你仍是我无悔渴望，你的光芒一如昨日闪耀，照亮前程，却又让我永难企及！

## 荼蘼桥

更新甪里有丰城唯一韩姓村庄，毗邻而居的小韩与大韩，距桥东镇约七公里。大韩五十多户，不到三百人，四周水塘环绕倒影如画；小韩与大韩相比颇为特别，八户人口不上六十。村旁一亩荬荷，一丛桂竹林，旧学堂隐在桂竹林前，竹林风过早已拂去书声琅琅，壁屋斑驳房子新旧夹杂。两韩中间长满水杨柳的长塘去年填塞腾出一大片黄土地。也是，现代生活让人足不出户，少了塘畔的晨昏洗刷、家长里短，冬日里路边杂货小店几乎成了解忧铺子，麻将扑克，日常买卖，甚至头疼脑热小诊所都让人消磨更多时光，而往日大大小小星落水塘除了养鱼似乎逐日萎缩，马路边田地里竖起更多新房，逐水而居的时代渐渐演变成沿路而建，年少乡村画面成了永远记忆。

跨过荼蘼桥，秀水潺潺。桥东边坪上是生我养我的老家，桥南边甪里旱上是孩子的老家。

记忆里有个四五十岁的木匠，戴着翻皮褐帽子，祠堂的东门打开，他就在那里用斧头、锯、刨子等家什修理村上的粮仓。时常停下来抽纸烟，与过往的人拉呱，泡沫花卷儿孩子们常常捡来游戏，木质清香仿佛还沁人心脾。祠堂边的兜牯是篾匠，他能编出土箕晒垫饭篮诸如此类竹制生活用器。篾刀在凳子上头抽出青丝缕缕，剖开的竹片里有竹膜薄如蝉翼，可夹在书里拷贝图画，小时候迷上绘画，源于竹膜是最好的媒介，至今可以回忆的《列女传》《薛仁贵征东》等等，里面都有大量的插图以供描摹。木匠与兜牯相差了很大年纪的，但常常交替在回忆的画面里，想来是这两类手艺乡间渐渐消失的缘故。

木匠家在秀水河南边的小韩家，说起话有时结巴，人们叫他金龙瓣子。那时看他做事，一半奇异他的能力，一半想象自己如何抡起那光溜溜斧头把，没力气怕是混不到饭吃。刨出的木纹肌理也怪异的美，他说是天生成个……当然我从来没想过以后漫长岁月里，每逢过年都要站在他的危檐下温习这一幕，梦想如此这般充满揶揄，隔了一条河就是天涯。他在河那边病故时，河这边的我打点行旅想着天高任鸟飞越远才好，直到某一日母亲把画稿当成纸脚筑进天花板，某些冰冷坚硬的东西横在胸口，一直成为无法自拔的梗。

荼蘼桥下的秀水终日流淌在南山脚下，让人想起神话里的西西弗斯。多年以后源于上南山人善举及奉献，我一次次踏过母亲桥，走进以父亲命名的晓春学校支教，回到它身旁。如果说回望使人决然走远，那我相信每一个他乡游子，一定还有个柔软角落藏着故乡的炊烟人家小桥流水。母亲桥没有建成之前，或者更远来说中华人民共和国成立前，桥东境内东部秀水河段有三座有名石拱桥：龙华桥、象牙桥、荼蘼桥。龙华桥于20世纪40年代被日本鬼子炸毁了，象牙桥去年也修过，保存原始风貌最古老的当属荼蘼桥，但是多年来一直被人叫成"茶蘼桥"。这儿人往秀市、杜市、桥东三镇赶圩被问到何里人时，你说更新角里人家不明白，直接回答"茶蘼桥"，便"哦"的一声心领神会了。假作真时真亦假，日子久了，最初的本真反随秀水不知流向了何处，其实荼与茶一横之别，生活中令人啼笑皆非的又何止一座桥名呢。当然荼蘼桥保存尚好，因为上游卢家石修了更新桥，下游三坊蔡家修了根莲大桥，皆宽阔通车，反倒是它现在依然横在秀水河上古朴浑然，仅供两岸步行走往，寥落中看尽尘世沧桑。桥东头触目坟冢一排，倒让人觉得此岸彼岸生死渡头，难过千山万水。

初始为木桥时有倾圮，花开荼蘼遂以命名，倒也诗意盎然。旧谱中曾读七律诗咏之：

    一架青蛟近若何，好花开后任婆娑。
    懒同凡卉争春早，自在芳菲历世多。
    梵刹清幽耸翠麓，云虹隐伏卧流波。
    此间萦碧凝佳气，拟向中央结邵窝。

梵刹四顾茫然不知形迹何处，但荼蘩桥下夹岸郁郁葱葱，古樟杂树缤纷，黄鼠轻窜野雉飞，白鹭翩然，南山脚下端的是田园妙景。而桥南韩氏之始迁祖本出真定府井陉县梧桐墟，熙宁元祐年间声名显赫。日行公韩俨于元时宦游盱江，值元末之乱，南北道路梗阻终无法回到故里，乃卜居抚州泰山之南（现名泰山背），传六世廷璋公，以术游于富州甪里。先有小韩，后有大韩，小韩三兄弟辗转从抚州陈坊迁出来。大韩两兄弟从抚州翁坊析出来，初在境内巷口，也就是邬家西边荼蘩桥过去的小山岭上。大韩现在村原名甪里丁家，不知何故人丁总也不得兴旺。村子里有一地仙，其妻见每每生的是女儿家，于是怨夫不止，整天帮人看风水却顾不及自家。地仙听得火起，干脆来个西牛苑磨安上把，原本水向荼蘩桥下出向的，偏叫人改为垱边马路挖涵洞出水，这么一来，丁家走的走失的失村庄萧条，而从巷口迁来的韩家不信邪倒逐日兴旺发达起来，甪里丁家就变成为大韩家，只是所遗谱牒鼎革数经兵燹倾毁而存残。传说姑妄听之姑妄笑之，但人心向善乃颠扑不破之真理。

韩氏残谱唯见一传有云："韩必振号腾万者，舌耕其家，兄弟四人长与幼皆业托儒林，其置身商贾，放陶朱之营谋，获端木之生殖。然乐善好施扶危济困，颇有仁人义士之风，见荼蘩桥间时毁损，先生则捐己提缘者三，族党有孤贫弗吝己而寡恩，乡邻纷争绝不因人而作袖手观，荒郊有失祀孤墲露棺则发费培补……乡里欲荐为大宾，先生却固辞弗许。"好个固辞推荐，何谓"大宾"，得从乡饮说起，这是古代一种庆丰收尊老敬老宴乐活动，德高望重长者选为乡饮宾，有各种等级名号，其中"大宾"档次最高，由皇帝钦命授予。它起源于周，而后历朝历代相沿，明清时习俗更为隆重。那些治家有方、内睦宗族外和乡里、义举社会有崇高社会威望之人百姓荐为"乡饮大宾"，县府每年财政拨款举办"乡饮大宾"活动，以弘扬风节彰显社会和谐，声势隆重如康乾盛世皇宫举办千叟宴一般。选上"大宾"一般都看作巨大荣耀，韩腾万先生拒辞，足见其行非沽名钓誉之徒，实在令人钦佩。

秀水潺潺，年年荼蘩花开两岸葳蕤，岁月更迭，荼蘩桥恍如无字碑矗立在时间的河流上。踏上桥头漫步，桥身长约三十米，长条麻石铺成，尤为特别的是中间五道桥柱若犁铧状，又恍惚尖拱如舟，减轻水流的冲击力。桥下藻荇交横水尤清澈，立在桥上古意玄玄然，偏僻寂然处，真若幽居隐士，不张扬不叹息恬淡本色，就算开到荼蘩花事了，依旧荼蘩桥自横。

# 尧 坑

在丰城要说与自然最近、离凡尘最远的地方数哪里？玉华山，没错，去过的不会否定，没去过简直算不上真正的丰城人。在那里，你可仰眺云天雾海，俯瞰山川灵秀，遥想逸兴飞扬，近则攀岩揽石，一日游思跌宕意犹未尽，再找个山村歇脚，好比人生旅途奔波劳累，需要驻足。尧坑，正合你低回流连，手机定位海拔五百二十米，奇妙的地理位置，一片云夕谷，将爱意妥妥地注进你心里。

距荷湖乡十公里左右路程，驱车过原希望乡老街，约莫四公里，到坳上村分岔口向上转两公里，向左就可以看见一个小小的村庄，恬然卧在山腰上。三十来户，一百多人，杜姓，常住的不到二十人。初见你会骇然它素朴的排列，不像别的山村错落，而是逐层居上，站在此檐下看见彼层的屋顶，仿佛原初秩序井然，这就是尧坑。

尧坑从山脚下的杜家村迁来，而杜家村乃北宋嘉祐年间由崇仁县淡陂村徙来，历时近千年。杜家村枝繁叶茂，何以山脚下村子往毗陵石江的山上方向搬迁，这可能跟当时相思湖一带的盐田十八村经济发展有关。比之杜家村，尧坑是年轻的，年轻得素颜朝天。一百多年历史，没有任何堂皇亮丽的建筑，没有村前的花园喷泉，没有澄溪的鱼鳞陂坝，没有绿岛竹坞……甚至没有任何装饰，最初的样子就是本真的样子。或许一朵黄灿的南瓜花，一畦千红辣椒垂挂，就是它的明艳。掐一把青菜叶，摘几只紫茄，炉膛里枯竹枝烧得红彤彤的，连风箱都不需要。坐在灶前，看锅旁的女子不动声色地从容洗切翻炒。岁月回到从前，那些远离炊烟、远离田园的人，一霎间在幽暗的厨房中迷离又恍惚。

泡一壶老茶，半山腰，云间坐，杯中天；来一瓶谷烧，薯藤叶，干笋尖，土巴鸡。洗去愁肠，荡去疲惫。总得有个时段，游离喧嚣，拨柴，烧火，吃饱，喝足，极目。

尧坑的地形若圈椅状宽阔豁亮，敞开胸襟，好一片梦中云夕谷，两侧山峰如玉屏矗立。乍看之下不见小桥流水，没有深宅古院，恍如大地失落的孩子，静静地伫立在山坡上，守望朝朝暮暮日出日落，在岁月的怀抱中接受上苍安抚。然而，花开花落，四季轮回，它又决不辜负自然的恩泽。你看，房子一排排齐整得令你讶异，依山就势，得天而成，弯弯曲曲的梯田顺延而下。八旬老人坐在屋前，晒垫上的谷子金灿灿，鸡犬相闻，秋阳落在檐下，影子藏着陈年旧梦，往事汹涌，寂静的脉动中可能漾起年轻时甜蜜的微笑。总有人记得，先祖顺着曲曲折折掩映在草丛中的溪流，绕着竹林灌木荆棘密布的山涧，伐木砍柴，垦坡辟地，开出这一片云夕谷上的家园。一路绕过坑坑窟窟，是最艰难又最欣慰的成就，村庄遂以"绕坑"命名，后来演变成"尧坑"。

尧坑的布局，不似别的老村残垣破败，绿绕泥墙，高高低低石板阶巷踏上去心惊目愣。抑或电线陈旧，屋柱墙角逼仄歪扭，村口、屋后的老树缠满菟丝子、爬山虎。甚至还有菌菇之类生于丫杈，时间仿佛凝滞，停在三叶草上停在芭茅尖上。行走草莽间可能一不小心就成为虫豸新宠，红疹子痒痒痛痛给你尴尬回馈。作为这条岔路上最后的村庄，它将石榴或者一串串无名的红果子挂在道旁，用自然的奥秘等待你的到来，以至这份等待都是安静的，山村一拨拨的人走出去，路向天涯，只有它与世无争。站在村前，视野开阔豁亮，你只管卸下一路的酸甜苦辣，闭了目，任山风徐来拂过脸颊。村口竟然有一大片水泥平地健身场所，人家门口又有喝茶的石桌石凳子，好不惬意。兴来又从炊烟升起的地方走向山林，寻找野生的猕猴桃，寻找八月的酸酸甜甜。幸运的话可能路上还会逢着几个少年，果子摆在路边，彼此分享收获的喜悦。

尧坑除了山林丰厚的馈赠，更有着独特的地理优势，这里原属希望乡东南部山区，为武夷山余脉，地形如坳，附近村子有坳上、坳背之说，又有名叫尧坑脑。往荷湖距离升华山不过三四公里。此一去可以看升华山山顶巨石屹立，领略"青天削出金芙蓉"之景象；或者聆听定风石的故事传说；满目葱茏中想象"奕奕升华逼太阳，晓看晴雪敛清凉。依稀云霄摇台色，恍惚花明凤阁香"之神奇。要是往村前直下的话便是石江乡的盐田十八村：徐家排、邱家砦、王家坪，一路追寻，相思湖不过千米之距，瓷盐古道，巷背石垒，芭蕉潭……几乎是两乡景区间天然的驿站。

若是你发思古之幽情，那就往云夕谷右边的山峰中来一次探寻，村人称这一带为龙谷函。走一程萧萧竹林，小径蜿蜒，百转千回隐隐中传来溪流淙淙，循声而去，初一缕一线，继而间一帘一潭，终不见起始。坐于水边心神逸静，澄澈明清，恍惚间人如隔世：生活中有太多的挣扎，日子里有太多的不安，不如全都放下、放下。守住心中绿色，浮云白驹，尘埃如梦，我就是自在小仙。

尧坑，云夕谷里梦中家园，抛却纷扰隐忧，独享一份天地宁静！

# 山　贼

琴一张香一炷，先生或在深松处；
茶一斟酒一壶，先生常在开花坞；
持一竿驾一舟，先生或在南溪头；
诗一部书一卷，先生或在东山馆；
兴起常来寻先生，先生踪迹如云转。
唯有画中见先生，先生端坐任吾看。
葛布草履乌角巾，此是先生真傳真。
先生勘破世间事，半隐壶山义皇人。

这是何时升（号半隐壶山）的诗句，我改了几个字，喜欢至极，多么散淡逍遥。遇见这样的先生，想象中未饮已先醉。回首人在江湖，多少身不由己、心不由己。如歌所唱：一段悬崖路，向前深不可测，往后万劫不复。谁说云在青天月照溪，何处不心惊？

已经很久不做梦，尘世路迢，清醒梦中人可遇而不可求。日日行走，一路辗转将自己变成了"女山贼"。

那一日周末，来到杜市镇一个陌生的村庄里，从禾场穿小巷，泥墙根下横着一块花雕长麻石，喜不自胜，忍不住左拍右拍。岂知身后赫然一孕妇，侧目怒斥，做盗做贼，居心何在？一头雾水中被骂得狗血淋头。往日犬吠已淡然习惯，而今见孕女猛于虎，不解相向，且义正词严喋喋不休。真是百思不解。爱美之心，人皆有之，我等不过见其有古朴之韵，别无他意，一时瞠目。孕妇竟然脚踏麻石，两手叉腰若母夜叉状。

见过孕期暴躁脾性的，但没见过这等涵养的。

"它们很好看，拍一下不可以吗？"

岂知更甚："安什么心，照什么鬼，装什么样……"真是乾坤朗朗，不分青红皂白。"我看你都是快做妈妈的人了，动了胎气，何以胎教？我与你同是女子，素无怨仇，何出此言？出口伤人就不对了，还有女子或者母性的温柔吗？我从村子门口一路拍来，见这里古朴风貌，太美。一路拍下，你一路相跟，到了这里发作，不也难堪吗？"

女人为难女人，何苦。只是荒村僻野孤身深入，只好平静回话。

"难道你还有理了，我就去喊人来……"

里尔克说："所有的荣誉都是误解的总和。"此刻我想改成"所有的赞美是误解的总和"。沉在美的幻觉里，却忽然被冠之以最不屑的称谓。谁在轮回里不可救赎，我那淳朴的柑子柚子姑娘呢，这就是乡村的新生代吗？而且还孕育着下一代。

不在沉默中退却，就在沉默中爆发。

"喊吧，我不会走，就在这等。都在建设秀美乡村，我看这门前的池塘、牌楼、祠堂都做得挺好的，倒是你的善良，不知去哪儿？"

好端端的乡村小巷就这样燃起火药味。无趣莫过于此，缓缓转身。"你欺侮一个大肚婆，你这样骂人，反正我说不赢你，你等着……"岂知身后传来哭声，怔住，居然是孕妇。"论年龄我比你大，没骂你，只是提醒你待人要温和，做人要厚道，不要以小人之心去度人。"

她杵在檐下的阴影里，兀自愤愤不平。

多说无益，巷口一个老人默默看着，"别跟她计较，年轻人不懂事。"一番解释，"你这样子会吃亏的，乡下人蛮些，在外面走的才开通，唉！"老人善意提醒，不知为谁叹息。

出村的时候，身后传来嘈杂声，禾场上一个男子跳起身指指点点做骂人样，其状极凶，司机说："刚刚他女儿来告状，说你骂哭别人，要追到来打，我劝了一番。"定睛一看，还跟着一个胖女人和一群老人。一骂二哭三告状，门前的池子倒映着那男人影子，竟然碎不成形。

难不成真被当作山贼，要追来揍一通？

丰抚路上车水马龙，路口凋零的黄叶空中飞舞，刚刚进村口的几个穿制服的，不知是交警还是什么人早已不见踪影。

"把车子倒回去。"主意已定，我不能这样被指指戳戳狼狈离开，我相信他们应该会理解的。

然，世间最荒唐的事莫过于此吧。

"我不管，不认得的就是贼。"

拿出证件，他们又道："证件几多假的，哪个不会做啊。镇里领导、村里干部没说吗，不认得的都当贼看。"

"现在可以打电话，只是不想添麻烦。"

"管你什么东西，我女怀身大肚哭得来，莫不你还有理啊？前段时间那个房子就来贼，偷得几千块钱去了，这不隔了几天，你又来哩。"

看着对面男子凶神恶煞样，我终于知道这莫名怒火来处。土坯墙木壁屋，他们把现金藏在老房里，自以为越破陋越安稳，结果魔高一丈，辛辛苦苦血汗钱不翼而飞，报案又没个下文，查无可查，偏我又闯进了失窃现场。

"你快走吧，我们晓得了，快走吧。"身旁围过来的老人纷纷劝我，那个男人还在指手画脚……

返回来做什么？告诉他我不是山贼，或者说他女儿跳手赤脚出言不逊太侮人。然而他们丢了钱无疑是事实，一肚子怨恨无处发作，我不过撞了这火星，做了冤大头被发泄，真正的山贼仍逍遥……然而我所不愿见到的，是年轻一代永远不要丢掉做人的善良与朴实，多么可笑的迂举。

灰溜溜地夹着尾巴，告别老人，告别山村，踏上返城路，我想要找的先生不知在何处。

# 大 枞 山

  大枞山，记忆中一片多么丰饶的山林。不说长尾巴的野鸡，不说迅捷的黄鼠狼，还有酸酸甜甜的野花苞，挂满圆嘟嘟绿果儿的苦楮树啊，单是杂树灌木下都蕴藏着无限的乐趣。

  每逢四五月间天气闷热阴雨交织时，山里的孩子就晓得赶紧翻出靴子备好竹竿了。天还麻麻亮叫醒伙伴向那片山林出发，这时候忘记了淘气时大人的呵斥忘记了彼此间鸡毛蒜皮的不快，大枞山像地母一样展示它神秘诱人的生机。

  到了山上，树丛下分散，竹竿子细拨，目光晶亮，树叶下藏着绿面菇、白面菇、肉红菇，最妙的还是见到一丛丛的金油菇呀，它的出现是成团的，发现一只再划拉又出现，你转身时又冒出一只。它有着银灰色的伞盖，显得高贵不沾尘灰，长长的菇脚气韵亭亭，有的底下还包着一圈可爱的白色"裙裾"。它的味道赛过肉汤，那鲜味儿还凝结大人的嘉许、伙伴们的妒忌。半晌午归来端起早饭得意地走向禾场，所有的劳动果实都在塘沿下一字儿摆开，女人们在池塘边洗衣呢，菇篮子一搁谁没见着，哪家的妹子积伶积俐又是母亲们的话题：将来不晓得许什么样的人家载得这样的聪明，不晓得什么样的崽哩盛得住这样的福气……有了这半早上的功劳自然上午便可率性玩，也有不服气的又想跑回山里，可是山上野物多着呢，不结伴你不怕？仿佛一转眼就变出了夜间老金伯故事里的鬼魅，或者炭井里会冒出蛇精一样，只有快快中期待下一次出发了。

  伞盖漂亮新鲜的，母亲们会挑些做菜，余下的拣去枯梗泥渍晒在坛箕里，过年用辣椒一炒就是待客的美味佳肴。也有的舍不得提到街上卖……现在一问价格已经到一百多元一斤了。

除了前面提到的,至今我还能说出各种各样的菇名:辣椒菇、草皮菇、爷爷菇、娘娘菇、蕾蕾菇、淡菜菇、饽饽菇、麦笠菇、梨树菇、铜油菇、石灰菇……别的地方传说吃蘑菇怎样变了鬼中了毒的,我们村盘从来没有过,好与歹分得清清楚楚,甚至七八里外的跑我们山上捡,末了也得讨好地让我们分辨。

一方水土养一方人。三月风吹起了翡翠色的猫耳朵,四月采蘑菇去,五月梅子天杨梅又熟了,六七月地苟子米筛子,八月九月毛栗子,十月一过,装野兔黄鼠狼去……

大枞山用它的富饶为我们的童年增添了四季变幻无穷尽的色彩。

我们一天天长大又一天天远离,直到只能在记忆中描绘,直到每一次回归都是祭别:三婆婆四叔公五叔公还有……泪眼蒙眬中记忆渐渐变成失落的忧伤。

桂花飘落门户寂,归锦堂前燕空飞。
梦里不知身何寄,晓来还垂枞山泪。

"姐,家里修起了高速公路,从东乡到昌傅的,横穿大枞山……"我有多久没回家乡了。

"姐,大枞山穿过去发现了新石器时期晚期聚落遗址。5000—5500年前的,省考古队在这里发掘有陶纺轮、石镞、石凿、石锛……说是江西省少见的史前环境聚落典型的新石器文化……"

# 野 芹

## 一

驱车百里,来到老同学家,山岚如烟如雾,飘飘忽忽,人家静谧。仿佛走进水墨画里,泥墙屋毗邻一排排新房。如果不是道路清冷,你会疑心这是条小街。据说它是这一带最大的村庄,村子分了四五个小组,合起来就是一个村委会,有七八个姓氏聚集,卢姓、黄姓、张姓、丁姓、郭姓等等,再过去两个村子就是崇仁了,可以说是两境交界处。多少年来村民和合而居,相安无事。就像眼前,一桌老人围在一起打牌,或屏息凝神,或翘首期待,真是世事看淡任逍遥。

徜徉村庄,水泥灰新楼的后面土屋温暖古朴,土砖方正,是别处的两倍之大,有些还堆放在墙根下,有种特别朴拙之味。枣树吐出了新叶,不甘寂寞地探身在一绺菖蒲叶上,那菖蒲就扎在人家小小的排水沟里,秀颀碧翠,杂乱中一股凛凛之气。同学的平房在村后,依然是冬暖夏凉的旧屋,土砖与青砖相结合。我记得以前在这里吃过南瓜酱,吃过辣椒饽饽,后山坡上枣树果子还甜在心底,大伙还一起跑去看乐安的温泉呢。不胜酒力的阿甘笑说,每次直着进来,要横着出去,也是山里的热忱总是叫人那么难忘。时光倏忽,欢笑的日子叠成了画面,一起喝酒一起聊瞎天的日子不知滚到哪里去了。

同学娘忙着给我们做山里菜,八旬老父给我讲故事,"1942年啦,国民党与日本鬼子在这里交战,死了黑天个银(很多人),原来印崽里(山洼里)

都看得到骨头。后来还分了衣物，可胆怯的老百姓哪里敢要？"他那时候还小，是父亲背着放在茅草堆个涵洞里（音同）逃生的，那会儿还叫日子吗？活着就命大，心惊肉跳的，跟现在没法比啊。老人浓重的乡音边描述边叹息，这些是他的父亲传述下来的，老辈人都知道啊，往事并不如烟。

## 二

眼前浮现来时隐在云雾的山峰，穿上同学娘的衣衫、套靴，几个人便朝着小河奔去……

因为几日前返城，晚餐上一盘芹菜，梗三寸长左右，青翠，缀以红辣椒干，初看似藜蒿，而引起话题。"鄱阳湖个草，南昌人的宝"，藜蒿炒腊肉是赣菜中一道名菜，丰城人容易跟风，店家也自然常推荐。同学说家乡还有一种叫水芹菜或野芹菜的，鲜嫩清香，滋味远胜于藜蒿炒腊肉，只是知道的人不多罢了。它们长在河畔土质疏松湿润的地方，一长就是一大片，要是拔起来，再到小河里摆清水，那感觉想想都让人陶醉。他讲得眉飞色舞，我以为那不过勾起了他老家记忆。岂知桌上几个都双目炯炯同气沛然，还伸出小拇指："骗你是这个。"仿佛茂盛的水芹菜彼时就开在他们心上，蓬勃在他们眼前。唉，人过中年，最是少年滋味长，我的神魂恍然游到了遥远的河边。

正好一个上午空余，悄然出城，初时车水马龙，渐渐路也安静，行人稀少。孩儿脸似的天跟我们较劲似的，山道上杜鹃花沾着雨滴寂寂地退向身后。下了车，雨丝落在脸上，先是湿润，再是清凉的寒意。小河潺潺没有名字，三个人沿着河畔，四下里安静得很。"找到了找到了。"随着喊声，我们蹲身草丛，一株株野芹菜映入眼帘，比在学校前面枫子庵旁采的山芹菜粗壮得多。同学媳妇前日来过，有经验，这次我们备了手套，用手一提，沙土松软，加上雨水的浸润，不需费太大的劲，倒是香味扑鼻而来。仔细看看，没有旱地的顽长，没有山地的纤细，紫色的茎粗壮而色艳老辣，一折，却脆嫩得很，而且是一大片一大片地生长，应了"活水自肥"的说法。

一个时辰下来草地狼藉，我们成了粗暴的"采芹人"。站在小河里，溪流冲过黄色的、褐色的、黑色的卵石，给人柔柔的感觉。将水芹菜一把一把丢进去：清澈的爱啊，只为着你。春雨洒落在我们的头发、眉毛、眼睛、脸颊、衣服上，心里却格外舒坦。既无"无丝竹之乱耳"，又无"无案牍之劳形"。只有这一湾溪水，只有这美丽的水芹菜将我们放逐。

## 三

坐在桌前，敲门进来的毛孩子说："老班，今天是三月三，爷爷讲要吃鸡蛋的。他让我特意送给您。"啊，三月三，荠菜煮鸡蛋。荠菜也是自己喜欢的野蔬，过年的时候采过一次，之后忙忙碌碌就没有了下文。剥开鸡蛋试图吃出荠菜味，但口感单纯其色白兮。想起采回来置于地上水嫩的野芹菜一日日变蔫，终于明白采胜于吃，如同钓胜于鱼的道理。偷得浮生半日闲，却没时间安顿水芹菜，安顿好自己的胃，到底是始乱终弃之辈。人生能得几清明，暂且用文字弥补愧怍吧。

# 老 墟 桥

  总有些时辰恍然，如听禾场上童年呼唤：二、五、八，去当秀才埠啰。于是暮色迷离中朝小巷走去，足音空旷却发现树皮木屋愈来愈少，往日建筑错落有致，氤氲人间烟火色；而今旧屋瑟缩，新房幢幢拔地而起，棱角分明穿插其间，却像古画破旧部分补笔尖锐醒目，剃头铺、寿衣店、杂货铺消失无影踪，莫非现代生活与审美真是永远悖论？望着夜色中的秀水河，时间是不真实的布景，来时路上粮站一片废墟，教办怆然矗立，茶铺变身小洋楼，大红灯笼挂着，清冷、幽深，昔日二胡伴奏歌子成了幻听。低首，原来悄悄改变的不只是河流，还有磨刀石似的桥栏，一弯一弧点点滴滴磨去风霜磨去梦里色彩。山川水脉钟灵毓秀流向了岁月深处还是藏在哪条暗道，伫立间思绪悠远绵长。

  秀水透迤，脚下老墟石桥大约建于宋嘉祐元年（1056 年），彼时一带山岗连绵起伏，肖家、聂家、杨梅洲于元符二年（1099 年）在弓定湾西岸边建立了龚城古庙，现在又自发重修起新的天府庙，坐西向东，当时对面还有戏台曰"龚城"，诗云："传闻禹庙空山里，复见龚城落水涯。"元仁宗延祐元年（1314 年）双乘桥朱家村庆四郎次子纠八，入赘源里黄氏，就在这弓定湾辟塾为师教书授徒，从游者众，遂名"秀才埠"。至正二十六年（1366 年）范矗庆、陈绂、熊瑞章等又倡修石桥，第二年桥背（桥北者也）黄、邓、陈三家，邀附近颇有财势的组成十八姓一村：雷蒋涂、肖左范、丁黄周、聂叶畲等开街"洲潮墟"，与西南杨氏开店隔河对峙。时日嬗变，"龚城""弓定湾""洲朝墟"称呼消失，唯有"老墟"流传下来，桥两岸统称"秀才埠"。

自此古桥已近千年，横跨岁月河流上，堪称小镇经典坐标。

山青青水碧碧，秀市山区面积广，从前木材竹料都走秀水河道运出来。到了清末民初，干脆就地取材，从抚州请来师傅引进竹篾编织技术带徒传艺，于是家家户户打竹床、竹椅、竹篮等各色生活用具，形成传统手工艺市场。夏夜里，竹床曾带来无限清凉回忆，连中秋习俗里的"星子灯"细伢仔大都用竹枝扎成，"郎骑竹马来，绕床弄青梅"，篾棍、篾剑等篾玩具还在记忆里挥之不去，乃至多年后站在讲台上狐假虎威偶然发作："×××，到你家抽根篾条来……"背倚老农具厂的人家编为"篾具街×号"亦可窥见一斑。有趣的是，壁屋门口仍摆放着一堆竹料，小巷总在不经意间留下温馨角落。与之相应，下边民居则叫"锅炉下"，据说源于此处一落里（方言：一向）打铁手艺人聚居为多，生意好炉火旺，铁锅之类卖得多。民国时期，周天兴、朱太和、杨定生等铁器店产品甚至远销新加坡、马来西亚，"锅炉下"地名就这样随口拈来。

老桥长十四米，两端引桥若梅花瓣散开，一色麻石结构，宽四米，二墩三联拱。若是明月之夜于新桥遥望，则水中倒映三轮圆月，波光静谧潋滟，好一卷梦里水乡。左右石栏四条各两米来长、一尺来宽。上游桥栏下伸出两个三角形桥墩以减轻大水来时冲力，形如古时男子木屐。辛勤的人过去也曾在桥墩上面种点小菜什么的，颇有生趣。墩腰上嵌有铁架子，据说塑着怪兽舞爪镇邪。虽说现在锈蚀斑斑面目模糊，但桥畔居民说老桥显灵，不管是醉关公还是蒙童伢仔掉下河去总无性命之虞，年长月久恐是老桥有了灵性呵护生民百姓。

饶是如此，1942年6月7日，日寇侵略时，国民革命军五十八军借口阻止日军通行，撤退前将桥面炸坏，掀开六尺见方窟窿，以致独轮车、人力车、挑担的均无法通行。9日，日本鬼子窜扰河街，烧毁四十多幢店铺，老桥石栏也不可幸免推入河中。直到20世纪50年代中期一九五地质大队方用吊车吊起，开茶铺的蔡大新等重新修葺桥面通行。构成今时格局，此岸河街、桥背与后街；彼岸老墟、锅炉下。两岸百姓生生不息，一路走来人事变迁，老桥见证了河街繁华，也承载了昨日辛酸。

临近看桥，桥如不事装束的农妇，只有两边缠绕垂下的爬山虎添些苍绿，桥头刻着"南无阿弥陀佛"的石柱及文字石碑早已不见。滚滚红尘岁月蹉跎，原来齐崭平整的麻石条出现断裂，桥面尘土封积雨天积水。凭坐桥栏行人寥落，20世纪80年代伊始，老桥上游下游各建钢筋混凝土新式拱桥，中间大拱左右肩三小拱，沟通小镇南来北往。随着集镇中心逐渐东移，圩集从最早的弓定湾，到龚城，到洲朝墟，到秀才埠河街，到农贸街，再到新街，公路发达水运淡出，卸下运输负重。老桥真的老了，河岸的人一拨换了一拨。六十甲子说轮回，欸乃一声山水长。河面上再也看不到竹筏木排顺流而下，昔日河畔古树掩映换作新房鳞次栉比，老桥下两端拱洞近半泥尘堵塞，数声鸡鸣不知何处，但觉地老与天荒。风雨沧桑，桥头柚树无言相伴，一竖一卧似与老者相对坐，人间多少事，尽在河水悠悠中。

  不过不用担心它会沉寂，来来往往老桥引渡，桥南不远便是小镇学堂，青青子衿，悠悠我心，只要书声琅琅，文化就不断；桥头募建的天府庙更是森然庄严，只要信仰还在，香火就不绝。若是待到春日水暖夏季丰盈时，河水泱泱，一汪碧水蓝天倒映河岸人家，这风情便又是好一幅水色淋漓的画卷。

## 云 姑 岭

廖林是寂寞的,这个默默无闻的小村,没有名流贤达从这里走出去,历史上大大小小的战争似乎也没有哪一场战火蔓延于此。或许正是因为她的寂寞构成幸运,她所具有的都是纯净的原生态,让浮躁的心沉静下来,尽可走一程没有任何纷扰、任何牵绊的时光。当然,如果你心里还有情爱纠结,或许能够得到一些启迪,这里一段凄迷的爱情传说至今在云姑岭飘荡……烟云迷雾,谁在日日翘首?魂兮归来,你是不是我等待的那个人,红尘走失的心,是否从此皈依?

一杯清茶,一樽向阳酿,坐对人间倦客。满眼风光谁召唤,意难平,出走,天地从此阔大,几人还在想念深山芭蕉潭?印心石上滑落相思泪,点点滴滴,柔润尘世跌打摸滚的心。风潇潇雨也潇潇,谁见你远去的身影……云姑,请原谅所有的叛离,日复一日,没有一片云能绾系无羁奔跑的野马,除非仗剑双双走天涯。哪一种念想都是隐痛,不如上山采茶,伐竹打鱼,日出日落,坐拥烟霞。

几生几世轮回,总有人寻寻觅觅痴痴念念。而你,平静,只剩空寂。走遍你走过的每个角落,坐在你曾经想念的每个地方,然后用笔细细地描细细地勾……

云姑,你在哪里?触目青山,只见青绿。

我的泪落在相思湖,化作山泉化作瀑布,夜夜流淌,洗得尽你漂泊的疲惫么?每一个翘首的地方都长出翠竹苍松甚至是小灌木,你跌跌撞撞的时候或许还能做你的扶藜。村头的柿树挂满了小红灯笼,路边刺莓、红橘、毛栗,只要愿意，渴了饿了都可以品尝，甚至还有珠柳，可以挂在你红尘恋人的颈弯……

悄悄地来，悄悄地去，放下尘世所有的缘，如果平静能够抚慰你的劳顿，那就带走清风，带走明月，带走所有的思念。

我的样子就是山野的样子，沉淀在岁月深处，等待成了最初的苍老，早已不再成为等待，你来与不来，我都在这儿。让喧嚣的继续喧嚣，让沉寂的归于沉寂。没有谁辜负谁，不存在两颗相同的心跳频率，只有谁在不在乎。

云姑，我记得你奔跑的样子，如明媚的霞光如轻捷的云雀，在我的心田婉转……

你记得也好，最好是忘掉。

沿着下脑（地名）那些仄仄平平的石板路，看看布满爬山虎的泥墙壁屋，数一数满是年轮印记的老树，思绪萦绕藤条，还有多少旧时的模样，还有多少怦然心动的感觉？叫一声老屋里拣茶籽的婆婆呀，谁夺走了你年轻的容颜，谁带走你痴情的牵挂？只剩下满脸皱纹，只回我牵强的笑容，守着这静寂的光阴。立在门口，连多余的声音都听不到，转身，又不知误闯了谁的片场，好一阵鸡飞狗跳，映照灰屋脊上淡淡的冬阳辉色，斜照，檐廊下一抹动人的色彩。原来多少年后，再见，已是红尘陌路。

只有珠柳还在房前屋后，愿君多采撷，此物最相思。

哪里去找那么美的人，青春永驻沙漏无痕。你看村头的老树还歪着脖子，树下一股涓涓细流，那股沁凉会不会熄灭心头的焦灼，沿着灌木丛下去，野蔷薇的刺随时扎在身上，坡是坡路非路，云姑的身影在前面跃动，听得见瀑布的声响，草莽间却找不到途径。脸刮伤了手扎痛了，一丛茂盛的芭蕉林郁郁葱葱，谁种相思在谷底，伴着汩汩潺潺，满腹心思无人诉？蹲身芭蕉林下，守着一汪深潭，一湖相思你到底流向谁的心房？

俯身穿插，在你的情网里找不到出路，太多的纠结看不清方向，阔大的叶片下似乎让人窒息，掰去你的褐叶，我还是迷惘，抑或太深的情意让人无法呼吸。

逆流而上，青苔滑石，战战兢兢探寻你的芳踪，莫名紧张与兴奋刺激我每一个细胞。就算跌倒在你的面前，趴在石崖下与你静静对望，或可享受一个暂时属于我们的世界，把所有的都抛在尘外，你的漱玉飞溅你的激情洋溢你的奔腾宣泄你的婉转延绵……够了，给我一段屏息时光，一叠两叠三叠，让我依偎在你胸前，在你动人心跳中沐浴清凉，那些说不出的苦与痛，那些道不出的酸与涩，请你一一冲刷。闭目，醉在你怀中，只听你的轰鸣只听你的哗响，纵然两边是悬崖是峭壁，荆棘密布。人世曲折颠沛流离，我们所寻求的不就是一个可以栖息灵魂的地方吗？

　　这一刻，涤荡所有尘世的忧伤……云姑，有你的地方就是天堂。我不能回忆，也不能沉醉，触摸你的指尖，只有离别才定格永远。

　　品过野山茶，喝罢向阳酿，踏上钳桥，山风习习，转廖林，芦苇瑟瑟，梯田弯弯。摘下路边的红草莓，尝过屋顶上的红橘子，云姑你的身影飘向哪里？眼前出现了一片茶林，白色的茶花一些凋零一些挂在枝头，是在等我吗？我不来，你不老。一块一块的石头在茶树底下铺展，终于在坡上尽显乌石风骨。它们犬牙交错，错综层叠，时而奇特潜藏，时而巍然崛起。伫立其上，登高眺望：山路细线如眉，山势蜿蜒。云姑，你听见了我的呼唤吗？你看，水之柔情，石之跌宕，遥相呼应终于刚柔相济，延绵的青山是悠远的背景，茶花是灵动的点缀，天地作证，老去的只是岁月，最本真朴实的自然最深情。

　　踏着落叶归去，云姑，请你记着我的背影……

# 石 马 涧

过了石江集镇，就是培庄村。石马涧掩映在千峦万嶂中。

走一程仄仄平平，高高低低。林中小径不时兀现棕榈杉树木桥，三根一架，藤蔓一束，就地取材，踩上去一颤一颤地，又跃起童年隐秘的喜悦：终于脱离了千般羁绊，可以率性自在，扑入你的怀中。且许我放歌，但我又不能放歌，脚下是新斫出的崎岖小路，准确地说是枝丫纵横倒向两旁闪出来的空隙，翕动鼻翼还可以闻到木叶浮动的清香。山路渐渐负势而上，回首茫密一片，不见来者，尘世蹉跎，我们到底是在寻觅还是在自我放逐？

道路继续开垦，歇一歇吧，再索微探幽，也是久在尘世劳顿后远足。灵魂的疲惫选择自在的林间释放，那么必然用身体的劳累来洗涤。抬头，轻轻的薄雾山头弥漫，游移行进在这片原始地带，安静，安静得只听得到你的心跳——那溪涧里传来的泠泠作响声，忽而如线如丝，忽而狂倾如注，时而在脚下，时而跳到身旁，更多的时候藏在石涧，如两小无猜一路的嬉闹……俯身，啜一口甘甜，捧一把沁凉，拨开茂密的往事，走在面前的是不是心中的祈愿？这一程艰难跋涉后的再见，还是初遇的情愫么？人生多少纠结在心头，牢牢抓住青萝藤蔓荡过坎，原来每一道旅程都要牵引。

路径模糊，时光黯淡浓稠，布满青苔的石块暗藏谁的心事？迈过去，有你在前头，只要清澈与明媚，只要冬日的煦煦暖阳。脚下的落叶是生命的孕育，还是寂寂的不甘？原谅我们扰了你沉睡的酣梦，至少这片莽莽榛榛的山林里，沿着你的方向便有无数惊现的喜悦。

我相信一切古老的传说，藏着一切爱的本真。当天籁越过耳际，你的世界在我面前打开，一幕涧瀑幽邃中奔流而下，有马蹄石印赫然。莫非这是最深最远的江南？驻足，狂草寂寞，谁把相思嵌入岩石的耳语里，怀想生命不息的飞流。闭目，尘埃濯除，久久伫立，马蹄声嗒嗒远逝……只任一汪情深，就这样辗转在远山静谧的腹地中，永远唱着清冷的歌。

当视野终于变得开阔，置身山头望远，却见雾锁群峰，寒意陡然升起。老书记在前，一场农事沿途拓开，且行且引。往前延伸到五丈岩，只是人困午后，索性向右，坎坎伐檀兮，走一条从未走过的路。或许不久的明天，不定山外络绎，身后足迹纷至沓来。"这里有鸟巢，快看！"有人惊喜地指着身边枝间的一圆窝，呵，这真是天地间最简陋、最朴素、最动人的建筑，结草衔叶细密绵软，内巢空空，莫非是我们的探寻惊飞了雀儿？原本这是它的天堂，所以无须筑高枝，随意任情，唉，如今就算它回来也一定看到附近紊乱粗暴的痕迹了。可见自然再美的原生态一旦被发现，也意味失了幽静失了恬然。我们总在自以为是中凝视，殊不知又沦为自然的敌手。正踌躇间，天空中忽又盘旋着苍鹰的神姿，犹如高高的独行侠，展开双翼或盘旋，或俯冲，背负青天又扶摇直上，少顷又没入云霄，只留下激越苍凉的鸣叫声。

转过山头，路况渐渐开阔些，这边亦有村民开山辟路，委实人迹罕至了。灌木上垂挂着无数道褐黄的松针，踏着厚厚的林中落叶，饶是顺势而下，依然跌跌撞撞，若攀缘若匍匐下行。要是在春天，满山红杜鹃开得红红火火才漂亮，同行带路者满是遗憾。

"常恨春归无觅处，不知转入此中来。"

这是冬日的山岗，是相思错乱了季节，还是"我见青山多妩媚"。野杜鹃藏不住山川云雾的灵气，迫不及待地颠倒众生了。

要不跟身后的厚朴林赌气吧，你看坡上那片厚朴，与风霜严寒斗得铠甲凛然，气象森森。它们挺直躯干，瘦枝如剑，无暇顾及花的柔情云的缠绵。在冬的萧寒中全力积蓄新生的力量，只待春天的鸽哨一吹，便耸立群峰，树树高洁而伟岸了。

山路蜿蜒曲折，一行人风尘歇脚真是饥肠辘辘。岂知走近村后梯田的溪流旁，蓦然间又听见"橐……橐"之音，原来是巧手的村民利用水的冲击力自行设计的翻竹筒，水一满自然翻转发声，真是绝妙的咏叹调呀！进村，山下农家早已备炊，山茶一碗，再一碟南瓜酱，格外生津惬意，蒸热的熏肉无比诱人。

"拿酒来，谷烧！"石涧寻趣，曲径探幽，岂可无友、无酒？！

# 谷雨石江

春未远，夏未至，谷雨明媚去石江，感受大地生机勃发。车子出发向城南，进入边陲山林深处。山路弯弯，九曲回肠，除了绿还是绿，黛绿，苍绿，嫩绿、黄绿，汇成绿海汪洋扑面而来。四十多分钟路程，两旁绿林与蓝天白云交替，一丛丛、一座座绿浪似乎让人望不到尽头，又不想有尽头。

## 蜜蜂街

蜜蜂街，顾名思义首先是它的小，街道长不过两百米，宽十来米，是丰城最边远、海拔最高的山圩，本地与新干两边村民逢一、四、七常来赶集；其次才是它的朴质，据说得名源于明末清初开街时，无数小蜜蜂缤纷飞来赶场。记忆中八年前秋天，与二三朋友信马由缰飙到这里，溪里小河鱼、紫色水蕨菜、山里豆腐、农家熏鸭是舌尖上挥之不去的怀念，还有热情淳朴的山民，古老的土墙、壁屋构成原生态风景一下子将时光倒带……

蜜蜂街毗邻新干县，像所有地理交界区一样充满传奇色彩。1933年4月14日晚，万也女与十多位农民代表在此秘密成立长乐乡农民协会，之后组织带领长乐乡游击队辗转丰城开展革命工作，创建了当时国统区丰城境内唯一的红色区域，农民翻身做主人。10月，红军战略转移后，国民党及地主武装势力疯狂反攻倒算，万也女被捕受尽折磨，1936年，年仅24岁的他出狱没多久便病逝，在这片红土地上留下悲壮一页。

经历了岁月洗礼踏入新时期，蜜蜂街是恬静的。你看此刻眼前崭新的楼房,温热的擂茶,齐整俨然的书架,种着鱼腥草与百合花的小院,精心打理侍弄它们的老头老太,好一处深山陶然人家,令人沉醉:不如守着一隅青翠山林,闲云野鹤,捻卷归卧。给我们讲述故事的正是党员李冬剑老人,当年英雄热血不屈斗争故事,身为讲师的他熟稔于心。事实上他退休在家,义务为村民办农家书屋,带领村民育林造山,默默奉献已十七年,帮助人们物质脱贫同时又提供精神食粮,可谓蜜蜂街上真正忙碌的"蜜蜂"了。

历史是不能遗忘的,当红色苏维埃政权中心——李氏祠堂呈现在眼前时,与想象毫无违和感的便是它的苍凉与颓败。无论是作为最初宗族祠堂还是现在的红色遗址,都窘迫不堪,仿佛遗弃很多年,以破败凋敝姿势在等待中呼唤:忘记过去便是背叛历史,那一程血雨腥风中壮烈情怀,铭记它又怎能止于莽莽山林?

## 五丈石

从石江乡龙山文化广场向右转,往鸡龙山盘桓,山路上升梯田隐现,峰林在身边奔涌而过。如果说山下溪水明秀,石头点甄如墨,那么山脚至山腰联袂不绝的绿则令你无限舒心,闭目仿佛来自少年梦中情人安抚,时而热烈时而轻柔,时而震惊时而安然。北宋画家郭熙有言:"春山淡冶而如笑,夏山苍翠而欲滴……"一路山风荡尽倦怠,一扫侘寂幽暗,果然心旷神怡。

月坪,下山,老居,鸡龙,轻车盘旋,步径登高,除了水泥路延伸石阶铺砌,一切似乎还停留在原生态。来时路旁间或青砖黛瓦,寂静山村偶尔一两山人,仿佛我们是一群惊醒沉梦的不速之客。是的,这里没有名山大川的壮丽诗句锦绣文章,没有摩崖石刻殿宇庙堂,然而远离尘世喧嚣,少了名利纷扰,灵魂尽可舒展。攀上棋盘石,伫立浩浩乎又茫茫然,耳畔轰响,分不清是涛声还是山顶风轮转声。远望山下石江如练,两旁层峦叠翠,脚下飘来云的霓裳,浮起绿浪一波一波……闭目天风吹兮,人竟摇摇欲坠,恍惚中只有盘腿而坐,弈棋仙人观棋童子到底何处?神魂骇然定乾坤,原来只有放低姿态,方得从容自在。

如果说棋盘石峭然又坦荡,那么五丈石则凛然而孤崛,即使你零距离贴近,仰首巨石层叠一壁如削,若飞来险峻之笔,谁想一览众山小,莫如望峰息念，以敬畏之心行走，放眼群山转画屏。至于传说"五丈崖"又为"官印石"，一番拜谒仕途发达，且作济世为政美好愿景。若真是兴致所至，身入鸡龙山，只怕摆脱公务冗繁，"我见青山多妩媚，料青山见我应如是"。浮生半日难得偷闲，云起兮，风起兮，恍然间岁月悠悠过罢。问世间，山路百转与千回，修得此心同练达，人间底事胜却这：清风奇石云海间，一身萧然拥翠色？

  与棋盘石、五丈石相距不远还有两处，一如望夫石，一作罗汉叠。前者子母相依两相连，若有所思所念，深情翘首眺望远方；后者斧石相啮又相拥、相叠又相背，似嗔似怨似怒还似喜，穿行其中别有洞天。恍如柔风和煦间，忽然一招悄然无情道，猝不及防又讶然小心。回首，天地浮云间，不知谁布棋盘，谁着迷阵，谁痴痴凝望，谁放不下眼前这锦绣画卷？留恋复留恋，归去，一枝杜鹃红艳，陡坡兀自怒放。

# 明 溪

　　走进明溪，山路九曲十八弯，每一弯都让你渐渐忘却身后的红尘。只有云朵，云朵下一抹抹绿林，梯田泛着云的倒影，道道婀娜。远山渐渐抚平心的驿动，静听山泉潺湲，闲看石桥曲拱，岸畔苍树虬枝，好一处深山古村。

　　明溪是悠然的，栖息在杯峰深处，犹如世外小桃源。溪水流淌，掬一捧凉凉，便触摸到它的鲜活。明净的溪水村中流过，两岸人家背倚青山。远远望去，左下是杨氏牌楼，溪右居上是丁姓，祠堂新矗巍然，构成山民最神圣庄严的殿堂。《杯峰左峙》中写道："擎天柱屹立，左顾是杯峰。浩衍形非小，峥嵘势转雄。晴岚横户内，晓翠入画图。镇侧洪钟毓，效灵可比嵩。"身在此中，或许任何表达都是多余的。

　　据说蕉坑境内最早的居民，便是这里的明溪丁姓，从瑞州高安白茅村迁来。唐开元五年（717年）丁丰，母亲为明溪甘长者之女，父亲早故，便在甘宅抚养，那时候这里应该叫富州长安。丁丰性敏学醇，从学游于鸿胪寺卿甘元柬之门，深得甘元柬器重，纳为女婿。而甘子将家产尽施浮屠，岳父索性将所居之地并归女婿，这样丁丰占籍成为明溪丁姓之祖。天宝六载（747年）擢升翰林学士；儿子丁师文，贞元辛巳登进士第，授国子司业，太和戊申擢为翰林学士；孙子开成戊辰年举白衣进士……明溪丁氏仕宦为继遂成地方望族，奕叶流芳。之后宋、元、明、清期间，其他村庄方陆续迁入。而蕉坑墟的形成，由清初的茶亭街求雨迎神，引火灾烧成废墟，慢慢恢复遂称焦坑。或说开街时，地形如芭蕉叶，乃命名蕉坑。1958年紫云山水库修建，圩集才搬到柿源庙村。相形之下，时光千年，明溪内敛而不动声色。

明溪在杯山西麓，是丰水发源地之一，另一支源起石桥源头村，两支流汇大港山麓北部，注入紫云山水库。它所属的曲源村，离蕉坑有七八里远。过去这里重峦叠嶂，崎岖难行，流传"十八武士治鳝精"的故事，结尾悲壮而凄然："死在乌峰洞，埋在九曲湾"。人们总在自然艰难的探索中获得生生不息的力量。如今行到明溪深邃处，依旧山箐、怪石、瀑泉，令人称奇。剑水明溪诗"明溪水泄处，当峡锁重桥"就鲜明地点出其地理特征。《带映川流》更是深情吟咏："潆洄将绿绕，带映一前川。汩汩承双涧，溶溶汇众泉。沿村汜左右，抱宅泻周旋。清白流芳远，瑞呈世泽绵。"明溪的绿，明溪的泉是流向心坎的恬然。《读史方舆纪要》卷八十四南昌府丰城县载：丰水在"县南百八十里，出自杯山……"丰水渊长，明溪堪称最美源流，在杯山的怀抱中，闪耀动人的光泽，不管异乡漂泊路多远，游子心头都萦绕着故乡清澈明亮的溪流。

明溪人是淳朴热情的，无论是飞花三月，还是盛夏火热，一碗青绿的擂茶透心爽，加上几叠辣椒钵，南瓜酱，红薯片，时光一下子慢下来，慢得你一点点与另一个自己相遇：没有车马的喧腾，没有霓虹的变幻，只有宁静。这时候不需要浮天的情怀，也不需要远江之眺，就让自己栖身于土屋木檐下，那些上苍布置的山林泉水，也交给远方游子去勾皴点甙好了。坐下来，安静坐下来，看老婆婆用红艳的头绳，就着长条凳，一梭一梭，情经意纬，织成四寸宽两三丈长红带子，织进殷殷期望。过年孙女要出嫁了，红带子绑嫁妆，好彩头系好运，经典的仪式里沉淀着真挚的祝福。明溪的女子嫁得再远，骨子里留着山林的淳朴；明溪的少年走得更远，山林也融进了他的血脉。

沧海桑田，岁月流转，明溪乡亲们依然守着耕读传家之本。他们勤劳而充满智慧，即便日复日平淡生活，遵循自然的法则，也不屈服于任何权力威势。相传清乾隆年间，逢年大旱禾苗枯萎，而附近山上（归乐安县管辖）溪水却向南坡白白流掉。明溪村人决定开沟改流引水灌田，乐安县人却坚决不肯，为此打起官司。乐安县官前来调查案情，指责明溪村无理夺水。此时，人称"半只光棍"的村民丁祖惠，扮成盲人摸上前来，大声嚷道："我们自己的县太爷在哪里？"乐安县官说："我不是县官吗？"丁祖惠故意说："你是乐安县县官，管不了我们。"那县官一听勃然大怒："天下官管天下事，哪个说管不了你们?"丁祖惠不卑不亢答:"既然如此,那么天下水灌天下田,怎能说是无理夺水?"县官哑然只好让步。

明溪钟灵毓秀,丁姓之后又有杨姓、武姓迁来。元祐三年(1088年)杨端居崇仁乡之洒源,四代后杨端爱河源山水优美,后裔昌炽称河源杨。绍兴十九年(1149年)成立乐安,两地毗邻,其后辗转而来。他们与明溪丁姓溪水之隔,相安共居,溪上溪下,醉里山音相媚好。事实上我们每一次来到这里都感受到浓浓的热忱,"今天到我家喝擂茶"于他们不过是最自然的招待。山中烟火味,一碗一碗品的都是古道热肠。辞别时,门口织红带子的老婆婆神态安详,有人拍下传给远方的诗人时差先生,聊慰游子的思乡之情。

# 老城风絮

　　紫薇花开，盛夏走进老城，迈步东方红大街，恍惚穿越在旧时光里。这座沿江之城从唐高宗永徽二年（651年）设治曲豆镇（今剑光镇）伊始，历经风霜一千三百多年。它毗邻赣江，铁牛镇水，曲肱而枕，想象中须眉尽髯，可是送给你的永远是一幅浓浓的市井烟火图。

　　街道树荫斑驳，犹如一袭阴凉花绸衣，令人忘记夏之灼热。光影灵动如调皮小孩雀跃，淹没了蝉鸣。所有乡间土地的菜蔬都有影踪，乌萝菜一坛一坛，马齿苋一捆一捆落落大方，菱角、花生、葡萄、黄花梨毫不羞涩摆在两边，可能是其貌不扬的女子或者老人家守着，那份等待有时热切有时从容。甚至某家杂货铺一边买主挑着东西，一边卖家还悠扬地吹着笛子，吹的是《百鸟朝凤》，犹如人家本色：你买与不买，我都在这儿。他不知道那份喜庆自得就是最好的感染，生活不只柴米油盐，此刻买到日用所需，还一番魔音入耳，何乐而不为？若是无意中走进一家老字号钟表店，除了讶异两鬓苍苍的老人修表时肃穆专注神情，你还可以看到墙面上挂满书法条幅，在一个玻璃柜里陈列着丰城地方文化书籍。居民们总是用这种独特的方式坚守着老城的文明底色。

　　当然一座老城找记忆最好循小巷，这里的巷子实在多，很窄很瘦。随便拐进一条，都是青灰色平平仄仄逶迤不断，交错相通，颇似"曲径通幽处，柳暗又花明"的感觉。偶尔枝条晃着绿叶旧墙头旁逸斜出，门户阒然，巷道里走来踽踽而行的老人，不急不慢平静祥和，应着小令的韵律，让你觉得如至田园般亲切。可以的话走进院落，一进两进三进，也许雕花的门楣窗棂会向你诉说很久很久的从前。一路徜徉,你会看到机修铺上老者挥毫泼墨,会发现一段朽木根雕化神奇,运气好的话会无意中遇见某个大咖,为你讲述故事赠送毕生心血著作。

　　细细地看,每条小巷都有独特名字都有渊源来历。有因居住姓氏的如"陆家巷""杨家巷""文家巷";有因活动事务职业的,早先常有人在此下棋为"着棋巷",多是衙门当差的叫"务前巷";因为地处边角破烂瓦成堆的命名"瓦子角",巷口有"秀斋祠"遂为"秀斋巷";还有忠义节气逸事的,如明末敌破城奸淫,巷里女子不堪受辱投井自尽,故名"义井巷"。而明代杨荣五子俱中举人,巷口竖牌坊取名"桂山坊"。清末太平义军占领丰城,清廷派援兵攻进城后滥杀无辜,守将鲍超挂剑巷口,凛然制止暴行遂称"挂剑巷"。一个名字就是一个传说,一扇门后就是一家欢喜哀愁……老城是活色生香百味图。

　　当然民间流传最通俗毕现的属丰城古城门谣:穿红着绿广益门,鱼崽虾子出西门,萝卜白菜出东门,赤膊罗汉小东门,花街柳巷小北门,挑担押篓出西门,达官接福高升门,咚咚嗡嗡登仙门,剁头换颈是南门……活脱脱就是缩微文字版《清明上河图》呀:你看古老的赣水日夜奔流,挡下的渔船日日河鲜,剑邑大桥斜拉飞架。来到老城,悠悠漫步,读不完的市井,读不完的风情,还有读不完的惆怅:"棚户要改造,过不了多久全要拆掉了。"大厦里有叹息,茅屋里有歌声,深情于斯,明天这方热土文明传承,家园改建必将更耀眼美丽。

　　当然最不可错过阅读的还有东西遥相呼应的孔庙与万寿宫。

　　孔庙是闻名遐迩的丰城市历史文物古迹,位于老丰中旁边,宋绍兴十三年(1143年)迁建,乃历代学宫和祭祀孔子之所,规模宏大。据说初采用宫殿式组合建筑,占地万余平方米。清代乾隆间盛逢澜作过描述:"文庙规模壮丽、金碧辉煌,为千古之所未有。凡直、省、州、县无不仰体"。可惜历史原因现仅存大成殿一隅,外观看琉璃瓦,飞檐翘,连球脊,气宇轩昂,足见当日恢宏。伫立大成殿前,烟雾袅袅中似乎看到历代丰城先贤穿越岁月烟云排闼而来,汉有徐孺子,唐有王季友,宋有范应铃,元有揭傒斯,明有朱善,名臣大儒激励代代学子。剑邑大地那些散落的私塾书院,同样无一不在田间乡野中灵息吹动经典流脉。朱熹三访理学明儒盛温如时,见邑内户户书声家家弦歌文风蔚盛景象，就题写了"江山余秀杰，人物尽风流"的美句。现在殿内悬挂的是孔子门生图，或行吟求学或思辨游说不一而足，一墙之隔的老丰中学子、附近的百姓也常常来此敬香祭礼。

如果说孔庙是古人尊儒奉道之重地，那么西路大井头万寿宫老博物馆与其相得益彰。此宫坐北向南建于康熙初年，原为祭祀晋代"斩蛟治水害，造福于万民"的许逊真人，后雍正十年（1732年）知县刘象贤即蔡公讲堂改建而成。1940年日军侵略，飞机炸毁正殿和后殿左隅部分，当时百姓正在殿内避难，竟无伤亡，所以都感谢神人庇佑，每逢除夕人们必先到殿内祭祀再回去辞旧迎新。宫内分门庭、正殿、后殿三部分，正殿红漆柱八架八十四槛，彩枋藻井古色古香。院内有吊楼，早先可以看戏。院门前两狮子石雕朴拙可爱。外面大红宫墙，牌坊据说是岳王庙移就，石刻古朴雅致，典型宫殿式建筑风格。

万寿宫现在是丰城洪州窑青瓷烧制技艺代表性传承人张华青先生以"公助民办"的形式在内开设的"洪州窑专题展厅"。跨过门庭，当中几案，品茶论瓷，博学多才的张华青先生一脸佛相，亲和神定，说洪州窑的历史变迁，每一件展品都娓娓道来，说收藏的画像砖洗练的线条组成图案里的密码，时光倒回千年，那一份执着痴迷令人动容。门外红尘烟火，门内素静淡泊，这鲜明的映照蓦然叫人想起"布衣暖、菜根香，诗书滋味长"的人生况味。先生潜心钻研之余撰写的《万寿宫夜话》也良多趣味，令人期待。

老城是耐读的，夜夜枕着赣江，无尽底蕴深藏不露……

# 清溪梅烛

　　三百多个朴实的乡村汉子。三百多条板凳。五百多米长龙。一千多支梅烛齐齐闪耀。

　　从西边的巷口出来，从北边的巷口出来，从南边的巷口出来，人群愈集愈密，板凳愈接愈长，丫杈如榫连接，最简单最牢固。"金板搭银桥"，灯笼蜿蜒，点燃四方温暖，驱散料峭春寒。

　　这是人的海洋，来自四面八方。那是"长枪短炮"，更兼航拍飞行器，专业摄影追踪。

　　相逢即笑，一年一度舞元宵。

　　夜幕悄悄落下，四围的喧闹盖过了灯笼的呼吸。着唐衫的汉子神情在期待中格外安静，扛在肩上的板凳龙厚重又轻盈。

　　他们在等待。

　　面对清溪塘，他们虔诚得就像古老的土地。梅烛映照，神情无比肃穆。

　　所有的人都在等待。

　　月出东边，龙头在村东：听！

　　锣鼓响起来了，鼓点震在心上，四个后生扛着奔跑，鼓手紧跟，一下一下狠命重锤，声声强悍，令人血脉偾张。斗虎一样强健的身姿，锤出磅礴激越。爆竹噼里啪啦，烟花朵朵高空飞迸，迸出满目绚丽。这是庄严的仪式承袭，又是新年的祈祷祝愿。"梅花"朵朵开，"烛龙"迎春来。正月十三日夜，赣中丰城，西北边陲古老的文化之乡——隍城，舞出一条气势多么豪放、多么雄健的板凳龙。蛟龙腾舞，空气硝烟浓郁，村庄沸腾。

使人想起：遥远的天空，干涸的土地。

使人想起：露龙哀清溪，甘霖降被斩。

历史不会忘记，人们不会忘记，苍生谁渡？

这盏盏梅烛，使夜来的寒气逃逸，使宁静的村庄热闹，使困倦的睡意亢奋。亲戚相告朋辈聚，扶老携幼阖家倾，车如流水马如龙。

一朵朵烟花从清溪塘里清莲亭中升起。

使人想起："龙衔火树千灯艳，鸡踏莲花万岁春"。

使人想起：流光飞舞不夜天。

不需要束缚，不需要讳忌，要的就是率性，就是坦荡。好一条长长的板凳龙！

绕过溪塘，清莲亭辉煌璀璨。

绕过小巷，户户爆竹响云霄。

绕过田野，冬去春来催绿意。

绕过村庄，今夜壮志不言愁。

向北、向南、向西、向东，鼓声爆竹声烟花声人们的喝彩声，声声豪放的抒情，声声落在年轻的心田，此起彼伏接二连三，撼天动地……

噼里啪啦的火焰，噼里啪啦的音符，噼里啪啦的狂舞，在诗中云集，"梅占花之魁，春为岁之首，烛乃光之源"，为乡村增添爱的热度。它烧灼你威逼你。"咚咚咚"，从来没有如此鲜明地感受生命力的强大存在。可能每一条板凳每一个灯笼都是毫不起眼的，当它们紧紧联系在一起扭动，一团一团的烛火连成龙的姿态，成为喜庆的工具，便释放巨大的能量，照亮乡愁，所有的灵魂都无法沉寂，纵使有备而来，仍是折服。

一千朵流星在走，是节气里最温暖的使者。夜色雄浑传承千年。板凳龙，你是游子故乡胸脯滚烫流动的胎印，逐日散发出温暖的光芒。

今夜，清溪风情怒放，我来得正好，借你梅烛的光芒，烟花散尽，照亮游子远行的道路，承载所有不曾离去的相思。

可以错过春花的烂漫，可以错过盛夏的果实，不能错过梅烛的洗礼，那是凤凰的涅槃，那是族人的智慧勇敢，那是梦想的舞蹈燃烧。清溪的子民，你有经典的村庄。一条烛龙，烙下原始的密码，找准前行的方向，向你致敬。

明朝谁在他乡,回望时月色下清辉如昨,巨龙狂舞,鼓点密集,蓬勃升华,哪里有如此惊心动魄的送别?哪里有这惊心动魄的艺术享受?是痛苦中的希冀,是欢乐的感恩,是留守的思索,是远行的牵挂……

巨龙舞动,谁挑着一篓炭火紧紧相随,走出清溪,走出丰城……

# 社火与庙会

河西有社火，河东样庙会。

这两种都是以前乡间热闹的风俗。每到社日，也就是农历八月间，河西像梅林、湖塘、董家、隍城一带仪式非常隆重。要是轮到哪个村子过社火，各家便会邀请远亲近邻都过来。社火最初是一种祭祀仪式，为纪念斩蛟除害的许真君，村民便抬着许真君及各路神仙像巡游，接受人们的祭拜。一来祈求神仙护佑，二来祈求风调雨顺、五谷丰登等等。祭拜完毕，然后摆酒席话家常。因为全村家家户户都请来了各自亲朋好友，那场面自然非常壮观，如同村庄的盛宴。

随着时代变迁，现在乡村年轻人多半异乡打拼，村里留下的老人难以维持祭拜仪式，所以减省为简单实在的酒席，烟火待来客。我曾经有幸跟着付子芳老师到她老家——汉墓村吃社火。汉墓村村名源远流长，先祖据说为汉代守墓人，夜静听到这里鸡鸣声声，觉得是子孙繁衍生息的好地方，便落叶生根瓜瓞绵绵。

村头很热闹，卖水果、卖鞋、卖被套等日用品的都摆将出来，还有卖棉花糖的。孩子们没买的巴巴地站在跟前，买了的举起雪白一团，仿佛举起旖旎的梦想，池塘里有悠闲钓者，禾场上有耄耋老者，神情怡然，精神矍铄。我们跟老人家坐在一桌，吃油炸丸子、清蒸鸡，大盘款待异常热情，中间凉拌芹菜吃完了又上。吃罢，上山穿过不知名的野花坡，到橘林里摘橘子，尽管酸得吐舌，依旧开心。下山时，看见一拨一拨的老人，情满意足笑着踏上归程，格外有喜感。

相比这盛宴，河东的样庙会则是另一番景象，来得更洒脱。

散了元宵，打工人都出去了，孩子们也上学了，老人们就盘算着样庙会，也是一个村庄连着一个村庄的，祭拜地可能在山里或村头的寺庙，有时还可能是某人家里，香案供了菩萨。总之形式多样，庙、庵、寺、观，不管什么儒释道，只要神灵栖身之所，有朝拜的地方就可以举行。记得有次夜里一行人邀约去秀市镇长溪村看戏，正规的说法就是"样庙会"，"样"应该是很多人赶场子的意思吧。为了庆祝菩萨娘娘的生日，戏名早忘记了，倒是未开演前炸麻丸，煎油饼，用乡下大锅，烧柴火灶，七手八脚的，早变成了一台戏。轮到吃饭的时候，彼此无什么禁忌，"酒肉穿肠过，佛祖心中留"，真是快意。戏班子是抚州来的，咿咿呀呀地唱采茶戏，没有字幕。有人说还没有海涛老师踩高跷好看，于是不等戏毕，我们就退场，作别山里的月色，走在田塍上嘻嘻哈哈的，管他什么时辰。

所以赶庙会，在这儿可以看成是村庄节日，还有的是爬山踏青。印象最深的是爬路边村的羊角峰，馒头样的山是不用费神考证由来的，几个人跟了春姬到香案下交十元、二十元钱不等，因为那是她娘家，大伙也不是真信神，看老人家的虔诚，相跟着略表心意而已，而她们看到我们这一伙人前去"样庙会"，同样乐见其形。

山间走累了，坐下听村里老人家讲邓子龙的故事，他是汪家女婿秀市郎，一直有传说；讲村子风水变迁，无神论者并不介意神秘的奥妙；看老婆婆忙前忙后，以往听她们说这个腰疼那个头昏的，现在精神是倍儿爽，大抵是阿弥陀佛神灵保佑。你看，酒桌就在树林下摆起来了，阳光洒落四围，落叶纷呈，在老人家的磕头点香中感受对土地神的敬意。她们远的一大早从河西或者石滩赶来，有的从附近七八里村庄走来，肩背袋子，上上下下利索得很。而席上，饭特别香，水供过案，酒让人飘然欲仙，叫人不得不相信：天地间每座山巅一定有伟大的神灵存在，护佑着它的信徒。

从这点看，"庙会"实在是个有温度的词，不全是迷信色彩。我相信那些样庙会的老人，比我们更明白，日子过一天少一天，趁还走得动，围在一起吃，又不仅是为着"吃"。她们放下手头家务，分工明确，聚在一起交换生活的悲喜感慨。"留守"的乡村，山林燃起的炊烟不亚于城市Party。至少她们每个人在这样的山林里都找到了"存在"的力量。

这样赶庙会下来，我们一行人竟然渐渐养成了走山的习惯。算算待在小镇的日子里，长溪那条山路走得最多，而且总有意外的口福。春夏之交去摘花苞，那果子就长在废窑上，有草莓大，颜色红得诱人，初见都犹疑：果真能吃吗？为什么没有人采？一尝，蜜甜蜜甜的味道，简直是老天爷的恩赐。几个女子边摘边吃，废墟上结出甜美的果实，至今叫人怀疑它的真实性，仿佛是梦境一样出现过。

有时采摘金银花，沿路找，一树就足够花上一段时光。几个人边摘边打嘴皮官司，笑骂成趣，过后晒干，收获绝不像村庄里的女人拿去卖的多，点到是意，但是山间的场景时时还浮现在记忆里。至于明月夜呼朋引伴，人就更多。有人说段子，有人唱"烟花三月"，有人愤世嫉俗，有人吓你"蛇来了"，远的时候夜行十来里，一路往返都疯疯癫癫，场景跋扈得很，连村盘里的狗都蒙圈，不敢叫。

然而社火也好，庙会也罢，这几年随着疫情的到来都黯然消失。或许人总是在光景远去才开始怀念。"你回来么，我们星期×赶庙会去。"刚离开山镇时，同事还会打电话来特别通知。渐渐地应付新的工作环境，面对新的人事而缺席，最后失去联络。有时感觉住在一座孤岛，岛心的人必须学会战胜一些至暗时刻。

从乡村到城市，又从城市到南山脚下，我常常回忆。像现在关在小区里局促而不得出，便奇怪地想起这些不着调的琐事。

特别记得某一日经过晓春学校前面的天府庙，庙前台子上还摆了酒席，九十多岁的树根外公进进出出，我放慢脚步听："晓得嘛，样庙会，今天轮到这里，乡下老嘎一起坐坐，过来过来，菩萨娘娘会保佑你教的学生越来越好，保佑你顺顺遂遂……"哈哈哈，旁边一众人在台前笑得不亦乐乎，我疑惑地站住，莫非我又看见了亲切的神灵？

## 老　家

　　立春之后，山林还浸在冬日的萧瑟中，稻田里依旧是割禾机留下的痕迹，阡陌相通，触目一片平坦沃野，禾茬呈现曲曲弯弯的图案，苋下绿意呼之欲出。接春的夜里，爆竹震天响了，第一场雨水如期而至，整个村庄在新年热闹中意犹未尽，屋里大大小小仍是笑语盎然。

　　就这样安静地待着，烤锅巴余滑肉，赶圩集守老家。时光像鸟儿无声滑落，一切都变得简单，犹如村口光秃秃的板栗树枝丫，没有任何装点。倒是田熙陈家老屋门前的那片地耳让人意外悦目，还好蓉蓉九十八岁的老外婆三寸小脚没迈到这边来。地母厚赐，一行人索性蹲下来扒开草丛，一朵朵小心采回，院子里用淘米水漂洗。当它们去掉污垢吸饱水分肥大，终于像玉橄榄铺开闪现在眼底时，喜悦弥漫开来：地耳呀地耳，久违的你多像童年那颗不谙世事透明的心啊。

　　年少镜头穿过岁月纷至沓来，小伙伴们林中草坡上蹲下的身姿如同地耳俯身大地，至于采回清洗、晾干、打汤、炒蛋，自然地生长，聆听故园的呼吸呢？眼前一切都是异样的熟悉，又是崭新的陌生。老家，红尘碌碌的我们真是离开得太久，回来得太少了。

　　我的老家地处桥东镇一个偏远山村，东昌高速公路从面前山穿过。右边过卢家石大桥，便是寨上新石器时代遗址发现地，桥下一湾潺潺秀水蜿蜒流过。左前是大枞山，再过去便是暮落岗，为秀市杜市桥东镇交界处了，所以乡音独特，混不棱登，成为学舌的话头，少年读书时总被称为"山古佬"，仿佛一个人的胎记无形中被贬损，很不爽。

村庄属于古老的义门村落，宋仁宗嘉祐七年（1062年）江州德安常乐里，发生了中国历史上规模最大的一次分家，由皇帝下旨，浩浩荡荡四处开枝散叶。据说先祖奉着旨意挑着行囊，最终倒是鸟儿引路栖居大枞山下，可以说历史不算短，虽然没出过执笔安天下的文官，也没出过上马定乾坤的武将，但是出过一个传奇"烈女子"——萍霜儿，这女子平日素净淡定，大枞山采果小院里织布安生度日。后来邻村上面周家以百家姓"周吴郑王"排名为先要争大枞山。那时土地契约形式模糊，最后两村人以原始的勇气来决断定义：比穿铁靴，那种烙得通红的铁靴呀，是靠近也令人恐惧的残忍场景，一时竟相持不下，萍霜儿想起义门陈祖规家训，坦然迈出脚步，结果可想而知。不过自此两个村子的百姓却有了世代不成文的宿约：陈姓与周姓誓不通婚姻，否则不可避免地陷入某种谶语中。那位陈门烈女子义无反顾的勇气固然令人钦佩，可这样历史背景下的忠言未免过于沉重，好在除了婚姻外，两村如今其他往来正常。

村庄半山环绕、小河环抱，门前一方大约长三百米、宽二十米的池塘，有山有水有田有地，景象开阔大气，称得上是好地方。父亲不止一次骄傲地说，早先村子四向七塘相围乃风水宝地。西边竹林萧萧，一条高高的挡路通向外面；东边有一大片花果山，满山的桃树梨树李树，一到开花时节连记忆都芬芳。小时候用货车运出山去可谓一方富裕，而今只余空山坡。村子民风淳朴，三十年前就被评为"文明自然村"。那时候别的同学趴在窗户下听电视剧《霍元甲》，村庄就奖到了一台日本东芝彩电，邻近村民远远近近都来社屋里观看，其间奇葩故事自然不少。譬如这彩电三次被盗，三次均完璧归赵，村人笑称"荣誉的奖品怎么都偷不走的"。

十年前村庄就修起了通向马岭庙的水泥公路，自然这源于誉为丰城大才子的归锦堂主人。"忠孝传家远，诗书继世长"，村庄牌楼横书"聚星第"承载义门厚德尚学传风，俗话说："养儿养女不读书，不如养只猪。"村东村西都有耕读世家，儿女考学在外。《丰城君》介绍的上海心血管专家陈艳清也是从这里走出去的。少年学画时，他曾从上海给我寄过六本水彩画册，可惜某一无所成。在外创业人士也专门为家乡晓春学校捐赠图书激励学子，光耀家乡。

小时候学堂就在屋背，屋背有四五棵古老的巨樟，牛们系缆休息，孩子们一下课便钻进树洞嬉戏玩耍……现在取而代之的是一排簇新的楼房。整个村子里如今只剩立仁家一头牛，猪圈消失，数声鸡鸣便令人感觉地老天荒。村头老井旁是修葺一新的祠堂，门额上高悬"义门流芳"，里面还保留着一些旧时的面貌。印象最深的是，对着壁画上的小鸟和伙伴们一遍遍唱着歌谣："叭叭崽，捡柴崽。捡到归来冒鞋崽。娘来打，爷来拖，躲到枫树梢上歌……"祠堂原来有正堂有偏殿，三进式二层楼结构，里面气象森然，面积近七百平方米，却是我们童年的乐园，小伙伴们楼上楼下阁楼偏殿东奔西钻捉迷藏，逮到的一个个揪到天井里，那一方蓝色天空像老樟树样令人怀念。不像现在成为孩子们的禁地了，每年正月初一才齐聚祠堂，成为族人议事重地。

　　村盘里修起了水泥路，禾场上也全部铺好，新砌的房屋已经辨不清谁家，儿童更是相见不相识，村后也修好了水泥路通向熊家，交通便利。入夜，池塘前一排桂花树，在路灯的照耀下无比静谧，不远处高速路上车灯闪烁疾驰而过，山村正从沉睡的梦里醒来，通向崭新的明天……

# 变　脸

　　有时，喜欢一个人背上包独自出去。

　　走进一户人家看花雕，猜解被石灰掩住的字迹，陌生的地方常常令人新奇，在你想不到的角落，总有东西悄悄叩击心扉。多少尘世转变的容颜，因为陌生可以敞开心扉。陌生，一个向前的理由，好使我们放下那些曾经熟稔又难忘的过去……

　　我听到了老人的呻吟，接下来哀哀不止。她在打点滴，因为昨天下午洗了个澡，夜里四点半便不舒服，她已经八十六岁了，服侍她的是她五十多岁的弟弟与六十多岁的妹妹。丈夫是革命老干部，三年前去世，享年九十七岁。儿子在外地任副县级干部，已退居二线，孙子在日本留学，回深圳工作，月薪八万元。此刻，她呼唤儿子、孙子。似乎什么也安抚不了她，弟弟的手机声音竟然很小，我递过我的手机。

　　话筒里传来声音："你哭什哩哭，好好治病！"是儿子从那端反反复复传来的一句。

　　"崽啊，我要去你那里啊。"

　　"你给我先好哩治病。"

　　"我要见我个孙崽啊。"

　　"安心治病。"

　　"我要看你们，快回来啊。"

　　没有回声，生硬得可以。

　　"妹啊，戒指给你啊。"

"老弟啊，姐对不住，要你服侍啊。"

"老头子啊，我要去你那里啊，我想你。"

…………

渐渐地，好像没有谁的安慰，能止住她的号啕，那就尽情地哭吧，哭吧！坐在床头的弟弟一直默然无语。环顾四周：老旧的房间因狭小而拥挤，一柜、一桌、一床，一个垂垂老矣的病人而已。"等老人家叫累了，给她点温水喝吧。"这个晴朗的上午，不知涉足了谁的悲喜末路，不知插入了谁的真实片场。

"她是老党员，1949年入党，党龄快七十年了，当过妇女主任、妇女书记，1962年洪水决堤，筑河挡时，自己率先跳入水中，正是女人的生理周期……还当过人大代表，这辈子，哪里知道……"我拍着老人的胸口，听弟弟缓缓诉说，身后的他突然间号啕起来："老姐啊老姐，你别哭了，你会没事的，呜呜呜……"男人的鼻涕都擤出来了，很快掩面啜泣，起身弄茶去。老人的声音还在撕心裂肺……

从雕花的屋檐下，我一步一步退出门楼，退向田野，一定有什么东西回不去，我的乡村，尘世的屋檐下，消失的，远不止燕子的呢喃。

门前的谷场上，老人带着孩子，含饴弄孙享天伦之乐，生命真是一场无法预知的幻觉。

我想起我的父亲，朴实得就像山间的狗尾草，除了辛劳，找不到更贴切的词语形容。与母亲风风雨雨，日子虽然清贫，但是这么多年，大家在一起，可能比什么都重要。

很多时候，真不知道，是粗糙的生活让我们耻于说想念，还是生存磨蚀了我们的温情。记得母亲总对我说："这里有汤。""留着给爸喝吧。"

这大概是母女之间最细腻的表达，父亲在外头做事没回，那碗汤往往从中午留到晚上，映照母亲内心的柔软。从小到大倔强如我，总是无法同母亲和解，无法与自己和解，虽然走出去，两个人都不得不臣服于外面的世界。

可是这一幕，明明不是剧情。门外转身的我，疏离的我……拦车，返城，绝不允许自己感染，我想起朋友热情的相邀。

哭声回荡，那是谁在呼唤？如果能将四散分离的人聚合，那就让老人尽情地哭吧！天空，河流，稻田，请将时光倒转，我要忘掉这场景。

路上,看见母亲弯着身子扫地,一点一点,扫走我心上的阴霾,"你回来哩啊。"如果说我们习惯坚硬的默契,出现在彼此的视野,何尝不是一丝温柔?

我想给她一个拥抱,但是虚弱的内存,永远无法赐予她老境悠然。背道而驰的我们,各自的悲悯,总藏在彼此看不见的角落。

中午的宴席上,看见自酿的葡萄酒,有多久远离了这份恬淡,这份逍遥?樱桃酒、山楂酒、杨梅酒,也曾一瓶一瓶,想酿出人生无限惬意……现在端起酒杯,时光发酵,一杯接一杯,什么也不用说,什么也不说,喝!

"你要好好休息,不要在路上打瞌睡。"有温情如兄长。习惯了辗转,他们不知道坐在车里睡觉,委实是种幸福。就像此刻,无论人物熟悉还是陌生,身边有亲切的笑容,远离了号啕哭泣,远离了人间凉薄,不用考虑生死情重,亦忘记道义责任。只要看着彼此欢笑,诗酒趁年华。

够了,足以替换,更何况路口有个意外的相逢,可以保存!

歌声一阵一阵响起的时候,醉在通往冬天的路上。行囊终于一点点减少,心头无数道阳光,总得有些时刻,红尘尽陌。遗憾这么多年,只会哼一首:

>……
>从那遥远海边慢慢消失的你
>本来模糊的脸竟然渐渐清晰
>想要说些什么又不知从何说起
>只有把它放在心底
>茫然走在海边看那潮来潮去
>徒劳无功想把每朵浪花记清
>想要说声爱你却被吹散在风里
>猛然回头你在那里
>……

## 目　送

　　一辈子很短，短得一个电话，低低三言两语，生命就成了云泥之隔。一夜很长，长得你辗转反侧，幽幽隧道里穿行，总也看不见黎明曙光……

　　回乡路是漫长的，山路转来转去，终于看到瑟缩在新屋后的半爿老房子。左边只有残瓦断楞，木架撑得似坠非坠，风来雨来，不具任何抵御力；堂前凹凸不平，湿漉漉的，昨夜是八月来的第一场大雨，可以想象"屋漏无干处，雨脚乱如麻"的景象。

　　左边堆砌的干柴苑子像根艺的毛坯造型密扎扎古怪地堆一起，躺椅坏了，像上了年岁的老人崴着脚支着。右边旧房一把锈锁，后边是厨房，这是唯一有烟火气的地方，锅台倒是干净。

　　这是婆婆做饭的地方，也是我们的老屋。弟兄四人，他们仨都有了各自的房子，只有八十来岁的婆婆为我们守着这旧房。因为祖宗留下来，又与人共着，历史原因无法打理又修葺不成，"公屋难好，公牛总瘦"，所以老人家一直将就过着。

　　大门前，贴着"光荣之家"的光荣牌在烈日下早已泛白。这是我们的祖屋，我几乎从来没如此强烈意识到它的存在，"这房子不晓得哪天会倒塌，做饭块块都漏雨。"看着老人家的苍颜白发，愧疚如虫吞噬着我，四围里幢幢拔地而起的层楼，无声地挤压着它。

　　这是我的乡村，一直在外面辗转讨生活的我们，竟然无法给老人家像样的一隅，现在还目不转睛地盯着堂前堆砌的干柴苑子，认为它是最原生态的艺术造型，是我的感觉荒谬不经，还是柴苑荒谬地呈现？真的分不清了。它突兀得像一个不入调的音符展现在我面前：热闹的众人中，她看着我的脸、我的手、我的身，初见的开心过后，不一会儿又说："你怎么这样子？"记忆里我还是伶俐活泼，又带着她到处转悠的那个女子吧，现在蔫不拉几站在她面前，"了哩喂，你怎叽过个日子啊？"她似乎忘却了白发人送黑发人的事实，絮絮叨叨地念着我。

没过多久，她把我叫到长兄屋里，又转到厨房，"你看着我讨来的干艾叶，原来的不够，现在有这么多，给你煎水洗，可以拔毒，还有我讨来了'葛虫汤'，就这点点，据说搽了会好，现在就给你煎去……"屋上漏下的阳光照在她脸上，好像一点不记得我为什么归来，我接受她主题的冲淡："这样有用吗？"

其实，我非常怀疑这土方的药用价值。不过要是这样的关爱，能够转移生死病痛的悲哀；这样的奔忙，能够忘记老来丧子的苦楚；这样的陪伴，能够让我们一起面对生命不可承受之重，那么，我愿意全心全意地和她一起浸在苦艾汁的氤氲里，用艾叶汁洗抹莫名的疹子，用葛虫汤搽搽。

摊温药汁，她将我反关在长兄家，我用艾叶汁一遍遍清洗皮肤上的红疹，一点点洗去心头的痛，我用葛虫汤搽在颈上、手臂上、脸上，然后，我盯着镜中的那个人脸上一点一点潸然泪下，许久许久，才用电话大声唤："霖儿快过来，婆婆关着妈妈了，快来把我放出去呀！"跑来的霖儿不明白怎么回事。

出门，我独自站在村口。

村子很小，就在上南山脚下，门前一口柳叶塘，左边一湾河水，河上一座古老的荼蘼桥。右边一条马路，人来人往，村子旁边一丛湘竹一个小菜园，几户子人家。本来共太爷爷吧，慢慢地繁衍生息，一生二，二生三，三生这么多。只是小姓地方常常跟斗鸡似的，记忆中，总是争田争地的纠葛，扯不清。我是极少回来，每次带点东西给老人家，她报我以无比疼爱，逢人就说我的好。要是我没回，她便叫人传递她的心心念念，仿佛我是她的牵挂。比之于母亲苛酷下隐匿的爱，总叫人多一份柔软的触动，一竿湘竹、一只小南瓜或者一蔸荠菜似乎不足以表达她朴素的感情。所以一有机会，她定把我拉到一边絮絮叨叨地家长里短。

我愿意倾听，再说这样的机会真是太少。人生实在苦短，她快八十岁了，如果我可以给她带点慰藉，那也是我的欣慰。

我还记得年轻时，她向我诉说二兄不及时给她口粮，我走到另一边老屋，铿锵对着二兄叫："日子过得再苦，也不能少了老娘的赡养……你抽烟你喝酒，怎么都要有担当，自暴自弃算什么男子汉？"现在想想是多么幼稚可笑哇，年少气盛，总是一家不知一家难，讲什么形而上的东西，"贫贱家庭百事哀"，我又何曾体谅他们的难处？

二兄读高中时，人聪明，还是班长，放着可以定向的农校不去读，想自己考更好的，哪里知道时运乖蹇，连着差一两分，1985年想再复读，做木匠的顶梁柱子父亲走了，六个孩子啊，婆婆叹息，就没有再去，比他差些的同学后来都考走了，以至偶尔提及都唏嘘。

他终究回乡务农，代过课，当过民办教师，断断续续地，加之脾气来得躁烈，觉得人间不平事太多，看见村委会的人吃吃喝喝，怒掀酒桌，以"打砸抢分子"被抓起来；又不服从计划生育的条例，一气生下五个小孩，日子过得沉沦、潦倒又紧巴，借酒浇愁和抽烟，最后形成无可救治的病痛，明白已晚，才有了今时大伙集体的回乡。

深圳、河南、贵阳、广西，无论走得有多远的，都义无反顾回来。是啊，这世间除了生死，一切都是小事。生，也许是一家共同的欢喜；死，在乡村更是至高无上的庄重肃穆。

搽好药，跪在堂前，我默默地诵完一遍《金刚经》。天气实在热，大汗淋漓，回灶房陪着老人家在灶前，"咱们中午炒一碗水蓊菜吃好吗？"隔壁屋里忙碌热闹，亲人们陆陆续续回归，我更愿意轻简地打发。中午照例午休，就睡她的床，很凉快，不像"香域加州"八楼的燥热。她坐在床畔看着我，这景象让我忆起年少时，某个同学纯真地守卫，又像某只温暖手掌伸来的呵护，带来无与伦比的光芒，我的心里仿佛盛开着一朵巨大的莲花，莲花上有一轮静静的明月，明月下有河流堤岸，有春天的温暖气息包裹着我……

生离与死别，从来都不是我们愿意面对的。

我不想从梦里醒来，宁静的睡眠对我来说毕竟是少有的。我迥异于这份恬然，一切都成为自然的一部分，我甚至惶惑于内心，天地万物皆是定数，不强求不奢望，也许离开是痛苦的挣脱，是宿命的终结，至少，病魔已不能将他折磨。我记得最后一次是那年的清明节回来看见他，亲戚们陪他打扑克，见我来，他很开心笑着让我打。半懂不懂的我上去，心里还想，要是以前他自己是玩不够的呀，病痛让人豁达多了。后来，我又蹩脚地弹电子琴给他听、给婆婆听。他告诉我，一边养病一边练字。我说，这法子好，修心养性，一定会慢慢地好起来。再后来，他住院回家，请我们回去。

我要开家长会……

我们马上要中考……

我也在医院看病……

很多时候，我们有一个一个的理由推脱，其实，无非是给自己一个借口，总以为还有的是光阴，或者彼此在各自的生命中，未必那么千钧之重。他念叨我四个月来再没看他，我又何尝那么真切大度，是讳忌于患病，还是我内心的前尘芥蒂，真是不得而知了。包括现在人伦的回归，实则也是：我们都活在各自的天地中，彼此疏离中，祈祷自求多福，终于无法对话，才想起被我们漠视的亲情与健康，从来就像空气一样，无所不在又无所谓重视。

红尘浩渺，原来我们都是活得如此吝啬而卑微。他的高中同学来看他们的班长了，据说有的是市长，有的是院长，有的是局长……人是不可以和别人相比的，否则内心永无安宁。

这一走，实在是走得好，不用尝人间辛酸，不用叹世道人心了……

被"嘤嘤"的哭泣声吵醒，我循着声音看到婆婆一边烧水一边淌泪，她哭诉着他这一辈子受的苦，少年读书受挫，成年四个孩子在身边，总也伸不起腰直不起头，终至病痛也未曾享受生活的幸福馈赠，一个失败的男人走不出生活的泥潭，自然受够生活的冷眼，最为自豪的便是无顾忌地生了五个孩子，有天有地有人在，一切便是希望！以至于他在同学面前唯一骄傲的也是说："我有五个细伢仔。"

是啊，五个孩子守着他的灵柩，在爆竹点燃的雾霭里，表情多么浓烈凝重，仿佛一夕成熟。他们齐刷刷跪在荼蘼桥头，接他从此生到彼岸。从此，他不用到处奔波打小工，只要长眠，卧听小桥流水，清澈恬然。即使魂兮归来，坡上的棉花红红白白，田间秧苗青青，河畔的水泽兰正开着细叶水团花，朵朵含笑。

烟花散尽的南山脚下，但见牛儿啃着青草，孩子们依然无顾忌地在奔跑打闹嬉戏，到处一片生机正盎然……

# 橄 榄 树

  念中学时，同桌女孩最喜欢讲父亲的故事，因为他的地质工作，总是天南海北地流浪。

  那时，最盼望自己有朝一日生活在不断的旅程中，不只是远方旖旎的风景，不只是牵挂中大起大落的悲喜，不只用心，更奢望用脚去踏遍千山万水。

  那样的日子，春花秋月，晨钟暮鼓，要多傲气，就有多傲气。我们总是一起放学上学，在林间的小路里徘徊，在枫叶红透中遐想，甚至莫名其妙地想，是不是走着走着，就可以突然遇见远方一路仆仆风尘带着笑靥的归人……直到有一天，同桌女孩再也没有了踪影……所以，赶集的日子，总喜欢走在那个老红军身畔，听他搜肠刮肚将所有年轻的历程一一展现；所以，放假的日子里，总是一个人背着画夹涂涂抹抹，把远方画在眼前；所以，毕业的志愿表里，天真地选了一个离家最遥远的地方；所以，最初领到的工资就拼命买三毛流浪的故事，幻想某天有个荷西在遥迢处向我呼唤。

  直到终于有一天，感觉只有最近的河流、朴实的山川接纳我。孤独地穿行后，现实的菜肴除了荷包蛋、煎蛋、煮蛋、蒸蛋羹，却变不出任何花样慰藉内心的失落，就像零落的蒲公英怎么飞，也跨越不了撒哈拉沙漠。

  海贝远去，珊瑚丛远去，那条金黄的纱巾蒙尘在角落里，只剩断臂维纳斯在书柜里无言地看着我。对着镜子，青春光洁的脸颊已经被烈日灼伤，黑红过后的敏感比狼藉的画稿还显得憔悴不堪。

  就这样脚步缓缓站在窗前看桥上的风景，任熟悉的面孔越来越远去，越来越陌生，依恋的只剩文字的温暖。

现实的橱窗里映照狼狈的身影，菜烧煳了，饭煮焦了，日光灯总是炸了，摇摇晃晃，战战兢兢爬上去安装，甚至想那么一瞬，会不会连同我所有的梦想都永远沉寂在暗黑中。

暗黑中，我的青春就流浪在字里行间，直到再也看不到水彩的轻盈，现实斑驳的油彩，日复日增添它的凝重。荷西永远沉落在海底，三毛丝袜一系，追随而去。

心事逐日隐藏，站在三尺讲台上，飞扬的粉尘在日光的斜射中悬浮，那棵梦中的橄榄树呢，就化作青鸟飞进了更年少的窗台，映照台下明眸皓齿。

若干年后，终于收到女孩来信，是按照老家地址辗转而达的，她已经落户在古城西安：还记得我们小时的路吗？还记得枫叶书签吗？到这里来，我带你去看兵马俑，看皇陵，看雁塔，看鼓楼……

是吗？曾经多少情怀，我们徜徉，我们渴望，霜寒雾冷，长大的我们却对着这无边景致，只有也只能一遍遍抱歉，尘世的蒺藜中，我们一点点艰难地扎根，而少年山坡种下的一棵棵橄榄，只静静地等待下一个轮回。

# 补 鞋 人

  脚下的花布鞋穿着养脚,然而那天上午校园里走着走着,突然觉得脚下一松,鞋扣丢了,低首一看,是青花珠扣不知滚哪去了。马上开会,来不及换,于是用剩下的线头匆匆打结,谁会盯人脚下呢?知道新城步行街有修修补补的,到底哪一家?假期遂挨个问,路过一家裁缝店,女店主在车衣服。"可以帮我钉下鞋扣吗?""鞋子补不了。"一旁女子抬头看,"呶,这条街头五分之四处有家补鞋店,会弄的。"

  顺着她手指方向,我在街里缓缓走着。

  记得从前,隔段时间就会与朋友们来这里看两旁店里的衣服、鞋子;偶尔在街口还会买醋熘蒜瓣、鸡爪、藕片等;甘蔗、西瓜、莲子呀等时令会站在这里尝新;与朋友去"张亮麻辣烫""有钳任性"更是轮着吃热闹。至于外围的"和大人""老上海馄饨""重庆特色粉面""抚州粉面世家""南昌瓦罐汤"更是上班族的早餐选择。总之,印象中步行街是烟火味最浓的地方。一家家店面不止卖出生活百样,更收藏岁月痕迹,亦收藏着一段段扑朔迷离的故事。

  后来工作变动下乡,一去五年,远离了车水马龙、灯红酒绿,日子凸显细节尴尬,仍然离不开步行街。到电脑店修理电脑,迈几步到街口,感觉红尘万丈,最远又最近。夏阳下,从北到南街里似乎波澜不惊,一过黄昏,来来往往人头攒动,便是最繁华一程:大头水果、七个爪爪、妈咪日记、领秀、爱尚衣……总之从头到脚、从里到外的行装,天南地北的小吃、烧烤到柴米油盐用度,都可一一找到。

有人说看一个家的兴旺得从孩子哭闹声、夫妻唠叨声、锅盆碗瓢声说起。那么领略一座城市风情亦应该是从寻常街里说起，譬如南京夫子庙、上海城隍庙、南昌万寿宫都各具特色。而这没有宽窄巷的闻名遐迩，亦无杭州街巷的绵长幽深，更不具屯溪徽式巷子的古色古香，甚至比不上丰城老城的陆家巷、挂前巷的文化底蕴。然而你可以找到居家过日子所有必需的补给，亦可杯中酒尽兴，释放工作压力。走进来，就会被裹挟进生动的另类场景：劲爆的音乐、十足的麻辣、冰爽的果茶、霓裳闪烁光带变幻中让人觉得时空无限轻盈……

果然，补鞋店出现在眼帘一点不显眼。铺子右边是一台老式缝纫机，左边是补鞋机，木色深沉，一高一低呼应着。踩缝纫机的女子四十来岁，补鞋机边的老妇人六十多岁。后背一个圆衣架，挂着打折衣服，柜架上堆着杂物，悬着十七英寸彩色电视机，中间是餐桌，最里是厨房，整个就一多功能厅了。在光怪陆离炫目装饰的铺子里，真的是素色素风。

伸出脚上绣花鞋，问："大姐，这里可以钉鞋扣吗？""可以呀。"老妇人微笑着，脸上的皱纹像湖面涟漪散开来，跟我娘的年纪相仿吧。"鞋子好看，估计你穿得也舒服吧。""嗯，要不我不会来补了。"蹲在她身边，老花镜后她用目光抚慰我，竟有种莫名的亲切感。"妹郎崽，把你的电脑拿进来，把你的包包拿进来，到我这里补鞋，我有责任提醒你哟。"谁知里面传来男人大嗓门声，我赶紧起身道谢，要知道面前的补鞋人就是资深马大哈。老妇人在补鞋机的抽屉里窸窸窣窣比对着，似乎很苦恼："妹郎崽，我这没有同样青花圆珠扣啊。"缝纫机上的女子一会儿递过两个银色扁形的盘花扣，目光询问。"没问题。"我想能穿即行。

"鞋扣眼有点松，我帮你用线锁紧些。"女子要到缝纫机上车，老妇人拿回来，"不碍事，不碍事，我还看得清，手缝的结实。""这里还有先打的豆浆，不要浪费啊。"男人又在后面叫嚷起来，端出豆浆壶递到年轻女子唇边，女子仰首张嘴从漏斗口喝着，"哎呀喝豆浆都不会，不是那样子。"男人将壶对准自己嘴示意咕了一口，又递到女子唇边。豆浆喝毕，女子踩着缝纫机继续嗒嗒嗒响起来。老妇人不知唠叨了一句什么，男人怨嗔地说："好先哩专心钉妹郎崽个扣子，我会做好饭给你们，不要老想到欺侮我哈！"

话头刚完，这厢老妇人笑如黄菊："谁欺侮你啊老头子，有哇冇哇地瞎扯。"年轻女子嘴角漾起笑意。一旁的我看得呆了。"老头子在,女崽你就可以一直享这个福啊;老婆子,夫妻情深难白首,不吵不闹不到头。你还有什么指示啊?"男人边说边洗刷。夕阳下,外面光线渐渐柔和起来,铺内显得格外安详而静谧。

"试试看吧,妹郎崽。"老妇人递过鞋子。"包你满意妹郎崽,我们家专业补鞋上拉链,家里有什么坏了只管拿过来。我这店不是品牌专卖,不是奢侈品高档货,但一定是服务周到,贴心又细心……"接下来又是男人爽朗的声音,"莫忘记包包啊。"听着男人忽忽忽夸的自言自语,我忍俊不禁。"这世界有人做大事,一定得有人做咱这行,要不看看你的绣花鞋,钉好了不就比新的还养脚吗?小手艺,老行当。"

原来他们家来步行街做这一行,算来有十七八年。说话的男人六十多岁,依然精气神十足,不时插科打诨,一时其乐融融,满铺小日子的温馨。两老三个儿女,儿子外面打拼,刚刚喝豆浆的是女儿,本来在外面打工,铺子里忙就叫回来帮忙。再追根溯源,男人爷爷本是辽阳人,年轻时闯关东,被国民党抓壮丁,到了丰城地界时才得以逃生,入赘在奶奶家,从此生根发芽。到他一辈,从河东到河西,丰矿、尚庄、城区等辗转,最终租下这个补鞋店,屈指已是百年光景、万象更新。

"在丰城生活得可习惯?"

"习惯啦习惯啦。"男人指着桌上的辣椒炒肉和谷烧酒,乐呵呵地说,"辣得舒服吃得痛快,甭提多过瘾。"

此心安处是吾乡。

# 西　窗

　　从混沌中醒来，习惯站在窗前，这是城市楼居者新冠肺炎疫情期间的放风口。房在西边，谓之西窗，有四扇，一扇伸向新城十字路口，一扇伸向广袤的乡村田野，一扇正对着城乡交替的村庄拆迁场，最后一扇通向自己。

　　夜里霓虹灯总给人炫目的华丽，白昼清寂总回荡手机里不同方言的宣传。胳膊酸疼、眼睛胀然时，俯身窗外，没有往日车水马龙，声色喧哗，静得只听见自己的心跳。

　　厨房的窗口外可以看到一间小屋，它每天都进入我的视野，在大罗家的废墟旁孤零零地守着，与身后高大的"新城经典"格格不入，过不了多久，它就会消失，我知道。从城市道口来看，它就是一块"牛皮癣"；站在城乡接合部来看，它是最后的留守。

　　小屋留下了烟火记忆，屋是人非，老罗不在。五年前，对面还是宁静的村庄大罗家，卖肉的老罗守着肉砧，后来，我建议放些青菜，省得走几处。他便时常放些村里的土鸡蛋、青菜、辣椒与茄子之类的，就此一家。因为上班路上，日子简单，可以不用上菜市场去。

　　他身材高大，脸上长了老年斑。虽说砍肉时，总会趁你不注意，夹进搭头上秤，一块皮、一片拖肚子或者一截净碎骨头，但不像某些屠夫严重短斤少两。你若发现，他就强调：

　　"我是冇吃饲料个猪啊，还有白菜，称些？"

　　"不能说我是什么什么的猪，人家会笑。"

　　我故意咬字眼纠正他，就这样常常瞎掰几句。对于三餐愁弄什么菜的人来说，他的提醒无疑就起决定作用。

"你看都是乡下纯绿色、原生态、无污染的菜，村上老婆子种的，你们放一百二十个心。我老汉不做歪歪缺缺个事，日日都在这里，要是骗人，就骂我老不死个。"说着似乎要发起誓来。

"我买，莫咒。"

他总是来得很早，要是早上想吃肉饼汤，往窗外一瞧他便在。于是，跑下楼去从西门铁栅栏里伸出钱，叫声"师傅早，师傅帮忙"，他便响亮一声"好嘞"应着送过来。后来，丰欧大厦开业，A区门面也有人卖菜，民政局斜对面也冒出个小菜市场。他的生意渐渐冷淡下来，我也去了南山，至于到底什么时候收摊的，不知道……

再后来村子拆迁，挖掘机在施工时，房子轰然倒塌，尘烟四起。一个男人沉默着，一个五十多岁的妇人拍手拍脚呼天抢地号哭："一辈子辛辛苦苦才住几年，我的新屋啊。"哭声凄惨不已，路过的人说不是有拆迁款吗？她鼻涕一擤，眼泪一抹："住了几十年的地方，瓦屋仔好不容易翻起来，又要迁走，我的新屋啊……"

挖掘机过后，村庄几乎变成了废墟，土坡大坑，像一场浩劫惨不忍睹。然而，中间竟有一幢老屋，不是民居，是族人的祠堂。过年节时，阖族祭拜议事的地方，摆设蜡烛、烧香及纸钱，安放先祖魂灵，后辈祈祷祝愿之类。祠堂能够保住，想来借了神明久居的房子一定显灵这借口。不是传某些人无所顾忌拆去乡村所有一切，以致招来莫名其妙的报应吗？所以，才有它们依然蹲伏在村盘的身影。

现代城市哪里有神明立足之地？你展开想象，祖先泥一脚水一脚，会从阡陌走向钢筋水泥森林么？恐怕像父老乡亲走进城市，迷失其中一样。我知道旧祠堂的身影无非苟延残喘些时日，我们已经丢弃了我们的"神灵"，就像乡村一垄垄被遗弃荒废的田地，杂草丛生。人们背井离乡，不知神是忧伤叹息，还是兴奋希冀：万物有灵，人背弃的地方愈多，神的地盘愈广。城市寸土寸金，绝少有裸露的土地，它们被水泥蒙住、被地砖堵死，连呼吸也逼仄，所以，屋顶、墙根下的菜园亦让我们惊喜不已。而绿野乡间被冷落，空巢之下呈现难言的荒凉。即便新房巍然峨然，常常铁将军把门。"归去来兮，田园将芜胡不归！"

没有人能挽得住时光。朋友曾在村北空地上种过几年菜，双休日与爱人在地上侍弄着，很是陶然。现在已经推动新楼盘计划，老罗终不知去向，君子之交淡如水，更何况我们彼此只是饮食人生的烟火插曲。昔日大罗坊也变成了一个公交站名，村前橘子林已经竖起了高高的脚手架，只有周边的桂花树在雨中瑟瑟，再过些时候，恐怕一点旧样都没有了，城乡接合部的一个村庄就将这样消失。

香域加州西门在新冠肺炎疫情期间也完全封闭了。站台无人，车辆不行，道路空空旷旷。从窗口望下去，村庄如废墟。只有小屋孤零零守在路边，夜里城市灯光亮起的时候，那一片像极了新冠肺炎疫情期间暗黑中的芸芸众生，不知道它用最后的目光仰望时，是不是觉得囚窗人一样悲哀而可笑？

# 细 雨

## 一

撑一伞细雨独向老城，剪掉伞标，我想起赠伞女子温婉的笑："怕你不自在，我都特意把包装弄掉……"言毕对视，两人便哈哈大笑起来。

一定有某些时候，我们属于同类项，所以彼此间不需要刻意，一个问候瞬间春色无边，转身目送，我疑心自己骨子里有中性的底色：这世间可爱的女子实在太多呀，好一个典型的江南风韵！

记得有人把朋友分成格子递放，我想她应该是那种藏在灵魂最里层的。只合两人独处悄悄私语，不说人间是非，不道红尘繁华，只关注彼此心底波澜，见与不见默契在那儿。一小时两小时都意犹未尽；若是久了未逢，三言两语也你知我懂！所以我深信：有些人望一眼便能走进心底，有些人注定永远只能是平行线。

她央我的我必定认真去做，那不是人情的包袱而是真诚的信任，而她予我的我也深藏感恩。更多时候我们不同空间但又绝不妨碍交流。我记得一段时日，自己像要爆炸似的神经紊乱，淋雨上课是很自然的事，而且总莫名其妙地伤痛，感觉生存的压力，感觉死亡的莫测，感觉生命的无常……我不敢想也不愿想，又不得不去面对，潸然泪落，文字是唯一的出口。

结果变了样弹出去，她在遥迢中回应。

我惊了似翻身坐起，伫立窗前，望着午夜的灯火发怔：这么沉的黑夜，她在哪一角无眠？

  我们在哪里错过了梦的入口，又如此咀嚼生命的青橄榄，然后辗转，甚至无谓于劳顿奔波求得内心的成长与蜕变。很多痛注定自己承受，他人无可分担。懂是相知，不懂也无言。怕就怕自以为是的绑架，平常心反做了敏感的绳与索。这样最好浅相遇深相知。

  其实我们在一起的时间少之又少，各自风雨走过，交叉后目送，满存温情向前，这一份情谊愈发显得弥足珍贵。

  撑一伞细雨，我又想起了她，想起某个雨夜，我们彼此走向对方，只为久别过后……

## 二

  晨光中睁眼，雨声滴醒，心头掠过丝丝惊喜，仿佛穿过漫长暗道，终于望见新年的曙光。

  出门，往日那条亲切熟悉的路，满是肆意漫溢的黄泥浆，摔到的膝盖隐隐作痛起来。几日前，挖掘机作业已是尘土飞扬，雨水一落面目模糊，右侧一大片田地也在泥堆之下消失。

  左手撑伞右手执车，向前，没有了任何速度与激情，唯有紧张！这条路，它让我常常置身于虚幻的世界。我是相信人与自然中的一切都有缘分的，就像学校大门两侧，鲜花着锦固然美哉，但我更愿意驻足观看这路上的旁逸斜出。前者是园艺的美学原则，后者乃非主流的天然意趣。现在却无暇顾及，小心翼翼如泥堆旁惴惴不安中的橘树青菜，不知何时将被挖掘机吞噬。曾经它们相濡以沫，铁爪一伸，彼此就云泥永诀，这也是自然么？

  不过是红尘一须弥，城市讲进程，学校要发展，它们预先在白纸黑字中被埋藏。

  不过是被埋葬前努力地伸展，茁壮成长。

  结局早已摆在面前，莫如最初以荒芜形式直面，不是最简单么？

  但山长水阔，生命就是一场体验，所以庄周一个人，穿着自编的草鞋在水边叹息，于田间歌唱，那样的率性恣肆。也只有他宁愿曳尾涂中，鼓盆而歌，江湖相忘。多少人，在完全的秩序完全的规则下，感觉活了一辈子像装在套子中的别里科夫。或者摆着枯燥的、教科书似的脸，人性的色彩与意趣泯灭不见。

　　此刻，我看着不远的学校，无形的逼仄中怀念那再也找不回的山林，那遥远的过去念想着的是今日的惶惑么？灯光不灭，也许生死疲劳过后才让人平静吧！

　　道路还在延伸，转角或者执念，或者另辟蹊径，无人叩问，身边人都在忙忙碌碌。在灰尘弥漫过后，在喧嚣沸腾之间，在泥沙俱下的日子里，每个生命都在选择与被选择中寻求唯一的存在。

　　只有雨悠长、悠长地滴落……

# 盛 夏

　　小区红石榴黄石榴低下头结实的时候，一串串的紫薇花怒放了，野橄榄树的红叶也零星地跳出来。地头的纺线蔓曲里拐弯妖娆，它正得意地挂起小东西呢，南瓜花黄灿灿吹着喇叭，肆无忌惮，垄头一片丰盈。人们多半趁着清晨的那阵子凉爽在菜地里忙碌：翻薯藤，摘辣椒，耘地浇水……

　　只有芝麻秆笔挺地伸展着，左右左，左右左缀满了四瓣小青果，白色的小铃铛花一律虚心往下，任小蜜蜂吮吸着花心。蝉没日没夜昏头昏脑地唱着，伶俐的小麻雀电线上、围墙上、树梢上，叽啾飞窜卖弄着轻捷的身姿。

　　过了头伏，最美好的辰光莫过于朝暮。

　　白日天空下的高楼大厦是失了威严的，它们要么垂下厚实的窗帘，进行抗"日"战争；要么张开空洞的"嘴巴"向老天呐喊；尤其是那些悬挂的吊机，搭着脚手架的，里面哐啷啷响的，外面周身布满了绿尼安全网，似乎炎天暑热中还充满了热切的期待……

　　知了还在稀里糊涂地鸣叫，谁在乎呢？

　　与其让自己沉入"冷宫"眯睡，不如到地里去吧，到山林去吧。那些俯首弓腰的身影会用汗湿的脊背告诉你向土地臣服的快乐；那些婆娑的枝枝叶叶会敞开怀抱接纳微笑的你、失意的你、徘徊的你，最终用深深浅浅的绿，或者一茎无名的花抚平你心中的沟沟壑壑，或者用叫不出名的果将你生命的空间码满。

　　蜗牛终于慢慢蹭上了树干，小蚂蚁终于慢慢爬上了树梢，它们看见山林的葱郁浩瀚。云朵下面群峰起伏，它们不再沉溺自身的孤单寂寞，被自然宏大的交响乐拥抱着啊,甚至蝉鸣也不再是一份聒噪,多了份曲折悠扬。从此每一棵草都是前世的情人,每一缕清风低吟款款的深情。心思宁静一切都般若自在,忘记昨日的彷徨,放下才是慈悲。吾本赤子,来世无挂碍,得失终归尘,忧何惧甚?

每一程生命都有烈火烹油鲜花着锦的鲜亮,也有枯萎染霜零落成泥的萧瑟,境由心生,情由造化,一切所见皆心之折射。爱露珠也爱骄阳,爱清晨也爱暮光。没有骄阳的炽热流转,又哪有喧嚣后,夜色里的静谧?

7点20分,街灯次第闪亮,广场四下里是舞动的人流,奔走的人流,骑行的人流,仿佛要把白日的压抑积蓄全都引燃释放,似乎每个生命都在用自己独特的姿态歌唱。

喜欢在这样的人海中流浪,喜欢这热闹中的孤独与孤独中的喧腾,人与世界疏离,但又触手可及。就像天上那半个黄月亮,挂在小区的上空无比接近又无比遥远。

一路漫步,借着夜色可以回想坐在华夏小筑里的光阴,青砖褐柱琉璃黄瓦,堂皇的形式里最安静的一隅呈现,从古老的水车木梨到眼前打坐的一对长者,连同林间的吹笛人。笛声拂去了夏日的喧嚣,吹来心头万千沁凉,"莫道桑榆晚,最美夕阳红。"

> 季节总是在行走间
> 送来盛夏最美的流光
> 让你与黑夜对弈时
> 衍生无穷的变幻……

# 月　色

老话说和尚打伞——无法无天,若一个也罢,倘两个呢,有的是声色犬马。好在第三个洗尽铅华不着调,约好了看夜荷,她说有事要晚点……

"腾腾腾"走去聚合,冷不防吃了一记扫堂腿,恨不得挥起八卦掌时,却见那人一双媚眼直勾勾地瞪你,明眸流转,"哈哈哈!"笑酥你骨头,真是爱恨不得。偏还是个磨叽主,碰个石头都要倒一箩筐话,这一蹭就到9点31分了,去,还是不去?

去!纵是酷夏,唯爱与美景不可辜负。

但见街灯宛若游龙,沿路逶迤伸展,人家窗口明明灭灭,路上偶尔人影多半归巢,只有我们背道而驰,出城奔乌溪湾去。

党校旁,国道边,风荷碧连天,晚风拂莲乐声扬,夜色千重山……耳畔奇异地响着弘一法师《送别》长亭古道的旋律。想想去年前年热闹的是河湾白莲,今年就变了右边的乌溪湾了,人情世道可怪。莫道花无百日红,实在是这厢里回廊霓虹长照,情歌恋曲接龙,再加风荷送香,湖里莲花夜夜都醉在情人的怀抱里娉婷妩媚,怎不叫人换旧爱转新欢?

停车,水泥路上依旧热烘烘的,好在灯影灼灼,卖莲蓬莲子、烧烤小吃的仍在。

踏上木板长廊,一股沁凉便从脚下蹿上来,真是冰火两重天,荷香莲香馥郁满怀,仿佛每个毛孔都张开,吸纳,天地间朵朵芬芳……且看含苞的如箭露出尖尖一角,半开的欲说还休,绚烂的花瓣张开,如舟迎归人。脱下霓裳长出莲蓬的,有的蒂边挂着那一溜金黄的穗须,有的沉甸甸颔首丰满中。

"江南可采莲，莲叶何田田……"手机启动闪光，但见近边荷叶油绿，花事正盛，一个个莲蓬正珠胎暗结。最诱人的还是伸手可及，近栏杆的简直就是冒点莲子顶对着你呼：摘我，摘我，我会甜到你心底，我会柔嫩你心窝。

看来世间的美也是罪过呀，尤其是这满天的星星连成斗，四围的歌子痴痴唱时："我是一只守候千年的狐/千年守候千年无助/情到深处看我用美丽为你起舞/爱到痛时听我用歌声为你倾诉……"歌声停顿时又连着蛙鼓的吟唱，静谧的荷塘里弥漫香气也弥漫诱惑，谁说三人成虎呢？最后还是小丫头忍不住蹲身举手："肯定会好嫩的！"身边的女子轻声："嫩是嫩，就是有种罪恶感呀。"明明是乘兴而来，怎么成心虚三人行，真是一念成魔一念成佛。

"游客们请注意，不要摘莲，抓住了要罚款的……"蓦地身后不远处喇叭声响起，如醍醐灌顶。三人慌作一团挤在一起，"摘了就赶紧消灭罪证！"莫非有人一直相随在后，佛祖见谅，小丫头实在是因为痴贪爱，一时无知无明欲伸手，窃书不算偷，窃莲不为过也，阿弥陀佛！好在夜色遮住了窘色，再望满湖的莲花时，仿佛它们在齐声低吟：出淤泥而不染，濯清涟而不妖……莲花啊莲花，愧煞我等。

此刻的湖荷实在静得惊心动魄，抚胸叹气：毋以善小而不为，毋以恶小而为之。先生太有理了。我们本是看荷看莲，怎能见色起心闻美动念呢？莲子心头过，佛祖心中留呀！也许是后面喇叭借着灯光看见乱了阵脚的我们，留一份善念回转了。

经过了这一番兵荒马乱，几个人反倒静心如水，沿着曲曲折折的长廊，时俯时蹲走走停停，再见那鼓实的莲蓬，只远观而不可亵玩……

归去来兮，卖莲蓬的正准备收摊，便买了一斤莲子，有的苦有的甜，此时行人稀少，对照傍晚时分的络绎不绝游人如织，反倒别具情味，打开车窗清风嗖嗖虫鸣唧唧，整座城市迎来了最清凉的时光。

夜风如水，长街如歌。

# 菊 花 令

久违了老兵，三月里你种下的何止是菊？

一楼二胡声息罢，我看见你在楼下空场里，又整出一盆盆花，横的、竖的，边边角角，弯腰莳弄……别人晒的不都是种在自家阳台，一室芳华，莫非你要将这变成菊园？

停下，第一次对这芳邻充满好奇。他的神情坚定，心无旁骛。

我说出心中猜测，颔首微笑的他，似乎默许了我的幻想。

人是奇怪的东西，夜里偶尔回来，伫立西窗前，灯光下，对面大罗坊村废墟黑黢黢堆积，看见中间一、二幢老房孤零零屹立，居然与楼下菊关联起来，东篱渐失，栖身城市一隅，比起修剪得齐整划一的花朵，菊这样出现，实在惊艳。

它们横一绺，竖一绺，参差不齐，绿叶婆娑。只是伏旱太久，南山桂都姗姗来迟，每每经过，不由得隐隐叹息：丛菊两开待他日。

记忆里，上中学途中，要经过一位老中医甘华新家。大人说，那一带所有孩子都要过他的手，才能成"器"。

药是苦的，他的脸却是永远慈祥。

院子里有各种各样的草药，买的或自己上山采挖的，用篱笆围了起来，晾晒着发出药草苦香。

一到霜冷，篱笆上朵朵菊花怒放是山道最美景象。于是，我们放下书包坐在院子后面歇息，约定第二日返校等待聚伴。

那个院子简直是神妙所在，令我们敬畏，令我们向往。人间苦痛在人间草木里消弭,浮生悲喜千无常,那一篱野菊花最蓬勃最热烈,西风里生生不息……

他的行踪渐次沿路延展:修桥、建祠、小小药箱,方圆一带济世存在。

我保留的则是他菊花背景里的身姿:"天上多少星,世间多少人,地上多少花,多少草,除了看,还一味一味相对应,天地有道啊,大了你就懂。"

我懂了吗?多年以后,行走山村搜集他的故事,篱笆变成了院墙,院内空寂无人。老中医变成了传说,叹一声落叶染风尘。

记忆渐远,菊却香暖,开在凉薄的秋风里。草木气息,田园气息,骨子里涌动山野亲切感。

楼下的菊畦用脚步丈量,二十五步,夜里回来我悄悄蹲身瞑目,深呼吸,往事呼啸,仿佛老中医身影幻成菊花台,一朵一朵叠加成。

我甚至疑心真有一种转世,譬如这老兵,种下横一地、竖一地菊,俯仰千姿,在我上楼必经之路,暗香盈怀。拐角的紫薇开过了,石榴花红成了小葫芦样的果实,它们伫立在面前,岁岁年年熟视无睹,林花谢了太匆匆,不过是季节转换吧。

只有这菊花,到了十二月,冰肌玉甲次第绽放,又绝无阿谀之态:"宁可抱香枝上老,不随黄叶舞秋风。"看吧,离离风骨傲霜寒,生命终于怒放,那就是我,守住天地一角,犹自峥然。

恍若低处摇曳的灯盏,给夜归人莫名感动。

然而,下楼玩耍的孩子们,因着这绚烂,却扯了藤,丢了花,一地狼藉,真是凭空花劫。

老兵下来,一棵一棵细心梳理、支架,实在扶不起断了根茎的,告诉围观婆婆:"花摘去明目养心,叶与茎晒干一样泡茶喝有作用呢。"转身又告诉我:"你要是养,掐这种枝披了叶插,最好是三月,一定成活。"

抬头看他额上的纹路,快七十岁了吧,我迥异于他的水波不兴,无嗔无恼无怨恨,只端一颗欢喜心。他说,他还会将这路边继续种满,一边金盏一边银雪,除了药用,开起来谁都可以看。呵,想象中已是:冲天香阵透加州,满园尽披黄金甲。

"还是将它们混杂在一起吧。"交错的花朵,缤纷家门前,犹如召唤的黄丝带,这该是香域加州新添的最美一隅吧。

老兵一身军装绿随着花影晃动,我没有问他名字,也不知他生平,可是,小楼香径真是添了无限温馨。

　　这么多年来习惯清冷,楼上人两三粒,匆匆碌碌,聚少离多,使得院子真正明媚生动的,却是不经意的一地菊花,没有藩篱也不够齐整。

　　它们一朵朵绽放在回家的路上,高高低低,仿佛萨克斯吹起《昨日重现》的旋律:

　　　　Those were such happy times and not so long ago
　　　　那时的时光多么幸福且它并不遥远
　　　　How I wondered where they'd gone
　　　　我记不清它们何时消逝
　　　　But they're back again just like a long lost friend…
　　　　但是它们再次回访像一个久无音讯的老朋友……

# 拈花一笑

## 栀子花

最初，一家，接着两家，现在成了一丢丢……出了名为"香域加州"的小区，便可以看见这马路长龙，还好，没有城管。

我喜欢这样无序排列，洋溢着尘世烟火，热热闹闹：翠绿小黄瓜，嫩黄野竹笋，雪白栀子花，紫红桑葚……它们给你扑面而来的山林气息，让你情不自禁遥想初夏浓郁的草木芬芳。

鱼是小河里的；米酒是老婆婆酿的；青菜是地里新出的，没有小贩的尖酸与刻薄。斜风细雨一点也不顾忌，打湿了头发，往后一抹："我从石江下来，刚到。"还有来自罗山、铁路的。虽说公交便利，但山路弯弯又曲曲呀。望着眼前淳朴乡亲，眼神跟着思绪变得恍惚。

"放心，多给你二两，自家摘个不会那么小气的。"

女人自说自话，爽快地又抓了把栀子花放进袋里："清炒凉拌都好吃，正是时候，绿色食品没污染啊。"

这情景，恍然令人想起几年前到蜜蜂街，几个人沿着山道飙车。

中午一盘紫蕨菜、一盘小河鱼、一盘豆腐、一个清汤，竟然感觉赛神仙。

饭后沿着小溪徒步，光阴那么散漫……

洗一次脸，用一汪山泉。

摘一朵花，呼吸整个山林……

现在呢?

现在日子总也沦陷在没完没了的琐碎中,或许,真像马克·吐温所说:如果我生下来就是八十岁,再慢慢长到十八岁的话,一切都不一样了……

## 紫　薇

透过窗玻,忽然看见道边一树一树妖娆。

快 11 点了,路灯下格外妩媚,玫红紫红,团团簇簇相依相拥,实在浓烈,恍如久别人儿眉目间微笑。

以前怎么从没在意这盛夏紫薇呢?

刚刚从冷得泛鸡皮疙瘩的车厢下来,迎面热浪阵阵,转眼冰火两极天,夜色千重中,满目繁花涌来,朵朵含笑,真的是睡意全无……

山药粥,鹌鹑蛋,煮豆荚,一饮一啄,忽然觉得天地如幕,一幕幕悲苦欢欣错杂间,都有意外发现。

紫薇呀,可爱的紫薇,无怪乎乐天云:"独占芳菲当夏景,不将颜色托春风。"原来那么多时日的钝感,只为今夕绚烂惊讶!

## 红叶李

一直期待下点雪呀,可是,我等到院子里花骨朵在倒春寒里瑟瑟冒出来,惨惨地红些红些,眼看着要树树丛丛占城掠地……雪都没有消息。

想念的东西愈来愈远,冬日的憔悴,城市的郁闷,无冰的溪流,失落的故乡……

红叶李选择以墙为背景剪影,这样无声地涌入视线,每个角落都是呼之欲出的春之序曲。

再过些日子就满眼繁华了。

而我怀念纯洁明亮的雪元素,或者在风起时,变作了红叶李"呼啦啦"抖落的碎花瓣,那是雪的精髓,还是残骸?

年年如斯,只为这一季绽放。

都说活在世上久了,人会迟钝、倦怠,会有另一个梦想。所以,法国诗人阿兰说：忧郁的人，请你远行，自由呼吸，沿着梦想的道路走……可是漂泊游子一遍又一遍唱着《回家的路》。

伫立翘首，红叶李兀自静美，没有呐喊，没有幽怨，自开自落，令人肃然。

浮生千重，执象而求，出门终究不过平淡中堆叠光阴；回归，绚烂后，一室宁馨。

悲与欣交集中，这一季，这一旅充盈！

只有红叶李，年年花如雪。

# 笛 音

归去来兮，大巴上有人吹笛。有时穿云裂帛，有时如泣如诉，有时喑哑苦涩……掌声响起来，一支一支少年曲为这个离别的车厢吹进了无限清凉。

是在三友乐坊买的，我和袁老师从南山艺街问来，河坊只找到这一家。G调C调F调，每一管袁老师细细试吹，吹得这南宋皇街行人驻足围观拍照，旁若无人还在吹，总不止盘桓一小时。

"到余杭有多久？那边笛子更好。"店家好脾性，取下一支葫芦丝，领首低眉，一曲《月光下的凤尾竹》婉转深情，点头对试笛者："对，你这一支音色最好。"若是走在大街上，谁都以为她是居家老妇人，可是葫芦丝转眼吹尽人间烟火，真乃高手隐市井，生活在别处。

"什么价？"袁老师轻问。

"二百八。"

"少点行么？"

"不行啊，先生你是识货人，今天老师有事，我也是替他才临时来坐店，这么吧……"袁老师最后掏出三张大团结，她找回一张绿的。

"怎么能二百五呢？姐，二四八，可以吗？"

"二百五是我是我，我不送了笛膜么？"卖笛大姐笑指自己，骨子里到底精明。

"要不二五一我爱你，再加一块？"岂知袁老师又双手一摊："二百五，这笛子不挺好吗？"毫不介意的样子叫人哭笑不得，脸上还止不住欢欣，像是面对小情人不住抚笛。少顷迈开步子，估计刚才试吹，吹得年少热血倒流，脸颊绯红，长笛在手，豪气足扫天下。

踏入御街，路旁那架旧钢琴不时有人随性弹上一段，声音在麻石板路上竟似滚珠落玉盘跳进心窝，人影绰绰像延绵不断的河流。

拐角，比利时小伙一柄长竿将冰激凌甩得忽高忽低忽前忽后，令人眼花缭乱捧腹大笑。三个非洲年轻人迈着长腿穿过。

武大郎烧饼火爆，身边的女子虽说比不上潘金莲，模样倒也周正，南来北往客举着烧饼不断摆姿势，气氛一时灼热。

口渴，但是，"皇城根下"一时居然找不到纯净水。"有办法了。"袁老师悠然走向店铺，门口不时有旗袍女子托着小杯龙井茶在门口招徕客人，这家尝一杯香气还好；再走几步，那家来一杯略有涩味。觑得眼前客，还以为遇上高深品茶人，一二三四五杯下来，他不紧不慢："饮料哪解渴，我活了这么大年岁，真不喜欢花花琳琅的东西。就茶好就茶好，天道自然。"呵呵，御街，钢琴，还有不惜二百五的买笛人，时空模糊，错乱得叫人忍俊不禁。

没有声嘶竭力的吆喝，空气中弥漫着软语的温存，画家静静地给人进行素描肖像。

这个迷人的地方，以老街名号以文艺名义，卖着各色美食，延伸着无限可能，宛如南京夫子庙、上海城隍庙等。所有的感官都被它充满，每家是每家的风情，你只管打开镜头，景阳观、老杭州、醉香坊、臭豆腐、糕点与奶茶……没多久赫然出现"胡庆余堂"。

"北有同仁堂，南有庆余堂"，江南药王的故事在此长盛不衰。据说它得名颇费一番周折，当初胡雪岩酷爱《易经》中的"积善之家，必有余庆"，便给药店取名"余庆堂"，可是母亲金太夫人却不喜，说人人痛恨的秦桧的宅子就叫"余庆堂"，纠结到最后胡雪岩调换"余庆"二字顺序，又从秦桧书法作品中找了个"胡"字，匾额就成"胡庆余堂"了。秦桧是巨奸，可也是大书法家，白纸黑字的历史就这样飞快更迭。

艳极素来的浮世画风里，你只管用天真目光东瞧西望，他们热情迎客，脾气好得出奇，不买心生愧疚。

街道除了幽静，还是幽静。马齿苋在沿途花坛里舒展柔细红瓣，往日最接地气的匍匐此时楚楚动人。墙上藤条写意，万千垂下绿丝蔓，深沉的灰底上弥漫苍翠，叶尖示意冬的气息，那有什么关系呢？一切都是自然颜色，那是毫无欲望的美，你必须定住神，俯仰间感受这低调至极的奢华。

南山书屋就在南山路上，中央美术学院旁边，一不小心就错过，这不起眼的地方灯光氤氲得醉人。我从南山来，纵是意不同，但此刻叫人感觉他乡似故乡。艺术爱好者可以在这里找到各自喜爱的艺文，甚至摄影师们也可以在此寻找素材。蒲团、插花、熏香，每个角落都是书香浸润。葛瑞海的书画展厅里反是人影寥落，一对上海母女留恋复留恋。

斯人已去，抑或旧时故人，抑或天地寥廓，萍踪相逢吧。

午后林荫道上初冬落叶禅意飘零，车辆竟然全开启路灯，仿佛弥漫西子的不明不暗。"个辈子作煞哩个条命"，袁老师一声长叹，站住，郑重地说，"给我照张相吧。"原来不知不觉来到沙孟海旧居前。

那是他的敬慕。而我们在看葛瑞海书画展时，出门一老者提议谈谈观感。"看这笔法，他应该学过沙孟海，字既有颜体的圆润丰丽、遒劲厚重，又有沙氏的雄浑肃穆……""感谢感谢，送上两本家父之作请笑纳。"袁老师小楷秀美，颇得文徵明意趣，一番侃侃而谈意外获赠，颇为自得。料是目睹沙孟海旧居，想起平生爱好，习书终日不辍。今日大师门前，照的是沧海一身藏，叹的是前尘记忆殇。

当青春梦想终究消弭于时间毒药中，谁能翻手红尘少年回？不如归。"时间差不多了，我买些小吃给孙子，咱们还得赶紧回去。"脚已经走酸了，袁老师坚决不同意打的提议。"走走好，更健康。""这是离家千里之外，现代交通你怎么能拒绝呢？"

直到最后出地铁口，一不小心，他把自己的房卡当地铁票送到地铁服务员手中时，我才恍然大悟。"学习完我送你一幅小楷总行吧，也许那个服务员帮我收好了呢。"为了小楷，继续走吧。可惜服务人员已换班，只得作罢。

"你去哪边了，怎么走着走着就散了？"同房芳美女问，"买书，还有袁老师买字帖，朱氏铜屋、河坊街……"未及说完，她早已翻在床上笑成一团："二百五的笛子，房卡当地铁票，哈哈，袁老师，哈哈！"

上课前刚坐下，一组座位又传来袁老师声音："陈老师，先去买字帖怕走散，咱们加了微信对吧？现在回来找不到，没了，你赶紧还我微信，要不我怎么送你小楷……真的，他们帮我也找不到，肯定是你的微信有毒，好加（借）好还，否则，我没办法工作，什么都是微信群，这个时代你知道的，嗯！"

他一本正经高举手机，心急如焚，又言之凿凿……

# 流浪的七夕

## 一

　　站在村头：村子很小，就在山脚下。村口一湾柳叶塘，村旁一丛湘竹一畦菜园。村左一溜潺潺河水，河上一座古老的荼蘼桥，尖拱如舟。右边一条马路，人来人往延绵远方……塘边水泽兰的细叶水团花开得正是劲头，朵朵如球散射，顺着曲曲折折的阡陌走去，可以看到坡上棉花红红白白，团团粉艳。田间禾苗青青，孩子们在田头嬉戏打闹。

　　烟花散尽的夜，我选择离去……

　　天边新月如弯挂在山头，黑黢黢的山体与天幕竟然分不清，幽幽暗暗中呈现橘黄色的甜美。夜风送来阵阵草木芬芳，有多久没见这样的夜色了呢？城市夜空怎么也少不了灯影幢幢的，纵然人流不息，或可享受那份热闹中的孤独，但人与自然终究是疏离的。

　　车子疾驰在山道，自己也算是夜的一部分吧，融在这逶迤起伏的山之余脉下。虫鸣唧唧中巨大的宁静裹绕着你、抚慰着你：一切都是瞬息，一切都将过去，无论情深义重还是萧疏漠然。而明天，明天又是崭新的起点……

## 二

　　"穿过大半个中国去睡你"，余秀华的这句诗真是写尽女子的痴情与豪情。即便脑瘫、脚疾，悲剧字眼色彩全部褪去，一个平凡女子生活除了应对意料不到的难处，更要心境乐观豁达，这本身就是智慧的修炼，更何况倾尽痴豪，几人做到？就像每次看到玉兰姐姐的微笑，毫无疑问感觉阳光普慧，心中由不得丝丝愧疚。健全如我辈，时常没来由脆弱敏感，绝对像个无理数，这一世够修为了。可是我们总得要学会挣脱，那些宿命的痛苦或者莫名的思念，这样好给日子找个超越的借口。列车经历十八个小时折腾"终于离开了你——丰城"，改为大巴穿行。尽管右手还有点酥麻麻的，但还是被全新的视觉冲淡了。

水墨似的天空，阴云拂去了夏日燥热，云间透出光芒令你生出无限遐想，仿佛云后有座莲花台，祥瑞笼罩着，一片安宁。窗外一垄垄苞谷，一个个突兀又连绵的山峰，一道道穿越的隧洞，又叫人不得不信，此行一去三千里。手机温度显示25℃，东经104°51′，北纬24°38′。

此岸，彼岸，昨日，今朝，我们真的在同一片天空下么？先前蒙蒙几乎到11点46分才打开了天。眼前山体有时一大片荫翳，奇怪它坡形坦坦又非转折，何来山阴？抬头向天，才发现空中飘着云朵是它的巨伞。它们有时连成雪峰，有时如炊烟袅袅，有时如万马奔腾，有时如波涛澎湃……它们离你很近，仿佛踊跃间触手可及，又似乎与山峰连成一片……直到车子转入洁净的木贾大道，道旁三角梅蓬蓬勃勃，再仰首，啊，景象又是天高云淡。神秘的上苍一下子把你捧入云间，一下子又摔入谷底，在自然的威力面前我们真的是稚子。

只是稚子，云烟浩渺或置身山谷中，苍茫间行走。

## 三

从大巴下来感觉落入山谷里，兴建中的木贾繁华似乎呼之欲出，驱行十几公里到达兴义，已经下午2点了。梅端出老麻蛇酒，摆出鸡汤火锅，"尝下没事的。"玻璃瓶中三十多条老麻蛇已经够狰狞了，但在她的蒙招下，还是抿了几口，无色无味，不知是迟钝，还是晕车，分不清了，好在火锅里空心菜叶鲜嫩可心。4点钟醒来，窗外的日头挺高呀，出门去。

下楼院子里三株大榕树，垂着须须气根特别清凉，几棵石榴，几棵黄葛树，街道两边也是榕树，绺绺须根蔚然可观，穿过街心花园便是大佛洞。拾级而上树木遮天蔽日，难怪梅说扔掉伞。台阶青苔呈绿，两旁的树丛里参差伫立文化名人石雕，从三皇五帝、诸子百家到龚自珍、梁任公、鲁迅等按年代陈列。林中时时传来吊嗓曲艺人声器乐声，幽深静谧。梅说兴义虽是黔西南州所在地，这儿又是市中心，但到夜晚森森更显深寂。再说此地处交界地带治安因素，特警巡逻很勤，道边报警器也鲜明得很。至顶而下另一边则全是空心木板台阶，有些大树则直接窜出台阶，参天耸立，不像别的地方砌假树桩或者锯之让路，树干摸上去真是觉得一份特别的暖心了。看到一个用包带将幼孩吊在胸前的男子，景象更是温馨动人。"七夕玫瑰，七夕玫瑰要么？"土著少女走到面前盈盈地笑，每个女人心中都有恋花情结的，示意她锁定恋人后，梅说起这么多年建叔从来没送给花，真是不值呀！"土豆会有的，玫瑰也会有的。"

身边的丫头却忍不住跟卖花少女贫嘴，彼此一笑一说试戴，这哪是买卖，简直是无忌少女嬉戏打闹了。我们在豆芽街、铁匠街、宣化街、沙井街、杨柳街、稻子巷转悠。建叔耐不住跟相熟的吹喇叭去了，留下我们细细地品尝长沙臭豆腐，一碗麻辣粉干拌，一碗汤汁拌的，佐料竟是丰富得很，至于致癌之说，我这咽喉职业病患者觉得此处用得太荒谬了。

临归家作为前世小情人蓉送一支给建叔，进屋再由建叔献给梅，"讨得来个啦，没意思。"梅嘴上念叨，却乐滋滋拿起玫瑰小心翼翼插起来放在茶几上，说起去年一桩事了。那时候，憨厚的秉哥受不了妻子抱怨，一下子从街上买了一大把十几朵玫瑰花送给她，结果心疼钱的妻子又将秉哥骂得狗血淋头。望着瓶子里深艳的玫瑰，大伙笑得东倒西歪。姑且将张爱玲说过的话篡改一下：我以为爱情可以填满人生的遗憾。然而，令人啼笑皆非的，却偏偏是爱情。

............

# 黔西南印象

## 万峰湖与吉隆堡

昨夜电话一挂,两丫头就在床上手舞足蹈,一个鼻子深吸:"我好像闻到香味了。"另一个拍肚:"这儿好像开始咕咕叫了。"正宗吃货上天堂的架势。一大早(9点50分)车子来接,开车的就是苏玉东,瘦高个,七分牛仔裤,布依族人。大约半小时到则戎乡,他的家,下了车,他径奔厨房精心做起来,难怪她俩提前惊喜。

"慢慢逛下,一会儿熟了吃。"他边说边做。看着一个爷们如此享受厨艺,我真的困惑了。梅说,他缅甸、越南等边境线上穿梭,倒卖药材……啥都干过。三年前,妻子得了乳腺癌、胰腺癌,医生说没救,除非用红豆杉来做药引,结果他就鼓捣上这个……现在我看着他的妻子,微胖,彼此打着招呼,不是挺好的么?

他的母亲坐在门前矮凳上,安详地晒苞谷,脸色呈山里黑,你怎么也不敢相信她已经快80岁了。父亲高大,脸上皱如树皮,走起路也神采奕奕。桌上鱼腥草根炒土豆,土豆还炸过,不可思议的嫩。一盆葫瓜茄子清汤,熏肉香气诱人,还有炸苞谷……两条万峰湖的大鱼,三种做法,一种火锅,一种油炸,一种红烧,听说某吃不得花椒又特意留心。鱼块外酥里嫩,由着我们捻,这场景太受宠溺。团团围在桌上,没有客套,划拉划拉亲切温馨,我是离家三千里吗?听不懂老奶奶的话,心却浸在盛夏的暖意中,苏玉东不是传说中的可怕。

上楼又见女主人的花绣边，恍惚中时光静止了吗？那么浓烈的色彩，那么绵密的针脚，还是两面不同的图案，抚摸辫线感觉自己停在时空隧道的最下面。耳听鸡鸣声声，心中洪荒无尽：这女子值了，男人为她赴汤蹈火偷越边境，绝地求生……情与法的纠结，有时候根本不可用世俗来衡量（据说他另外还有一个妻子，照顾得挺好的），也许生活只有各自才懂得它的意义，谁说命运是很规矩的事？

今天巴结镇赶集，饭罢，苏玉东逗了下邻居家的3岁娃子，就带我们上路了。他们原本都在山里，后来国家政策扶助改迁在镇上，难怪住房齐整豁亮。午后气温升了些，窗外处处是景，哪一幅都是绝美的图画，不时有卖芭蕉的叫唤。驰骋到巴结，赶场的人多半散去，剩下一地狼藉，我们便来到万峰湖码头。

只见对面山峰林立，湖面碧波荡漾，游船有的泊岸，有的驶向江面，空中白云朵朵团团，分明是南国风光，好一幅山水行舟图，还真是上苍遗落在云贵高原的一颗明珠呢，可惜养在深闺人未识。身旁的丫头也是一脸"萌呆"。游人寥寥，泊舟十几艘，最近的游程30元，一时都心动，"我们天天见惯了，这很平常嘛！"苏玉东表情淡淡，陪我们到船里吹风。"怎么这热银（方言，天气热，热人的意思）呢？"一看此地竟然35℃，比兴义高8℃了，这应该是最热的一个下午吧，人实在是无比矫情的东西。"那湖上的景有什么看的呢？"虽说一路他耐心，湖畔热风，等游船往返实在有点那个了，抑或司空见惯，不以为意。

再爬上高高的码头台阶，气喘吁吁，你带哪儿就去哪儿吧，丫头给他递过湿巾，手快嘴甜。好在一路他话倒不多，不多久转入一程坡路，向下向右转，我的妈呀，犹如在锥形山体转S形，一拐两拐三拐，悬悬吊吊，最少十个拐呀，没有五年以上驾龄敢下来吗？这苏玉东一路人熟车技也娴熟……看到吉隆堡度假村，心里才明白是另一处景点。只见右边对面的崖体一条通道，一桥飞架伸入湖面岛屿，岛上尖顶城堡，这景象颇似欧洲水上古堡建筑，我们向左沿着开凿的栈道走去，望下，湖水在这里似乎别有深情来个大大的拐肘，白色的游轮上游客呼唤，我们俯身呼喊应答，"你们不是要坐游船吗？喏，这就是它的目的地……省下了游费吧。"看着我们的讶喜，苏玉东自得地笑了。

栈道铁架木板，我们来回蹦跶，峰回路转，怎么没多少人呢？来多了也不行嗬，这景象只适合三三两两，看取人间仙境。烟云聚拢，雨怎的又来了，山头湖面迷离恍惚，恍惚又迷离，几时修得缘相遇，如在瑶池上，难怪叫度假村。真是伟大的苏玉东，待我们要谢他，却发现他躲一处抽烟看钓鱼党，湖面上一种船专门接送野鱼垂钓者的。这些人装备设施没的说，似乎都成不染风尘世外客了。

雨飘飘洒洒，几个人却在栈道上手舞之足蹈之，哪里找这么美的景？哪里找这么开心的时刻？忘记生命里所有过往，忘记是非恩怨，置身眼前的江湖：没有车水马龙，没有灰尘弥漫，没有人声鼎沸，只有自然伟力第四纪冰期来铸就的高原岩溶地貌，古堡地基犹如"飞来山"，四围连绵环抱的峰丛石林简直是多情的守护，千万年来如斯，痴心不改。古堡该住美丽的公主，呵，我们光看看都醉了。

人在栈道上来来回回，摸着倒挂如钟乳的岩体，坚硬似铁，在自然的魄力前，人的担心是多余的。面对上苍的眷顾，乖乖地感受吧：敲头，头不疼；摸颈，颈不酸；抚胸，胸不闷。甩着胳膊踏步向前又退后，一二一，一二一，我是这峰林湖畔的一朵花一茎草。不，我什么也不是，野马亦，尘埃亦，一粒芥子又如何……

"怎样？这一带我天天跑惯了不就这样子吗？"都说熟悉的地方没有风景，这男人漫不经心的语气，却总是给我们格外的惊喜。

下一站看的是红椿，路过天坑，他也特意停了一会儿。红椿是高产芭蕉基地，又设有另一个码头，"你们猜猜我们先前的吉隆堡在哪个方向？喏。"顺着他的手指看过去，船儿正来来往往……

这到底是山城还是水城呢？真是恍兮惚兮，车子拐着再往上冲的时候，看着闪过的峰林，觉得心魂都还留在了栈桥上，好一片迷人的黔山黔水，窗外又掠过了巨大的贵州龙化石……

## 马岭河峡谷

身边一对小魔女，大的善解人意，小的古灵精怪。揣上包，三个硬币来到马岭河峡谷，准备好好触摸地球上这道最美丽的疤痕，老天妒忌又洒泪雨了。

"娘娘（布依语：小姑娘），到景区售票口怎么走？"身后三个老夫人问。

"娘娘，跟我走吧。"小的转调俨然导游。更狗血的是继续吐槽，去年，她从峡谷爬上来，鼻子流血呢，因为落差那么大（100～280米），听得人直跳。颠颠倒倒走在踩水驿道，石级步步向下，雨伞加雨披貌似御寒装饰，栏杆如虬枝，林中静谧沁凉，偶尔透出天光落在枝叶上，反射出一片亮绿碧翠，行人稀落。

"现在才10点钟哎，下午才人多。"

"这么早被赶出来游，有点无耻呵。"说这话的人肯定没睡够。回头瞧瞧，一个歪头，一个扭身，还真把林子当成了她们的背景，不自恋不是我嘛。难怪苏玉东一听到她话音："好久有吃那个啥子哟……伯伯……"便立马笑呵呵去做，自家的姑娘都没得如此，成精了啊。

曲曲折折下到雨蕉廊，有三四人坐于其间，向北隐约可见对面峭壁挂练，冷气便直飕飕的。细雨打着芭蕉，叶尖滴落，谁在谷底吟诗呢？难道小龙女还身绝情谷，幽幽仙境万念俱灰中，默念"十二少"养生诀。

出雨蕉廊，石阶斗折蛇行，雨声渐大淋衣衫。望上云天迷茫，俯下浊流怒吼，峡谷开阔处不过百米，对岸巉岩峭壁。未几顿足伫立，飞雾喧腾若天神怒震，头顶岩体倒挂，轰天水鸣中似欲将人倒覆谷底，真是心魂俱失，胆魄无存，那些虬曲的栏杆漆色苍苍若亘古而存，反添一丝安定。暗洞要在往日令人恐怖，此时，人逃进黑暗中仿佛还增份安全感。抚胸喘息，这道地球最美丽的伤疤莫非还在剧痛的愠恼中，日夜咻咻不停。又仿佛哪个大师尽如椽大笔，蘸浆吸墨泼如注，淋漓尽致痛挥毫，实在是如临绝境如履薄冰。"请问前面有电梯吗，有多远？"迎面一女子失色而问，想想自己刚刚的惊悚，连连叩首。

下了这黄龙瀑，"咱们也回去好不好？"雨愈下愈大，不似往日乍喜乍忧孩儿脸，峡谷中平添了无穷森森之气，这一刻有多么想念太阳想念遥远的"火炉"城，想念夏日所有的烟火气息了。如果说万峰湖吉隆堡是多情的南国山水画卷令人流连忘返，那么此时此刻在大自然的鬼斧刀削下，只照见生命的孱弱无力。谁能抗衡命运的洪流？谁能力挽狂澜立于最底层？我不能，我只祈祷大雨快点收敛，阿波罗太阳神您在哪里？我能忍受炙日热风，我不贪恋惬意清凉，我只要生命那一份最真实的安全。

"前面到观景台了,快,远点更好看。"终究是年轻的生命无所畏惧无所顾忌蹦跳向前。背靠观景台栏杆,换下雨衣与外披,鞋子湿透,裤子也湿了。雨似乎小了些,太阳的光芒射出来了,虽不强,心头也回暖了。再望瀑布真是扯天扯地的混账一幕,人影在瀑布后穿身犹然胆战。到得海狮厅,一方开阔,几个石墩稍息才形神相安。

再沿石级前行,天星画廊,看对面钙华瀑,万马奔腾瀑,观景台低但最为豁朗,人也渐渐地增多起来,男女老幼各色姿颜都依栏摆姿势。我们摊鞋晾衣,正好晒太阳。想起人说丰城正炎天水热难熬,真是幸与不幸,彼此彼时参照。

好景不长,峡谷中阴云聚拢,雨又放肆。

不过再无先前桀骜之势,晃悠铁索桥到对岸崖道石阶,换位观景,颇得其趣,如历一番曲曲折折,终可以坦然回首,或者人生走过了最艰难的一程,换得宝马轻骑不在话下了。

壁挂岩小憩,发现地面半干半湿,却看对面,黄龙撼天地,几至疑心对面喷溅。一路隔了谷道再观,浑水瀑布慑人气势消遁大半,了不起算个粗犷的泥汉子吧,看来不论多大的艰险,过了就是过了,何须怕?!

回到漂流台,站索桥再看最初飞练,两相一比,眼前倒是九天仙女下凡衣袂飘飘,玉洁冰清感觉纤尘而不染。不过是一峡斜对,却宛如云泥之别,奇之怪之。

返身芭蕉亭,手机电不多,倚身廊柱,一个个叹"娘娘"身上的"电"也差不多耗尽。看来触摸地球伤疤,自己也真元大伤。

## 走笔青海

　　一路颠沛,一路眩晕,3800米时,数字成了指令,牵动敏感脆弱的神经,走到哪儿住到哪儿,也开启晕倒哪儿模式,心似放牧,无法安顿。这混荒的西北,这古朴的高原,仿佛千万年如斯,对于一个习惯了南方翠碧水润的人来说,除去绿得不够味的怅然,更多的是高原反应。谁想"我穿过大半个中国去睡你",它却毫不留情地拒绝柔弱与矫情。在这巍然的高度上,裸露的山脉尽显形体的本真,展示苍劲粗犷,连同不可企及的神话带给人的辽阔。西北,是空旷,是高远,更是考验……

　　没有江南的小桥流水,不见夕阳西下的人家,茫茫山路,众鸟飞绝。

　　目光在单调的绿里凝滞,偶尔的羊群,偶尔的帐篷,是孤独的对峙。抛弃隐者的情怀,就这样让人惊,让人怯,让人无枝可依。我想,匡匡(女作家)的凛冽清醒,一如这样,寒风卓然。直到视线里出现宝石蓝——青海湖,心魂骇然。

　　比天青色更纯粹,长长的湖岸线令人产生错觉,似乎比近处更高,没有淤滩,湖水仿佛是天神赐予的琼浆玉液,是王母的瑶池。默默地伫立,望着湖中的冲浪,会觉得一种揪心。在哪里见过蓝得如此晶莹的湖水?仿佛那个远嫁西域的女子相思容不得任何杂质或亵渎。此刻,她又在时光深处的哪一角念故乡?1000多年前,唐王赐给文成公主日月宝镜,她要嫁给松赞干布了,途中思念起家乡,便拿出日月宝镜,果然照见了久违的长安,泪如泉涌中,使命在前,又毅然决然地将宝镜扔出手去,宝镜落地时闪出一道金光,便变成了青海湖。光阴荏苒,这高原湖水如同一方净土净化多少尘世物欲。

沿着湖畔慢行，想象日出日落，想象风云变幻，蓝天是宝，碧海如玉，把自己当作自然的一部分吧，哪怕一个点，也足以涤荡来时艰辛，不是所有的美都任我从容。

夜里，枕着湖水入梦，千山万壑飞过。

赶路，旅途总是匆匆，驱行茶卡盐湖，位于海西蒙古族藏族自治州乌兰县茶卡镇境内，是古丝绸之路的重要站点，东距西宁约300公里，西距德令哈约200公里，是柴达木东大门，也是历史上贾商、游客进疆入藏的必经之地。

《古诗十九首》中有"涉江采芙蓉，兰泽多芳草"，那是江南的清美，此刻，"涉湖采盐花"，是茶卡的胜景。不，在这里，你采到的是朵朵人面桃花，奇异的湖面，只有盐白，只有天蓝，光阴静止，呈现上苍的魅惑。

亿万年海平面的地质变迁，化作天空之镜，映照着自然对人类的供养。光是茶卡盐湖中盐的含量就可以供全中国使用85年，这四大盐湖的一角，令世人瞩目。你看红尘人来，盐雕凝固肃穆，小火车奔忙，惊起湖面无数喟叹。这取之不竭用之不尽的宝藏，让平时最不起眼的盐粒有了瑰丽的色彩！下到湖里去吧，小心翼翼，似乎觉得任何足印都是冒犯，但又无法隐忍零距离的亲密接触。不多久便感觉足部发紧，一不小心湿身上岸的话，衣服便吸附着盐渍"壳壳壳"的泛白僵硬，回服务区用水冲洗，那水如冰魄寒针。

在这里花田给了你盛大无比的回馈，旅程艰辛又算得了什么？盐湖，只可远观不可亵玩。

下一站，4120米大冬树山垭口，这是昆仑山和祁连山口的分界线，也是西宁去祁连的必经之路，此次行程最高点。由于交通耽搁原因，9点才到，夜色迷蒙中站在地标前，冷风吹得瑟瑟发抖，一呼一吸寒彻骨，让人迫不及待缩回大巴。看不到蓝的天白的云，看不到水草丰美的草甸，看不到悠闲的山羊牦牛。黑黢黢的山峰，让你在这里重新审视自己的灵魂：总有你无法穿越，无法攀登的高度。此刻，一件件薄衣单衫下的窘样，如同生命考验，任何沽名钓誉都失去意义。寒意密布，给自己一份真实的拥抱，拥抱自己的不堪，拥抱自己的渺小，任五彩经幡猎猎吹响，拂去躁动，拂去狂傲，自然方是永恒不变的敬畏！

10点多钟祁连县停宿，伸筷又搁下，面对饭菜食欲俱无，门口烤五根羊肉串聊胜于无。

我们的教授兼摄影艺术家准备考察完后再前往西藏采风,他瘦瘦高高满脸沧桑,颇似年少时的美术老师,唯有叹服。"审美教育不单是参与体验,更要懂得传递感悟,最重要的是不畏艰苦敢于挑战精神的渗透。"他说艺术找准了切入口,便有新的突破,自然美的展现,此时要靠那种在大巴上可以进行高清动态拍摄的相机……

美如此贴近又如此难以捉摸。

或许是归心似箭,站在《丝绸之路》雕塑下,竟然奇异地添份安然。我不是肩负神圣使命的张骞,踏歌行进于古道,它唤起我的是回归意识:此一去关山万里,只能膜拜,面对卓尔山,我的精神家园在遥远的赣江河畔。透过你,我想见风沙无边的大漠,我想见杳无人烟的行程,驼铃隐隐响起,除了寂寞还是寂寞,谁在吟诵久远的诗篇?

卓尔山,在你丹霞地貌上,谁为你播种爱的神话?万亩油菜花海,以金色的地毯铺开在天底下,形成祁连的江南风,以最柔美的姿态包裹山脉的坚硬。晨曦是迷人的纱衣,神秘之光一点点撩开,花海灿烂,每一个灵魂都沉醉在这背景中,或者又互为背景,七月的门源啊,一朵朵油菜开出绮丽的诗篇。不能留恋,你得惊叹于人类的构思,在尽可能地漫漶浸入。也许每一朵没有南方的庞大,每一秆没有南方的葳蕤,但是这毫不起眼联袂而形成的浩荡声势,已经震撼了夏日的视角,在你的心田浪漫。躲开南方的酷暑,门源给了你一个私奔的理由!我见门源多妩媚,料门源,见我,应如是!

一路苦,一路晕,在这里花田给了你盛大无比的回馈,旅程艰辛又算得了什么?

# 樱 花 谷

一枕蛙鼓远远近近，令人恍惚终于疲惫，竟是四肢百骸打散不想动弹的感觉，倦意亦如潮水一浪一浪涌来……

你若失眠，生命还是折腾不够。

原来日子再清简，都会在万千人众中淹没，然后彼此走散寻觅惊喜，甚至怨怼庆幸感谢，阿弥陀佛……终于找到了你！

你在、我在，缘来、缘去，都是沧海一粟，在彼此的岁月里认证存在，那些不知不觉间相处下来的情愫，就这样让我们感动："年年岁岁花相似，岁岁年年人不同"。

其实是要赶赴樱花节，结果一群人走在茶海被一浪一浪的绿牵引。本是平常一树一丛，却满目延伸铺展在蓝天丽日下形成逶迤的绿韵，高高低低绵绵密密叮叮咚咚拨动你的心弦。不似品茶时的温婉蕴藉，而是率性甚至霸气：我就这么任性恣意横在你面前，你的目光你的脚步你的心扉会没一点怦动牵绊？

茶海呀茶海，我们确实被你折服，原来每一树柔枝嫩叶丛丛密密的形成浪形成海汹涌澎湃时，你一样得惊叹它的伟丽，像无数个简单日子叠加坚守总有一天破茧成蝶。单就这绿，一口一口深呼吸就醉了呀！

女人多是喜欢拍照的，与其说爱茶海的生机盎然，莫如说留住绿韵中自己最美的华年。一刹惊艳，一瞬永恒，我要时光给我最美的刺绣。借助外在形式来留住甜蜜的记忆，比之于男人内在沉稳不断向前的步伐，这点女人永远要多一份天真执着。

管他人山人海人流济济人头攒动，那些只是背景只是印证，如歌所唱：不要在寂寞的时候来看我。樱花呀樱花你在哪个山谷？至少我们选对了天选对了地，不早不晚，而你也正灼灼风华。也莫言俗从，裹在人流中或左或右，其实人间何处不是市井烟尘？谁有樱花淡定？你来与不来，我都在这；你看与不看，我都照开。

迷路的人不会永远迷路，找不到繁花如雪，谁任沧海笑平生？

看着满头大汗风尘仆仆跑来接我们的老卢心生歉意，那张淳朴亲切的脸庞远比实际年龄显年轻，这一行也多亏有他照应。他带着大伙来到桑茶农家饭庄。我们坐在高高的千眼树下：汗蒸鸡、桑叶馒头妙不可言，甚至腌榨菜也别具风味。给我们做饭的是个六十多岁的老大姐，樱花开时手头最忙，每日要炒二三百人的菜肴。听到夸她厨艺，笑声格外爽朗：迷路怕啥，吃好了再溜达看去。

里屋摆满农家特产，紫红桑葚干一袋一袋多得叫你惊讶，道口桑叶馒头一直蒸得雾气腾腾，外面靠墙根的壁柜上摆着大瓶小瓶桑葚酒。门前右边一株母金桂结籽累累；左边是柚树，树上点缀着五色彩旗缤纷。店家穿梭招待不失时机地又为我们送上桑桃酥，让我们品尝桑葚粥。

穿行迷路渴思茶饭倍香，有这么惬意处补充能量，大伙除了感谢老卢，更是纷纷举杯小两口的安排。先生平日公务事冗，难得今日闲情逸致，处处绅士幽默，做司机兼摄影师，任小众指挥乐在其中。偶尔与妻秀个恩爱，一顶绅士帽从容又洒脱，关键时刻出语点拨，真是胸襟豁然拿得起放得下。

继续出发，不见樱花终不还！

"你们在哪里？"沸腾的黄马，沸腾的凤凰沟，后来的伙伴在高速路上、景点门口又堵车，来看的人都赶趟儿，哪里还找得到彼此的身影？我们只有穿过茶马古道且游且等。眼前是花海，人海？桃花树下，樱花树下，又好似普罗旺斯薰衣草织成的紫色海洋。只听人影绰绰，只见快门咔嚓。扶老携幼者，呢喃情侣者，三两知己者，草地躺着的，树下摇曳的，随意漫步的，好一幅烟花三月踏春图呀。

从樱花阁下来，斜坡上最好看该是两边的晚樱了，挂在枝头玉洁冰清团团如雪，可谓绚烂极致。想想它的花期只有七日，真是触目惊心，世间最美的生命总是那般短暂。我记得苏曼殊在《七绝·本事诗》中写道："春雨楼头尺八箫,何时归看浙江潮?芒鞋破钵无人识,踏过樱花第几桥!"你想漫天樱花飞雨轻梦的背景里,一个地老天荒无人识的行脚僧向你走来,生命到底是怎样的存在,如梦亦如幻如露亦如电吗?几人参悟透彻?就是奉樱花为国花的大和民族,个中传说也有凄然唯美的爱情故事版本令人唏嘘,红尘痴情,怎不令人眷恋?

如此,人生就是再平凡再朴实,这一路细细品来亦不只是"青菜萝卜粗糙饭"了,且行且珍惜。

朝观景台走去,眼帘内忽然映入一个年轻的背影,戴着七彩花环,头上正对一弯弧梁,背着书包一身雪白的裙裾,静静地孤单地俯瞰着陇上茶,好一幅少女凝思图呀。这景象看得我呆了,仿佛万千人海中蓦然间谁唱起那首《樱吹雪》:"粉色樱花忽然间,迎着风吹起了年少的轻狂,潇洒的放纵,回忆飘如雪,满满的遥远的乡愁,我曾爱过的,白雪般的你,在哪座城市……"

樱花吹啊吹,原来你就在这里!

打开相机,无须看你的容颜,留下你的倩影,我转身离去……

"我们在哪里呢?"外面的伙伴两个路口整整堵了五个多小时,即便启动位置共享还无法与其会合,这真是尴尬的时代。当我们出园更是发现,从上午到下午大家在园内绕迷宫转啊转,其实一切都很近很近。真是众里寻他千百度,樱花却在阑珊处。待到我们踏上归程缓慢移动时,那人同样焦急地站在车流不息的拐角处。我们看风景,看风景的人看我们,这真是个拥挤的时代。就像苏联作家阿斯塔菲耶夫的《鱼王》结尾所说:

> 这是沉默的时代,也是呼喊的时代;
> 这是哭泣的时代,也是欢笑的时代;
> 这是胡乱抛掷的时代,也是精心收集的时代……

# 湘黔散记

### 一个人，一座城，一段旧时光

我行过许多地方的桥，看过许多次数的云，喝过许多种类的酒，却只爱过一个正当最好年龄的人。

——沈从文致张兆和

说实话走进先生故居，我们是逃票而不是堂而皇之踏进的，但我依然满怀敬意。那清澈的江水，高高的吊脚楼，一路的青石板只为了一种隐秘的寻找，是什么样的湘情孕育你的绝世才华？

我从戴着花冠的女子身上寻找翠翠的眉目，那美丽的湘女多情的顾盼在哀怨的箫声中陡增无尽的忧伤。浮华的灯光迷离的现实让每个入夜的灵魂在孑孓中低吟：我在凤凰等你，你在哪里？

天青色等烟雨，赤脚徜徉在诡谲的梦境。

那袭军绿色的薄被，那张阔大的书案，伏案……一段旧时光因为你而摇曳生辉；一座古城因为你明丽而厚重；一辈子一个人因为你执着而深情……

偶然，我匆匆的脚步停留，回味尘封的记忆，融入熙攘的人群生念：不惊世，未倾城，这一世上苍若许我这样行走，一路拣拾，一路珍藏，亦是足矣！

我在凤凰，你在哪里？

## 你是我古老的传说

匆匆，匆匆，如不舍的痴心告别念久的恋人，晨曦之间，虹桥执手；一路向西，千里苗疆第一寨——苗王城。从湘西到贵州，一脚踏两省，真是晓来挥手作别凤凰，行人依旧如织游；一觉午梦苗王府，铁索桥上晃悠悠。

山门唯一，这一次没有旁门侧道，我们沿着石级忽上忽下，左盘右绕，间或飘过苗家糯米酒的清香，冷不防一阵稚嫩的山歌挡道：此山为我开，此树为我栽，此路通我家，若要从此过，留下小费来！一左一右小手牵小手拦前路，真是山歌有调词无情，怜兮兮的脸蛋，巴巴的目光，接二连三来，一阵一阵小土匪呀，让人情不自禁想问爸爸去哪儿呀，莫非这真是苗寨的拦门礼仪，如此迎接千里之外的客人?! 再上点将台，更有虬髯光头土匪拦腰一围敦实得很：入我山寨留下印象！

印象便是经此一遭：先到凤凰，苗寨失味；先到苗寨，还念凤凰。踩着恍兮惚兮的铁索桥，望两岸幽幽峡谷，高天白云，心神竟失，就这么晃下去，是不是人世爱恨情仇、痴嗔怨念全可随水流转无踪？

从吊脚楼上来，绕回廊，曲折蜿蜒尽头是苗寨演出，少女容颜如花，声线蜜甜如酒，且歌且舞；巫师指尖点水，念念有词，竹片开合随念。这世间真有神秘的巫术么？一意一念皆因我在我行。

最后的节目是我们与美丽的苗家少女和少年郎一起舞蹈，场面狂欢而热烈，千年的苗寨啊顿时沸腾起来了，如火如荼……

好一个醉人的地方！

好一个迷人的他乡！

## 今夜，他乡是故乡

不知怎样熬过那一段时光（因为对虾子过敏），亚木沟，赤足流浪我来到你的面前！昏睡是最好的忘记，重新开始是最好的疗程。

那么从土家玉牛的抚摸开始，爬上蜡染房高高的窗口，只为那一面面别有韵致的图案，虔诚走到神秘的土司木雕前，挥起双锤，敲起牛皮鼓，我必须敲振起自己的全部力量，我愿逆流而上，找寻梦的方向。

是激流飞瀑，还是静水深潭？紫砂般的峡底岩已经冲刷出了无数道迷人的曲线，长满青苔的藤蔓与古树缱绻缠绵，在石级上秀一幕你侬我侬，山势渐高，两岸隐天蔽日，我追逐叶间漏下的天光云影，清凉的水丝抚慰我全身的热痛。

亚木沟，你是大地母亲的琼浆玉乳，赐我以甘甜，在沁人心脾的呼吸中，忘记小虾米，沉醉只有沉醉……

亚木沟，我是在薄暮中跌入你的胸怀，聆听古老水车的吟唱，鸟语虫鸣，水声时而轰鸣时而汩汩私语，密林裹我以清幽，袭我以凉袍……

亚木沟，美到我无法呼吸！

原来，人生没有多余的痛，注定了承受就没有例外的侥幸。

感谢小虾米的"恩赐"，在隐忍中我沉默，在沉默中前行，就像有些路一定要赤脚行走！

【后记】因为不舍，我们特意住在亚木沟客栈。热情的土家族人端出洋芋饭，炒好苞谷、野菜……分量满满，味道超好。用车灯照着浣衣，上楼焚香，如武陵人入桃源——具备，是夜，一枕涛声入眠来……

## 梵净，是初遇，是诀别

躺下，一动不动，不需要任何理由，一万级台阶足矣；闭目，依旧身在云海中，绝壁千仞，高处不胜寒！

我不是女汉子，但是五个多钟头一步一级行进在原始森林，又爬到梵净山金顶，真的耗尽我全部的意志我全部的胆量。如果说前面七千级凭借毅力我能行，那是因为攀行林中，林间鸟语，树干结满的青苔，叫不出名的紫茸花，间或蜘蛛侠的恐怖，小松鼠的迅疾，乃至毒蛇出没的不断告示。这些东西都在不断驱使我们唯有向前向前，才能摆脱才能看到崭新的天地。

当你选择了徒步，就没有了回头路。不到半小时的索道与五个半小时的步行，已经没有了可比性。

女孩停下向我仰头，抹下她睫毛上的汗珠，瓷玉般的脸颊闪烁迷人的光彩，"你要睫毛下的泪珠呢还是眉毛下的汗水？""嘿嘿。"转头轻扬，她继续迈步，那笑声叫人增添了无尽的力量！

"不要给森林留下任何垃圾！"丫头虽小，北漂二代慧黠通灵，时时令我动容。

八千步是云山与雾海呀，二十年之前我在天都峰上已经感觉到了自己属于微恐高一族，岁月忽易老，如今一抬头一俯首，我依然炫目心慌，只有向前，只有看脚下三寸之地，严防死守，握链抬脚，一步一赢，闭目"可怜的我"，闭目"伟大的我"。人生没有回头路呀，咬紧牙关向前移。梵净金顶山，你是我不能想象的高险峻，我就这样一步一叩首爬向遗世独立的你，请你撩开你的雾帷云纱。

天光来去，云影如帆，抛开烟尘的牵挂依随。苍山敛心，松风铺野，你以你的厚重远兀及高耸，照见我的怯懦卑微与渺小，又在百转千回中一步步将我磨砺。

此刻我远离天也远离地，站在贵州的天台上，聆听梵音袅袅俯瞰净土幽幽，十指扶心，上苍请许我：红尘有风有雨，从此皆不畏不惧！

左边八十七岁，右边八十八岁，一对微笑的姐妹，让我站在你们中间，接受你们的加持。一样徒步上来，沧桑的皱纹里却笑意盈盈，听不懂你们的土家语，但一个拿苹果，一个拿葡萄，从你们的手势中我明白这来自遥远异乡的热忱，泪水如暗夜一样湿润……

和阳光站在一起，握别的手挥不去温情！

夜阑人静，行囊还在身旁，路还在梦里延伸……

# 庐山行

## 云　雾

　　突然之间抵达最简单的日子。回归自然，同草木呼吸，没有铃声，没有孩子们的喧嚣。只要好好走路，好好吃饭，好好睡觉。只有云，只有雾，云来雾往中听得到雨的滴答滴答，还有风的呼啸与山涛阵阵呜呜。四望人影绰绰，路边一草、一木、一石，仿佛才是这儿真正的主人。它们耕云种月，等待叩问的脚步。

　　凉薄的秋，就这样将尘世的灼热抛诸脑后。

　　云雾从山谷里弥漫，从山脊上升腾，笼罩屋顶与山林，沁人心脾。感觉自己已化作浮云，脚步飘摇，一袭围巾严严实实裹住长久的咳嗽。灯火阑珊处，静默才是最深的表达。

## 防　风

　　从茯苓、甘草、白芍一个个陌生的名字中抬头，恍如灵魂经历无数次捣碎、烧焦、存性研末……谁是谁的药方，敷住干痒的咽喉。整日在台上言语的人，语言终将嘶变暗哑。每一道汤，每一剂方，交错渗透，失散相逢，小心翼翼辨认点录。半夏，续断，防风，窗外是薄荷味的清气，让疲惫不堪的人呼出积郁的混浊。黑夜唤醒我们的，是相濡以沫的痛点。

垒积排列的影印方块字，记录草木日晒夜露。一两、五分、七钱，淬火煎熬的裂变，早已暗藏玄机，给劳碌奔波的人，一剂一剂警醒。温酒为引，吞下尘世风霜，造化自然，万物有序，有因有果。

酸疼的臂膀在字里行间甩动，不能甩去的，是苍术、厚朴、独活，或者萝卜一茎，根须从地底铺展，等待开成原野之花。总会有光，春风蓬勃时，桃李芬芳；秋光摇曳时，防风楚楚。

有土壤的地方就有种子的梦想，顶着黎明天光，高高低低中秋色流离。那些辜负已久的花草，请允许远方向你问候。

暮色向晚，云海滔滔，一步一逡巡，寻找另一个灵魂。柳杉上密集的蚂蚁，正声势浩荡结伴而行，连绵不息爬向林梢。凝视中，我是它们中哪一只？

不，我等的桂花还没开，楼前只有芙蓉朵朵。喑哑中，除湿祛风，我是一株回归的防风草。

## 红　枫

仰首触目，林中似乎密布你的轻盈婉转。法梧、凌霄、冷杉、水杉，光影斑斓中漏出时空苍茫。此刻我们靠在树身诉说。曾经开垦伐木为台，铿锵高歌，一曲回荡。此刻，道边传来溪流的汩汩低语，越过中年的山河，荆棘，丛林，一一没有虚度的遗憾。

雾不是女人的修辞，此刻山门一入，云深似海，来时一朵杜鹃花，红艳温暖。

顺着石径，走向草木的前世今生，在命运的峡谷里葱茏如你，蓄积力量。

十一月的枝头，金色、橙色、紫色才会和着你的本色弹起命运交响曲。那位以生命捍卫你站立尊严的先辈，朝朝暮暮都守在你身旁，遗世卓然。谁读懂了你，谁就把握了活着的主题。

## 茶　饮

"冷中火热中冰，尘非尘苦非苦。"

泡一杯云雾，入口苦涩回味若甘。石缝生长，谁共我栉风沐雨？一年三百六十五天，云缥缈婀娜，缭绕心经；雨在叶尖上滚落，洗去多少尘埃？清空了又涌上，轻松了又远去。去留之间，是红尘万丈。

一级级普度，我们都是茶道上的过客。

云朵之下，红尘之上，只有雾在、树在、石在、摩崖自在。石头的故事，树木的故事，摩崖的记载，都在云雾里一遍遍浸润，将千年的光阴泡成一道道茶。斟上，不需要思考。

能见度极低时，坐着冥想，一口一口啜饮。从一种绿到另一种绿，愈来愈纯净而简单。

## 牯岭秋

工院海拔1200多米，每日早起，是浓得化不开的雾，能见度不过10米，感觉人往哪一站都是半"仙"。仰首一望，松针挂着闪亮的雨滴，地面永远湿漉漉的。几日厮守下来，梧叶在蒙蒙中深深浅浅转黄，空中水墨画愈来愈丰富。下午不到4点，步行去的牯岭街道还浸在乳雾中，店家门口昏黄的灯光跳跃闪烁。说是夏都，时令清秋，此刻完全是雾镇，捏一把空气似乎都能捻出水来。寒意恻恻中偶尔三两人群悠然漫步，没有单车，没有摩托车，没有电动车，甚至连小车的节奏也是缓缓的。时光在这里不只放慢了脚步，还叫人放慢思绪。

踏着高高低低转折的石级，一小片青菜，一株野生猕猴桃，或者一片紫苑花，都笼在雾气中，红屋顶安之若素。一切似乎都在云烟漫卷中等待，等待十一月的五色斑斓，枫林尽染。坐在栏边的人啊，总疑心身在梦境。

好在院子里"西毒"欧阳锋声音永远清脆响亮。他的乐观爽朗不亚于雾天一道彩虹，任何事情在他看来都是人间最美之事。譬如周三开天了，"要知道一年三百六十五日，二百多天云雾啊，你们是幸运星，老天爷眷顾你们。""小雨，小雨没事的，空气中负离子多，下午瀑布水势就大了啊。""你们看，咱们的路线选择正确吧？正好不会扎堆。"哪怕是大伙刚刚坐在一辆车上，也被他说成我们多幸运，更别说一路旁征博引的解说，令人侧目。

今日剪刀峡，望江亭。他的声音不同往日，显得多了一份凝重。

树林翁郁，雾气依旧弥漫，下了车，大伙缓缓地走进山门，驻足凝望。

厚重如砥的石板架在石柱上，形成榫卯结构。上联"长江入海方无限"，下联"庐岳撑天始有峰"，横批"河山不二"。整个气势豪迈，字体刚柔相济。顺着欧阳所指，一座座参差错落的墓冢隐在林中。原来这里长眠的是庐山保卫战中一千六百多名国民党抗战烈士。青山不老，人们永远不会忘记烽火硝烟的岁月：1938年7月，日军十一军司令官冈村宁次率三个师团从南京溯江而上，侵略庐山，意在掠夺庐山文化宝藏。国民党三千将士同仇敌忾，对抗几万日军，孤山绝地坚守足足九个月。只是后来由于汉奸出卖，带上日本鬼子从剪刀峡抄小道爬上来，偷袭守军，将士们弹尽粮绝才失守。值得一提的是最后时刻他们仍然吩咐传教士将庐山居民安全护送下山，将庐山珍贵的资料转移。九个月来，他们重创日军，粉碎了冈村宁次的妄想，书写了国民党抗战史上艰苦卓绝的奇迹。

抗战胜利后，在九江受降的梁汉明军长，想到十四年抗战来九十九军为国牺牲的一万多将士，申请在此建立"庐山抗战纪念碑"。今天我们看到的是后来修复的。碑形如剑，凛然直指苍穹，碑体为三面形，象征孙中山的"三民主义"，碑座上镌刻的"精忠报国"，令人血脉偾张。右侧百米左右望江亭原是烈灵台，1946年4月到9月命令日本战俘修建的，一则雪国耻，二来祭英灵。山河锦绣，岂容他人觊觎？守土抗倭，草木皆可为兵。"地无分南北，人无分老幼，无论何人，皆有守土抗战之责任，皆应抱定牺牲一切之决心。"《抗战宣言》铿锵在耳，烈士们用生命书写了抗战宣言。

回望碑身，是2007年9月吕正操104岁时的题字，将军绝笔，更是浩气长存。庐山，是一座名副其实的英雄山。山川毓秀，更铸可歌可泣的英雄气魄。

思绪沉沉中，路遇一群老人拄杖而来，他们登高看望长年卧在这里的英烈。中有一长者，竟然袒胸露腹，全身上下只着一短裤而已，简直就是天下奇人。再看山道，亦是车如流水，原来重阳节，景区对老人实行免费开放政策。

小葬于墓，大葬于心。英烈若在地下有知，此番重阳景象，应该笑慰！

## 听泉三叠

青莲谷拾级而下，对于有恐高症的人说真是一种挑战，但"不到三叠泉，不算庐山客"。入口处李白五游庐山的画幅，说他在三叠泉与五老峰之间的青莲谷结庐而居，筑太白读书堂。故事实在诱人，姑妄念之。记得原来有文章说三叠泉景点是在宋代发现的，那么《望庐山瀑布》描述之景在何处真不得而知了。

　　从飞瀑的源头溪涧旁出发，坐五六分钟索道，再下去看瀑布，这样可保存足够的体力，又不至于过度劳累。缆车里从上往下，景致穿越，仓促而过。

　　多少级台阶？有人花钱用轿子抬上来，花了一千二百八十元，十元一斤，体重一百二十八斤。全部单程台阶有三千三百多级，坐了缆车台阶仍有一千多级。"上山容易下山难"，于我而言是反的，若有栏杆可扶，不看悬崖峭壁，不看山涧飞瀑，只管走好脚下的每一步就是。倒是上来爬一级级台阶，愈来愈气喘得紧，必须时时调整，吸气，呼气，深呼吸。

　　好吧，从数数开始，记得穿越梵净山原始森林万级台阶，也是这么咬着过来的。台阶边不时有壮实的轿夫等着，还有一位捡拾垃圾的老人，看到他佝偻着身子用火钳钳起游人丢下的食物包装袋，心里说不出的滋味。想想每天要上下这么多石级来工作，着实艰辛。看，一叠。有人在叫，眼前山峰巍耸对峙，寻声仰首，水如银线，峭壁拥之，清风和之，可远望而不可亵玩焉。

　　八百、一千、六十、八十，终于抵达。

　　虽说上午下过小雨，瀑布的水势并不大，从山涧飞溅而下，二叠三叠跌落潭中，汇成一块晶莹剔透的绿翡翠。多年前站在下面，被水雾冲刷得沁凉，水雾中彩虹再现，形成最美光圈，那是盛夏的记忆。秋天的三叠泉实在有点瘦，如顽皮的细腰少女捉迷藏嬉戏，倦罢才一叠一叠在山峰皱褶中轻盈跃入母亲的怀抱，化作清澈见底的一泓，无邪而透明。行人不多，一群大学生在瀑前进行地理研究，这是几日最常见的团队，来自南京、安徽、湖南等地的大学生选择了庐山作为教科书，造化自然。

　　而我，一睹芳容，听泉三叠。没有恢宏气势，没有浩大水流，没有密匝行人。九曲回旋，三叠如练，是故人重逢，借你清泉洗我尘世沧桑。崖边秋叶婆娑，谷中秋意瑟瑟。没有起舞，没有惊叫，合目，青山老去少年心。坐在台阶上，天阴漠漠，风声訇然。转身，容我一叠一叠收藏。夜深人静，许我温故知新。

　　向上是归程，长阶连短阶。行人多半弓身扶栏，水声袅袅地浮上来，又渐渐地滑落，终于复如山谷中的细脉。

　　离开，身后竟传来笛声悠悠，乃店家闲情也。

# 有故事的树

## 会煮鱼的石头

谁说胃有多大适应力，你的世界就有多大走多远？

一路向东，将近六小时驰行来到古城汀州，中午坐下来第一碗是腐竹汤，第二碗是粉丝汤，第三碗是豆渣丸子汤。

身体寡淡时，总听人说，豆渣味都有有，此刻倒好，如此三大钵碗轰轰烈烈上台，难道我们是水做的么？不，菜是水做的，差不多全是汤汤水水，有人一本正经纠正。

水煮的鸭子上来了，呵，有老酒的滋味。鸭肉韧青得很（丰城方言，有嚼劲的意思），汤里咸味、酒味、甜味，如什锦烩，一股脑儿灌给你。

客家人的风味，桌上人却举箸难动，那个客家妹子却说我们浪费。

"你们完成学习任务后，建议晚上去尝尝泡猪腰，刀工很好，细薄如纸，还有八大干呀，长汀豆腐干、漳平笋干、上杭萝卜干、永定菜干……"未待数完，众人打断："我们只要辣的味。"成年人撒娇要么绝对熟悉，要么绝对陌生。可是没用，入乡随俗，连豆角也打汤，抵达远方的首先是胃，从胃到心，再远，一样要先安胃，再安心。

或许是中午抗拒的原因，晚餐，菜里不是有辣椒粉，就是加了干辣椒，直接提升开胃指数。

老板给我们呈上了最后家底：一个小木桶，里面据说是300℃高温的鹅卵石头，切好的鱼片，各种调料（柠檬、西红柿、蒜葱姜、黄瓜、金针菇）哗啦啦拨进去，接下去倒乳液似的膏汤，只见一团青烟袅袅冒起，木桶浸在烟雾中，伴随烟雾的还有哔哔剥剥声音，众人惊起哇声一片。

雾散时，店家平静地将木桶盖上，声音闷在桶里，"一两分钟后就可以吃了。"然后潇洒离去，连背影都绝对自信，留下一桌人望"桶"兴叹。

粉比淘沙、白土的还细嫩，簸箕粄柔韧滑爽，芋子包馅料多汁，少了饺子的筋道。芋头颇受店家青睐，滚刀切放在荤菜底下，竟如家乡红粉薯，咬一口满是淀粉沙，难怪一路上都看见芋头阔大的叶片。

这里是闽赣接壤处，五里不同风，十里不同俗，汤菜打头阵我们已经领略，最后目光都聚焦在木桶鱼上了，竟然鲜极。

柳宗元在《小石潭记》中云："……影布石上。佁然不动，俶尔远逝，往来翕忽……"那是描绘潭水之清澈，但人类舌尖探索领域愈来愈超出你想象，打通视觉与味觉无所不至。

果然，老板娘解释石头是富硒的，咱们老家不是富硒米、富硒花生、富硒土壤吗？人家连石头都富硒了，还不会炸裂，而是滚烫地煨热伤心的碎片鱼。如此，精美的石头不仅会唱歌，还是烹饪高手。

当桶底只有啃不动的石头，"辣椒！"有人在汤里发现了新鲜辣椒，想起饭前建议，果然是"江西老表不怕辣"，店家就如此融闽赣风味于一桶，实在令人啼笑皆非。

## 有故事的树

看过了人世风雨沧桑，终于长成有故事的树，慢慢地人们都来看你——"双忠树"。"参天黛色常如此，点首朱衣或是君"，翘首而望，纪晓岚曾万分感慨。这两棵古柏与汀州齐龄，可追溯到唐代大历年间，岁月更迭一立千年，就成了树王。

其实，迈进试院，最初吸引目光的是那古老的枫杨树，树干十几米分叉处全是一片片密麻麻的枯叶。对于有密集恐惧症的患者来说，这样层层叠叠裹绕树干绝对瘆人，尤其是枫杨枝叶葱绿，出现在腰身处。

这一奇观令人想起某些不快的语词如"啃老""吸食""寄生"之类的，

或如蓬勃处突然出现的溃疡腐败。

虽说只是树，参天耸立难免有寄生物，好比阳光背后必定有阴影同在，但天道自然，如此截然不同的色彩并呈，更让人坚定：真正的生命力永远得靠自己秉持。

客家人背井离乡从中原大地来到南方，选择这片山林落地生根，他们凭的不正是生活加诸磨难后，依然保持不屈的那股韧劲么？

不过十几米，就见古柏迥然风骨，树干笔直苍劲，叶葱葱郁郁。多少前尘旧事化作云淡风轻，唯有传说萦绕，增添神秘。

据说，南明隆武帝朱聿键逃到汀州，手下两员贴身大将熊伟与周之藩自尽于此。清代《阅微草堂笔记》中载入一段旧事：清乾隆二十八年（1763年），时任福建督学使的纪晓岚，到汀州试院巡考。一日傍晚庭中散步，却见古柏上两名红衣人向他点头作揖。是才子幻觉，还是灵异再现，不得而知，但两棵古柏在百姓心中已成忠魂象征，备受敬仰。

时序流转，1935年4月，古柏又见证了历史暗黑沉重的一页，瞿秋白关押在这个院子的后面，度过生命最后的日子。执行者是蒋介石的鹰犬将军宋希濂，宋称他为"瞿先生"，安排后院幽静两间，前面还有一个放风的院子，可以喝酒写诗，作画篆刻，也算礼待，当然是想让他屈服的软化手段。

5月17—22日，瞿秋白在狱中写下了绝笔《多余的话》，6月18日，坦然走向刑场。古柏见证了他的气节，也见证了他内心绝对文人性格的一面。他剖析自己，裸露自己，直面灵魂，走完了从文人到领袖到烈士交织的短暂一生。

在上海，他不得不走；在苏区，他不得不留；被捕后，他不得不死，悲剧是性格使然，还是时代斗争宿命？文中坦坦，陈述心迹，没有概念化的光芒万丈，即使临刑前面对刽子手也风度萧然。

历史进入新时期，汀州试院成了博物馆，走出试院，忽然想起鲁迅赠予瞿秋白的对联："人生得一知己足矣，斯世当与同怀视之。"这两棵古柏立在院中，朝朝暮暮沉默相对，早已成了彼此的知己吧。

"知我者，谓我心忧，不知我者，谓我何求。"人性是复杂的，但终必回到至简。所以，绝笔最后一句是："中国的豆腐也是很好吃的东西，世界第一。永别了！"

我所见汀州饭桌上确实每餐都有豆制品，如腐竹汤、豆腐汤、豆渣汤、烧豆干、麻婆豆腐、黄豆焖猪蹄等，闽西八干之一就有长汀豆腐干。从心到胃，瞿秋白的话一点不多余。

## 汀州的黄昏

汀州的黄昏是昏黄的，缓慢地行走在这座古城，似乎有些寂寥，我带着虔诚来拜谒，白天在炽热中感受岁月风云，恍惚中，回到艰难逼仄的往昔，一介书生家国情怀，到底是意难平，末了从容，是非功过，且留与后人吧，再说没有一条道路从来是笔直的。

时光一下子慢下来，沿街的店铺人影绰绰，我穿越遥远的山河，一样听蝉鸣夏日，一样感受小城七月的夜晚，似乎让人困惑。直到河水倒映着灯光缄默，一串串红灯笼排列，古城墙矗立在面前，怦然震撼，它们守护着什么？

想起相关的一则报道，保护和修缮古城墙的是一群老人，他们守护儿时记忆，守护文化遗产，奔走呼号，不遗余力，才逐渐有了现在的面貌。

可是，你看古楼后面现代建筑，两者如此距离，总有一份怪异。

虽说古城墙［始建于唐大历十四年（779年），全长有4000多米］见证闽西历史与文明，而长汀誉为八闽客家首府，福建西大门，但与想象中路易·艾黎说的，中国两个最美丽的小城，一个是福建的长汀，另一个是湖南的凤凰，似乎隐隐中还有一种说不出的韵味差距，是古色、红色、绿色还不够吗？不，都不是。

走在城墙下，隔着一拨一拨三三两两行色匆匆的人群，隔着河岸的灯火，突然间乡愁四起。

想起一个个村庄，抑或一幢幢行将消失的老屋，此刻，它们横亘在我面前，是我无法跨越的古城墙。我们生活在一个二手时代，一切都在不断践踏又不停地缔造，或许，唯有它们守护着最后的精神家园。

# 拈花惹草

从晓春学校归来，城区家中阳台的白掌看一次蔫一次，不知能撑多久？当初买回的时候兴致勃勃，呵护备至。谁知开学日近，家里小丫头没有那份打理心境，只有回去时略微照拂。说也怪，即便倒伏如泥，浇过后它又慢慢苏醒，第二日腰杆挺拔起来，而且白色花星星点点，如船如帆，生机盎然。

下楼，石榴花有点稀落，是果子上市的季节。前些日子学校夜里加班，连衣带籽咬了两个，甜的甜苦的苦囫囵着一起吞，觉得日子狼狈。紫薇比南山脚下的更多一份青蓝味。转个弯，小溪里菡萏只见含苞两朵，一朵鹅黄，一朵妍红。到底是秋天，溪流蜿蜒便见了底，不时露出淤泥，少了活泼灵气。棚架上绿植格外茂盛，漏着天光，黛绿、苍绿、青绿、嫩绿，色相丰富，若有闲情长坐下真是美妙。

院子里旧年开得最盛的是拐角木槿花，不知什么时候居然被物业狠心砍掉，剩下兜子上倔强地抽出一丛丛嫩条。好在去物业设置的自动取快递处，那条小径旁有几株木槿花蓬蓬勃勃地开。我还记得在万载双桥中学吃过的炒木槿，心底闪出念头，可惜开学头绪正多，锅铲还没有捻过，灶神娘娘见谅。再往上瞧瞧，哟，柚树上一个个柚子高高地悬着诱人。莉玲告诉我，它们的口味其实挺不错，就是太高了些。站在柚树下，想想中秋节快到，柚子堆在店家门口等着我这号馋人，那场景真是天地有造化，可以慰风尘。

临近西门，有棵高大的合欢树，叶间枝上团团朵朵参差绯红，一扇一扇开着，似花非花，似雾非雾，恍然若梦。这种树有凄美故事：相传虞舜南巡仓梧而死，娥皇、女英二妃寻遍湘江，未果，终日恸哭，泪尽泣血而亡。其神魂与虞舜的精灵"合二为一",遂成合欢树,叶子则昼开夜合相亲相爱。早先租住在 B 区时,住房前有两棵高大的合欢树,一到夏日就开得如梦如幻。出门仰天,回来仰天,好几年都让我产生一种错觉:从乡村到城市,同是讲台人生,不过就是合欢树的差别。一树的花得翘首看,否则日日穿行忙碌,湮没于车水马龙中。而且花非花雾非雾,得警醒自己:梦总是要有的,人不能总低头尘灰泥淖中。合欢树花期很长,B 区的与香域加州的应该是同为新城区最早的绿化居民。它们见证了园子里无数的悲欢离合,高高地开着,兀自娇艳,如可望而不可即的爱情。

  人生处处是离别。枯的萎的烂漫的都在眼前缤纷交错。花前是拖着行李箱的我,熟悉的陌生人问:"怎么每次都见你行色匆匆?做什么工作?"想说自己在南山脚下捻粉笔的,突然噤了口,芫花在办公室里讲过坚决不告诉陌生人自己的职业,不是没有职业底气与心理资本,而是世俗的目光从来如此。就像买菜还了价,伶牙俐齿地还送上一句:"怪不得你是当老师的。"似乎老师买菜都不能讨价还价。好在如今彼此见了面,大家寒暄着,都习惯地称"某老师",而不是以前的某小姐、某同志或者某总的,不知不觉多少可以看出一些端倪:"老师"至少是靠谱的。

  在书店盘桓了半天,意外发现老板已将门面缩小了一半,应该是"双减"政策下的蝴蝶效应。大家曾经感叹小城有质感的"文艺范"书店太少,窥一斑而知全豹:"367"书店终究没撑下去。有人戏谑咱百万人口城市,没有像样的图书馆,没有特色文艺类书店,那是"愤青"话。书店从来不少,只是教辅类的,学生用、教师用,而且还有几家做得很有规模。这家的书架上点缀着些盆景,颇见店家情致,强似某些酒店或茶庄摆了几层书壳来装点。理想的城市最好隔上几百米就有"席殊书屋"之类的风景,绝不是曾经民谣中的"丰城来了××兵,大街小巷开舞厅"。也不是隔不了多远就是一家药店之现状,方便是方便,总教人想到民生多病。加之疫情阴影没有真正散去,山脚下晓春学校虽然位置偏些,于我,心理上反多一份亲切感,因为校园里的那些花花草草。

  风驰电掣,不过半小时就到了晓春学校。"山中何所有,岭上多白云。只可自怡悦,不堪持赠君。"教孩子们陶弘景这首诗后,有几个就自比南山下的小神仙了。这儿的确是个安静的读书福地,书声、鸟声、风声、雨声融为一体。春有百花秋有月，春天他们学会了在海棠、碧桃、樱花树下流连观察，写入青春的笔记。甚至教室、寝室里都有喜爱的花草点缀。秋天空气里是醉人的芬芳，走路亦暗香浮动，连睡觉都是一阵桂花香。置身其间，心神宁静愉悦。

最值得回味的是阳春五月末带他们去爬南山，沿着秀水河畔，一路浩浩荡荡，在山顶，他们像发现新大陆似的，瞧见一圈杜鹃花，有几百平方米左右，无比娇艳热烈，于是席地而坐，歌声响彻。离开时山谷回响："南山，我爱你。"稚气的丁苑还加上个尾巴拼命喊："南山，我要嫁给你！"人面鹃花相映红，下山的时候，他们身上都还沾了许多花花草草，沉浸在自然拥抱的欢喜中。

2021年6月18日，全班4点出发，步行21.6公里，到杜市祭拜邓子龙将军墓。长长的跋涉过后他们脸上挂着汗珠，将白色的花静静放在墓前，一个个默然致敬，一束野菊静穆，墓园里的《邓子龙将军赋》朗诵久久回响。四围静寂，归来一路都是风中摇曳的野菊花。

"倚南窗以寄傲，审容膝之易安。"三月杜鹃，四月桃李，六月莲灿，七月裂帛。一季有一季的花开，一季有一季的情怀。一路走来一路聆听，做个拈花惹草的老师，生活时时充满小确幸。譬如此刻推开学校宿舍房门，意外发现阳台上的四季兰抽薹，吐出一缕缕幽香。真是失之东隅，收之桑榆。于是情不自禁拿起手机捕捉画面，与隔壁的美文一道细细端详起来。

## 沙 湖

　　细雨生寒的初夏时光，一路是陌生又熟悉的老城街道。出丁家村的真觉寺，后面竟是沙湖公园，湖水已漫过环湖栈道，泱泱一片，湖心园林景致简约而寂寥。身旁的潇湘翻起少女时代沙湖桥上的旧照：母亲、抱着孩子的姐姐，白衬衣搭格子裙的她，笑颜灿烂如花。蓉蓉说起小时候在湖畔巷子里与伙伴的嬉戏穿梭，说起刚毕业时出巷坐三马崽去小港中学上班的往事，仿佛就在昨日，一切都没走远。

　　彼时沙湖应该是人们心中假日最热烈去处，是最向往的乐园吧。不只看烟波渺渺，不只看剑匣古亭，青草弥漫的时光深处还有许许多多与剑相关的诗词歌赋。如李白《丰城剑》浪漫中赋予雄奇的想象："宝剑双蛟龙，雪花照芙蓉。精光射天地，雷腾不可冲。一去别金匣，飞沉失相从。风胡灭已久，所以潜其锋。吴水深万丈，楚山邈千重。雌雄终不隔，神物会当逢"。苏东坡说过"杭州之有西湖，如人之有眉目。"那么沙湖于老城，当不亚于此。

　　就像此刻湖面的静谧，掩不住时光深处剑邑那些生动的身影。我知道他们来了，那些飞扬的英气，那些儒雅的才气，那些轩昂的气宇，像天风拂过，充满张力，饱含内韵。一如毛静老师《沙湖赋》云："君不见，访杰士于芳洲，襟怀万顷；送大儒于颜巷，心泉一泓。把酒临轩，优游五花之阁；登车揽辔，纵横万里之骢。"是的，他们转瞬而过，如剑气划过长空，留下浩然风骨。眺望他们渐行渐远的身影，伫立湖畔，凝神间掠过了唐风宋韵、元曲明文。日新月异的时代正期待着掀开崭新的画卷。

　　沙湖远没有后修的丰水湖阔绰，甚至比之国道旁的杨柳湖，亦少了杨柳依依，少了车水马龙，但它沉淀历史厚重的记忆。早在唐宋时期，湖中便有云洲（或说盛家洲），洲边有"五花阁""问清轩""登瀛桥"等古建筑，错落在苍松翠竹之间。东南则雕栏画栋，有云绮阁高踞。西边则老树扶疏，鸟鸣啁啾，想象中该是风中有音，沙上有印，光中有影，一片绮丽世界，加上湖畔人烟稠密，历来为文人墨客游览之胜地。上年纪的老人至今还能想起五花阁的形状，还记得广邑门外沙湖一直连通到华光杜家、庄前，水域辽阔，可泛舟往来。只是后来城市扩容改建，才萧瑟成现在面貌。

或许经历了世事沧桑，今天的沙湖似乎更多一份隐者气象。它安静、内敛，是一隅之江南。伫立，弦歌轻吟中似乎一叶扁舟迢遥而来，舟上少年刚毅的盛温如仁义在胸，也曾单骑骇群盗，功封奉节郎。然南宋国运衰微，热血难济苍生，身为宋孝宗赵昚的宗室驸马，沙场梦想化作湖上烟波时，即洒脱物外，辞官返乡，湖畔筑建盛家洲书院，潜心教学。他与来丰讲学的朱熹、好友于革泛舟同游沙湖，互相唱和，朱熹在《同温如竹国舟中晚眺》中赠诗"江山余秀杰，人物尚风流"至今脍炙人口。后来元代丰城户满五万升为富州，县令林元凯在孔庙内（丰城一中校旁）特别建修了江山秀杰楼以纪念。明代嘉庆十二年（1807年），丰城县令杨道南在盛家洲书院原址建造了考棚供读书人应考而用。考棚对门墙外，立一碑亭，上嵌"朱夫子访盛杰士处"横匾。清道光四年（1824年），县丞姚敏德与盛氏后代加以重修，刻上"朱夫子访盛杰士"的诗文。清朝光绪五年（1879年），知县杨松兆在考棚侧专门立碑"朱文公访盛杰士处"以激励读书人。由此可见两位理学名家的影响力。时光千年，沙湖不仅见证了君子之交，亦见证了古代士子情怀：进则仕，退则教。

居住在南端的沙湖丁氏与盛氏同样人才辈出，科举时代素有"豫章楼前，无丁不开榜"之说法，足见其尚学重教之风浓。如果说考棚巷源自朱、盛二位大儒之交游，那么沙湖丁清代在南昌则专门设有为族中子弟应试准备的试馆。从唐宋至明清进士及第的丁家子弟多达37人，堪称"多士世家"。宋有理宗绍定五年（1232年）的丁治，官至秘书省校书郎。其子丁显祖亦官至大理寺评事。明有才识过人，独创"印马法"的丁南深得朱元璋赞赏，有常用豆腐待客为官清廉的"豆腐御史"丁俊；永乐时有战死沙场的侍郎丁铉；成化年间会试夺魁，主教白鹿洞书院的丁炼等等。一衣带水，才学之士众多，因此丁氏出入之巷口亦命名为"智林巷"。

　　漫步沙湖岸畔，水面依旧微波荡漾。长桥无人，湖心亭寂寞。脚下落叶片片，初夏的雨水将一切冲刷得有些秃败，考棚巷前废墟瓦砾，已是拆迁景象，观澜湾突兀赫然，一碑一亭，俱往矣，早已湮没在历史风尘里。倒是湖东除了立德学校，还有市教师进修学校，意味深长地蛰伏。我们曾无数次出入，感叹其进路之狭窄，好在二楼阳台，算是观景点，进则聆听，坐而论道；出则波光潋滟，一时旷然……

　　清代做过教谕、训导，江苏县令，编纂过嘉庆《丰城县志》的丁猷骏有诗咏沙湖："剑水城东渚一湖，晴光潋滟水平铺。潮通春信风生绿，练洗寒潭月涌珠。几个园林成岛屿，偶从城市得蓬壶。云洲桃李年年为，不数余杭有画图。"诗中即点出沙湖于老城即眉目也。

　　环湖一圈，进入栈道的台阶已经封闭，园内空寂。湖畔书声琅琅日日夜夜，或许正是这一点，才是沙湖生生不息的风韵。

# 八楼小筑

人住八楼。或许楼高,便常常生出客居的感觉,尘世茫茫,此身如寄,便无意拾掇,有书有柚有床,越简单越好!

再说冬天的香域加州还算是可爱的。杨梅树怎么都会提醒自己有家乡,纵然早已物是人非,它也融进了你的血脉中,甚至如芒刺一样,常常莫名其妙地生出隐痛。

当然更识趣的是西侧门跳舞的女人们,她们可不像春夏秋夜,发疯似的将音响开到高分贝,一直将腰肢扭到10点多钟还不罢休。现在好了,体贴温情、善解人意地销声匿迹,真是岁月静好!

再就是香域加州的花蚊子变得斯文明礼,偶尔下园子,坐短亭,不见它们形迹,无"嘤嘤"之音,无红疱迭起。

触目,只见曲径幽幽,小桥流水,睡莲如盖,落叶相逐。水边杨柳无一可送,无一可留,朝朝与暮暮,空自伫立。甚至头上飘下片片黄褐,墙角一树红艳,那景象远离了市井喧嚣,只剩山林虫声,倒像入了禅境。

就这样漫步,冷不防脚下还冒出几朵小红花来,摇曳中,让你生出隐秘的惊喜:"人生到处知何似,应似飞鸿踏雪泥……"

至于夏天的香域加州,绝对是需要隐忍和耐心的,最好是躲进小楼。黄昏时,去园子里不太乐观,哪怕你如风一样飘过,也会收到花蚊子生猛的红吻,叫你爱恨切齿。路灯幽幽暗暗,正适合你侬我侬的痴缠,都是那条小溪惹的祸。你贪恋着溪畔平平仄仄的美景,就得付出血的代价。即使你从园子里穿过,可能也会遇到它如山贼样:"此花是我栽,此地是我开,若要从此过,留下血汗来。"所以,无处不在,又难对付的花蚊子,是香域加州夏日的隐形统治者,像极了每月的房贷,工资卡上划拉削减的数字,如影随形,一直叫你还到老,还不能恼。

　　生活就是这样,你怎么选择,就得怎么承受,谁的日子不是负重而行?去听听园子里自然乐章吧,有蝉鸣蛙鼓,甚至不知名虫子的唧唧声,仿佛令你一时迷失,莫不是回到童年的山林中,抑或是少年的梦想里?曾经的我们如此向往城市,希望能够有一席之地,直到拼尽全力才发现,无论怎么挣扎仍是淹没在人海车流中,每每受伤后,骨子里还是依恋精神故园,纵然昔日伙伴早已天涯分散。所以,选了这园林式的小区,百来平方米小小套房,四壁清简,安身立命。哪怕风来雨来,总有一角故乡的山影树影,总有一园鸟声虫声,让你接地气。

　　诚然向前,必须学会忘记。拐角紫薇每天会呈送它的绽放,今天花骨朵,明天已含苞,几日忙碌不觉,墙角就成了画。待到红石榴、黄石榴低下头结实的时候,一串串紫薇花怒艳了,野橄榄树的红叶也零星地跳出来。园子里深深浅浅的绿,抚平心中的沟沟壑壑,溪水从心头潺缓流过,流过,思绪宁静。

　　返身八楼看书,兴来做鬼画狐,蚊子奈我不得,骄阳奈我不得,手机静音,一切聒噪喧嚣奈我不得,不亦是天地之间一妖蛾?

　　房子里最多的是闲书,可能一时兴致爱上买回来的,或者是喜欢上书里的人,或者写书的那个人,总之比起千挑万拣买衣服,可真是千万倍划算。倦了下来,香域加州昏黄的路灯是允许幻想的,直到花蚊子狠狠叮醒你。待到天气慢慢转凉,秋风一吹,园子里落叶翻飞枯藤绕架。去哪里找这么美的亭?去哪里找这么美的景?

　　最奇异的是,楼下有人放了一盆盆菊花,起初以为是枯萎不要的。等到团团簇簇长瓣儿像玉盏似的迎接你时,心里是满怀喜悦,真想找到花主,低头恭敬:"尘世奔忙碌碌如斯,感谢有你,洗我疲惫,濯我心累。"俯首沁香渗透,通体竟是说不出的舒畅。

　　原来世间多少事,都只似这般,朝朝暮暮我看你,看成眼中钉般的花蚊子。莫如每日匆匆,只管做该做的事,苦过,倦过,自有这番独立香径趣意浓时。

又到了春天，只是这个春天整日被绵长的雨浸染，叫人怔怔然，有了莫名的低回、伤感。

从乡村到城市，又从城市回到山村，四年支教，我与香域加州真是聚少离多，多少酸甜苦辣可言不可言皆罢。

从西门出来，对面的大罗坊变成了废墟，要重新规划，肉砧旁，那高个屠夫说："你这先生真舒服，饭都不做，买肉成了稀客。"到北门拿快递时，店家说："夏天撞到回把哩，还见得到人影叽出来。现在倒是难，工作好远啊。"于是，无言笑笑，折进园子里。

熟悉的已变得陌生，陌生的变得遥远，多少相逢欲说还休。

仰首，尖顶小红帽似的屋顶在雨中竟然有异度空间的感觉，高大的棕榈树张开伞，静默，低矮的新叶团团如洗，紫色的广玉兰妩媚动人夹杂其中。我听到了鸽子咕咕地叫，还有歌唱的声音。循声沿着溪流，原来，房底下七八个老婆婆放了音响，那音量不聒噪，正练着健身操，她们的神情无一不专注，无一不投入，令人肃然。

曾经对西门外"咚咚咚"的广场舞深恶痛绝，像憎恨花蚊子一样，又无可奈何。现在，现在的我竟然有种钦羡，想起南宋慧开禅师的诗："春有百花秋有月，夏有凉风冬有雪。若无闲事挂心头，便是人间好时节。"

我的好时节在哪里呢？

上楼对镜，镜中人不觉两鬓秋霜，把自己扔进沙发，又瞥见栏前无人照拂的君子兰黄了几许，只有前辈送的紫罗兰兀自开得茂茂然。

电话响起："你今天从山里回了吗？"眼前浮现那人笑靥如花，身子却渐渐沉入八楼高高的梦里……

# 腊八煮字

　　小时候念书，总以正课之外偷读闲书为最乐。后来学袁枚《黄生借书说》，中有："书非借不能读也。"真是情同此心，千古同理。

　　如今看看床头，居然也是不久前操场捡到的一本破旧书翻得最多，莫非"书非捡不能读也"？况且扉页上脚印交错，真不知何人亵渎？实在辜负写字人。内中有辜鸿铭先生旧事，此人生在南洋，学在西洋，婚在东洋，仕在北洋，学贯中西。梁启超说了他一句什么话，他将弥尔顿上千行的《失乐园》完完全全背诵出来，一字不错，令人心折。俄国沙皇亦赐过他镶宝石的金表，他做通译员做得太好了。他与托尔斯泰讨论东西方文化，托尔斯泰回过他长信……如此绝代学者，老家槟城无声无息，如草木同腐。

　　此种景象同前段时间寻找的何野云无异，只是所学迥然。何氏作为明代风水建筑大师，至今在外地信徒万众。他参与过北京明长陵前期地下宫殿风水规划与南京明孝陵后期工程，长期在潮汕地区从业，所堪之地，多得到后代验证，也留下许多动人的传说故事。据说现在潮汕地区和泰国等地，祭拜何野云的大小庙宇上千座；因何野云而命名的有汕头市潮阳区"仙城镇"及其所辖的"仙门城"社区；他的故事被拍成大型电视连续剧《虱母仙传奇》等等。从人到仙，在百姓心中升级，不过遗憾的是潮汕将他供奉成"虱母大仙"或"龙尾爷"，又把他的生平与邹普胜生平错综混在一起。而他在自己真正的家乡反倒是默默无闻，漫长时间形成的，自然需要漫长时间去改变。况学术考证与民间传说似乎两列马车，涉及文化的不同走向。其间市人大常委会何主任孜孜不倦令人感佩。

让恺撒的归恺撒，上帝的归上帝吧。只是读到后来辜氏家中书物随子女妻妾四散，不知所向，心下怆然。一如那日行走星桥何，见山中新修野云亭寥落寂寞，野云墓面向芦苇水泊，那颗漂泊的魂灵应该有了归宿吧。读书台与野云亭相距不远，因为与徐孺子在株山的读书处有重复之嫌，西风瘦石建议改作两个名字换一下，高者改为景星亭，景星为古代星宿之名，紫气星，百姓门额上常刻"紫气东来"，为吉星。再则也契合永乐十一年（1413年）朱棣的短句赠行：年少心灵，名重两京。踪似野云，心如景星……

星桥何是两年前我去过，为谱中所见文字"留台何与觉陂徐、同造孙、骊塘甘等俱为丰邑望族"牵动，到过河湾、张巷、秀市何家，还有杜市徐家村留台何残址等地。不料想村庄写出来，又引市人大常委会何主任潜心挖掘考证，一路探寻。而今变化极大，不见昔日的残墙断垣，村庄焕然一新，环村公路如带，祠堂前后豁然开阔，院墙青砖绵砌，池塘晓月半弯。可以想见何氏宗亲的努力作为。

辜氏为北大怪人之一，逸事很多。想象中的他一袭长袍，一串长辫，估计没出娘胎就读过书，开口老庄孔孟，闭口歌德伏尔泰……作为教授，常人难望其项背。相形之下，同样是讲台，天天给孩子们讲读书要义的我们，是不是得定好自己的读书计划书？学高为师，身正为范。所幸自己站在讲台上，还能勉强背几篇文章下来，手舞之，足蹈之，有时顿足，有时叹息，台下的人多多少少总该传染一点吧。

今天腊八，没有八宝料，且捻一段文字煮醒自己：不读书，何以站好讲台？

# 书 房

那个夏日，在沿海城市学习，正好有一下午的自由时间。走出酒店，望着熙熙攘攘的人流，思忖许久，她拨响了同学的电话。

毕业后，除了朋友圈信息，他们唯一的正式见面，还是在上次专业研修培训期间。那次他是讲座嘉宾，他甚至说大学时自己是她的粉丝，记得她的画展……现在呢，看到他在台上的行云流水，整个过程如同现场直播，没有任何卡点。她笑着说："现在我是你的粉丝，咱们换个位了。"电话通了，他在家休息，将她接到家里。

进门，是他一家四口热诚的欢迎。饭后妻子泡茶，一对儿女灵动可爱，唇枪舌剑你来我往，又好似表演双人相声。

女孩说："我的爸爸饱经沧桑哎。"

男孩说："你的爸爸做过很多人家没做过的事。"

一会儿你爸，一会儿我爸，叫人忍俊不禁。未几两人可能意识到了什么，把她引进书房，不约而同地说："我们家这个才是重量级。"一看，高高举起的竟是女主人优秀家委会成员的雕塑奖，其余爸爸重量级的获奖全部放在后面一排，作威严的陪衬。男孩告诉她："我们俩只爱看这两格书。"居然全是爸爸的作品。

"你们可以开作品研讨会。"她说。

"我们现在，此刻，正在批判他，譬如写的某些事某些情不纯洁，少儿不宜。"那个挨批判的他爸居然傻傻地笑，那眼神像是非常得意自己的新生代，又颇无奈于他们的口诛笔伐……

"你到这里看吧,我爸眼神不对了。"等到他们各自回房写作业,她才在他的介绍下静静地打量起来。

这是一间配备音响系统的书房,两壁林立的书像隐者一样沉默,又亲切地注视来者。阳台窗口整个是一幅水墨卷轴,地上蒲团精美。窗前的音响架上唱片分为民谣、通俗、现代、古典等等。直到他告知每个接口,每根线管的铺排,她才觉得自己的肤浅,以及想象力的贫乏。他是一名音乐发烧友,痴迷得令人震撼。所有碟片分门别类摆放齐整,仿佛随时等待主人深情的凝眸与沉醉。整个空间放松、舒适。在这里,不需要正襟危坐,只要像多年老友一样交流。她能感受到他对艺术的热爱,又能感受到音乐的灵魂担当。

音响架上不仅有耳熟能详的经典作品,还有更多专属的喜爱。他给她放阎学敏的《炎黄第一鼓》,日本的招魂曲,乃至反复比较两者之间的气势差别。讲如何驰骋自己的想象,去感受鼓乐疾风骏马的酣畅淋漓,轻柔回转地娓娓道来。

她听得出神,接下来继续欣赏朱哲琴音调之婀娜婉转,蔡琴的碟片,音响表达细致入微又回肠荡气。灯光暗下去的时候,男孩女孩悄然进来,出神地伏在地板上听,偶尔插一两句,转而沉默不语。

"夕阳西下,你听,太阳落山了,爸爸,没人跟我玩了,天上的繁星与树上的落叶……"他在朱哲琴的歌声里展开描述:"你尽可以想象。这种音乐不像通俗歌曲,用歌词左右你的情绪,而是绝对拥有一种发散穿透的力量,调动你。你可以想起从前的少年,也可以设想河畔一个浣衣女子的爱情故事,还可以设想你负债累累,无处可逃的忧伤。总之那种灵魂深处的孤独,是个体生命对宇宙洪荒的认识。"

"我要听陈奕迅的《孤勇者》。"

或许是孩子的天性,男孩提出自己的要求,但是没有得到回应。他继续沉浸在想象中:"那种告白式的歌曲只会直接牵引你,左右你的情绪。好的音乐一定是让你展开想象的翅膀,你会痛苦你会欢乐,最终心灵淘洗,你会有更多的余地……"男孩渐渐安静。

"我常常熄了灯,一个人一直一直听下去……"

乐声渐渐地低迷,室内蒙上淡淡的忧伤,灵魂被放逐。

…………

学习结束的头天晚上，他约好了和相声宝贝来饯行。地点在一家很有家乡风味的酒店。落座点菜之后，不见他踪影。

　　"你觉得我爸他像大学教授吗？这样躲猫猫，人品有问题，会影响男人形象的。"男孩的话让人啼笑皆非。

　　"我们去外面吃饭的时候，他常常失踪一个多小时。他还有收藏的爱好，哪怕是酒店里的布局。他不会喝酒，也不喜欢喝酒，但对着空空的酒瓶他能左看右看上看下看横看竖看，总之像呆鸟一样。"女孩毫不避讳地回答。

　　"看我的。"女孩拿起手机，直呼父名，"现在是晚上7点40分，如果五分钟之内你没回来的话，你就别怪我们，取消之前的一切协议。再说，你不仅是家长，还是桌长呢。"

　　撂下手机，她不再说话。最后两分钟的时候，他悄然坐在对面，仿佛陷入之前的流连里，又无限宠溺着小棉袄。女孩的嘴角似乎得意地微微上翘起来。"我们同学感情是不会被你俩道德绑架的，"他对女儿强调，又转向她，"你晓得，马上就是他们的世界啰。咱们得保持初心，守住自己的爱好，这是底线。"

# 年　味

  三天拥被读完一本书，对比作者苦心孤诣，简直投机取巧。他笔耕广袤大地，我字里行间游走，实在惭愧于这份慵懒与温暖的沉湎。

  暮色时分，像睡颠倒的婴儿出门，走在雷焕路上。街道一如既往的清冷。这是整座城市一年中最空荡的日子，车子出城，店铺歇业，有灯光的窗口才是人家。此刻，我是城市的留守，没有烟花没有爆竹，只能隔屏感受年的虚拟味道。冷雨打在脸上，跨上天桥，桥上间或可以看到三三两两的人群，一家烙饼摊子独守桥头。等待的人跺脚，呵手。铁板上冒着热气，帽子严严实实地罩住了烙饼人。

  开车的人不用担心贴罚单，这一天到处空着车位，更多的人鸟儿归巢似的回了老家。只有像我，如同那种连根拔起的植物，小村有断墙残垣，有竹林篱笆，但没有安身之所，注定节气间歇性疼痛像神经网络一样蔓延。尽管这些年我们不断放弃又不断寻找，"人生如逆旅，我亦是行人"，感觉哪里是家，又哪里都不是家。只好在熟识与陌生之间徘徊，在归路与来路之间不寻找。

  对面的村庄、对面的橘林、对面的祠堂消失了，拔地而起新的楼盘，似乎刚刚熟悉又转眼陌生。只有路标上的文安路、月湖路才是迷雾中可以看清的标点。新开的特色小吃店承载外来地方文化，经常光顾的某个小店却在一周之后没了踪影，令人措手不及。影像叠加，节奏太快，前后居然找不到泅渡的路径。此刻，它们都安静地紧闭。

  天桥下霓虹闪烁，车如流水马如龙，奔向原野，奔向乡村。

香域加州什么时候连名字也变成香域学府呢？幸好杨梅树还在，石榴还在，菡萏还在。唉，我们寻常所求不过是一颗心可以安放的地方，在繁华、喧嚣、疲惫过后，有小桥流水梦里老家般宁静的一隅。而今真的实现，反倒空荡、冷静、寥落。这是城市年味吗？怎么涌起无法安顿的乡愁？街道灯笼，街头花塑，广场年塑，作为喜庆的背景，是城市美妙的点缀。向左向右向前向后，江南小镇、银行网点、零食店、粤客隆、剑邑广场、丰悦名城、蛋糕店……脚步晃荡，在时光的节拍里蒙太奇般闪现。难道曾经的期盼像画面一样舒展在眼前时，我们骨子里又在不舍回望。人间多少事，欲说还休。

城市的年好比一头怪兽，不停地辗转喘息，终于在大年初一，安静蛰伏，四处的红红火火将它降住。它静若处子，或者像我一样漫步游走。又被一种更强劲的力量裹挟，带走往日的喧嚣，在空寂中沉思。

或许平日脚步匆匆，是该回首，哺育我们的村庄、河流，是该以盛大的仪式馈赠生养我们的土地。当然，这座城市本身亦有独特的记忆，老城密集，新城疏朗。流年回转，这儿曾经是田野是庄稼，二十一年过去，新城的体魄像一个健壮的青年不断发展壮大。衣、食、住、行都有了不同的功能区，可它终究缺失了什么，一个图书馆或一家书店，一个除了家以外，依旧可以安放灵魂的角落。乡村的蛛丝马迹依然在角落里弥漫：一丛菜地寄托田园情结，一种乡音告诉彼此来处，甚至站台某个地址都鲜明地告诉我们，乡村消失，甚至连名字都献给了城市。城市不只是过去村庄的纪念，应该带给我们的期望是更多的功能定位，物质的丰腴之外，还有精神的图腾。

城市脉管啊，同样应该奔涌鲜活的传承，而不是空落。

不是没有热闹的地方，除去疫情防控外，大年初一的保留节目便是去影院看贺岁档电影。自然不同小时候乡间看露天电影，早早搬凳，巴巴坐等，夜幕降临，久久地沉浸在悲欢离合里。屏幕前的那束光啊，不仅照亮山村的夜，更昭示山外更广阔更遥远的未来。

可是三十年、四十年过去，坐在影院的我们，享受着"年"的洗礼，在硝烟炮火声中释放着庸常岁月的压抑，直到曲终人散，可否还记得少年的向往，那日复一日年复一年对"年"的盼望，为何愈离愈远？

# 静　寂

　　一栋宿舍楼前那株石桃生虫截了枝，只剩下一面截口，决绝地仰着，如壮士断腕。叶子零星地吐绿，一朵花孤独地开，几枝长条迎着风，摇曳在春天里。

　　倒是二栋前忽然一树洁白，娉婷玉立。无论远看还是近看都格外醒目。众人先猜了梨花，因为两旁是小海棠。应了"一树梨花压海棠"之虐语，但仔细分辨，又分明不是。直到花瓣染了粉红渐渐着叶，才恍然大悟，啊，樱花呀。

　　樱花是去年入园的新友。外面是大片大片金色油菜花，此起彼伏演绎一曲花田错，让人觉得春天的汪洋恣肆。牛在田间摆尾，祥和安宁触手可及，见惯霓虹闪烁，车水马龙的喧嚣。如今学校里一株两株樱花，让人生出玄幻感。伫立在它身边，颤动的花瓣拂过心头，如春风浩荡的夜生出暖意，有暗香盈怀。园子里就这样色彩缤纷，紫荆花一串串滚嘟嘟冒出来，碧桃疏枝横斜，一树写意，叶色花色与碧成对比。红继木恣意而毫不内敛。大朵月季像成熟妇人一样丰润红艳，海棠薄如蝉翼，楚楚动人，似少女般羞怯……春天来得晚，但花儿终究次第开放，明媚而生动。

　　晨起，孩子们跑完步，绕着跑道走着，有的径自伫立在花旁，呼呼喘息，洋溢着青春的朝气，那阵势分不清是人看花还是花看人。

　　暮夜时分，门前的南山着了暗色，秀水如带蜿蜒曲折，它们沉郁地环抱着这片田野间的学校。校园里灯火通明，打破山林寂静，仿佛蛰伏中不断蓄积着喷薄力量。

樱花是最魅惑的,夜幕给它披上一件迷人外衣。它们迎着光,向着光,深沉的背景上一朵一朵含绯吐蕊,小叶的绿是晶莹透亮,枝干像演奏家的手臂迎风舞动。镜头里便是一幅幅天然的花卉图,浓淡深浅,层次丰富。谁说红配绿俗气呢?它红得轻盈,绿得嫩泽,仿佛是着了春之梦衫。走近一点,抚摸着,格外轻柔,生怕稍用力便摧残。细细打量,花萼、花瓣、花蕊、花丝纤秀都叫人心柔软,一朵朵凝聚成"花团锦绣"。正如白乐天诗云:"小园新种红樱树,闲绕花枝便当游。"疫情防控期间,校园封闭,每日除了课堂,便在花间流连复流连。有风雨过后萎于地的,有含了苞开出花骨朵的,有悄然缀上新叶的,一边繁华一边凋零。真是:岁月有枯荣,人生有悲喜。

园内是花影鸟啁啾,外面是风声鹤唳的疫情。每日新增通报,城市、乡镇的街道,村口、路口空旷而寂寞。偶尔出去,过关卡显绿码加上通行证。比起2020年春节居家隔离,半月方得出门,似乎要严峻得多。虽然校园宽敞豁亮,但"一个地方待久了,人会委顿的。"不记得哪位作家这么说过。春天,人们不是充满着希望吗?看山看水看花看草,纵情天地而不羁。哪里像现在厮守一方,花落无声。孩子们在日记中写着"我要出去,我要回家"。曾经他们"像热恋的情人一样喜爱这花这草这园中的一切",多情倾诉与表白,现在也添了几分黯然。

唉,少年不识愁滋味,为赋新词强说愁?海棠惹人垂怜,樱花教人相思,最具傲骨的是碧桃,一枝枝春寒料峭中绽放,是陈师曾笔底的写意吧?洒脱无拘,灼灼凛然,向天怒放。围了操场,南边、北边、西边、东边,彼此像呼应的英雄联盟。风骨铮铮,与断枝石桃一样勇敢挺立。叶是深红,花是深红,梅色晕染。古人云桃木辟邪,莫不成经年沧桑可以做成碧血剑,刺天地之邪气,扬人间之正道?好一阵子我疑惑它的名字为什么叫"碧桃"。此刻树下仰首,简直像披上铠甲的巾帼不让须眉。据说她原本男儿身,只为寻找并凿开被神仙封住的桃源洞口,决心学艺。然而十里春风,十度桃花,瘦弱身子的他流干最后一滴血,化作一株碧桃,守着梦里桃源。无怪乎秦观词云:"碧桃天上栽和露,不是凡花数。"

"不是凡花数"的还有海棠,白日在跑道南边,对着校门,与紫荆为伍,色彩风姿迥异,是花美人。尤其是雨过后,雨珠挂在花瓣上,欲滴未滴,艳而不妖。夜间她在暗处,只有花影绰绰。东坡居士有诗"只恐夜深花睡去,故烧高烛照红妆",算是痴人一个。黄冈贬居五年,其间况味:孤独与寂寞,或许只有月知、花知,海棠解语。今夕何夕,时光流逝,"伯牙琴绝岂求知,往往情牵自有诗。"

夜色阑珊处,海棠依旧笑春风。它决不像园子外面的金色菜花与蓬勃绿草铺天盖地,令人蠢蠢欲动又长长叹息。

春天的力量也在树根与树梢之间滚涌,树们开始落叶,宿舍楼前小径满地缤纷。如果只是低头,你会疑心秋天脚步从未走远,或者说时光跳跃。新叶碧如翡翠,落叶红转深褐,它们在枝头上不约而同交换季节的密码。最先着上绿裙裳的是杜英,桂花树扬眉吐气甩掉老气横秋时,杨梅树还在红与绿之间挣扎,仿佛满怀酸楚……万物发轫,没有比生与死靠得更近的了,一切生长都是从死亡而来。落叶漂泊,新叶枝梢,孩子们不遗余力清扫落叶,清扫死亡的气息。

穿过球场时,会遇见古樟,一株有风骨的独立的老树,经历无数次激越与萌动的对决之后,仍然郁郁葱葱,枝繁叶茂。拾级而上,你会被它彻底征服的。青苔染上石栏,树干遒劲苍老,恍如岁月深处的手臂,冠盖如新,有力地护卫着这一隅。它是幸运的,一次次清除白蚁后,焕发出无限生机。不像河畔的老友,河道疏浚时轰然倒下,庞大的根系被锯断,露出年轮的伤口,不忍再看。

我们习惯了阅读林梢的光芒,习惯了树木挺立的姿态。当原生态的丛林荆棘离我们远去,需要一个堂而皇之的理由。一千多棵树木倒下,其实没有一千多种理由倒在欲望的沟壑间。时光静寂,无数次呐喊"我要出去,我要出去",而脚步一次次牵绊回转的,或许就是这草木的力量、静寂的力量。

二月桃始夭,海棠解,紫荆繁,樱花饰其靥,梨花溶,李花白。明代程羽文《花月令》改动一下。我相信,鸟比我们更珍惜花朵与木叶。四季循环衔接,而我们总是在奔跑,少有沉静的光阴与草木同呼吸,与花朵共凝神。

# 行走剑邑

　　提笔之时，眼前浮现一个个村庄，一条条街巷。从河西到河东，从乡村到城市，从春夏到秋冬。二千八百平方公里的丰城，有着悠久的历史文明，每个人都在以自己独特的方式行走，去触摸这片土地的温度，去感受它来自岁月深处的回响。

　　2015年5月到9月，秀水河畔桥东更新村，东昌高速公路修建时，考古发现新石器寨上遗址：江西省少见的史前环壕聚落。外有城墙壕沟，内有陶器石器。它们制作精细，充满无限神秘，被打开又被重新封闭。距今五千多年，也就是说我们的生命原点，在沉寂中历经殷商周……唐宋元明清的洗礼。那该是怎样漫长的时光濡染，大象无形，大音希声，它们像朴实的父老乡亲一样，隐忍而沉默。只有秀水河日日夜夜依旧在身旁潺潺流淌，只有山村炊烟依旧在天地之间袅袅升起。

　　其实从来就不要想起也不会忘记，养育我们的天地给了生存基座，也给了我们文化基座。像每个少年最初梦想一样如诗如画，总是希望离原乡很远很远。直到双脚行走，翻开一个个村庄的前世今生，读到它们颠沛流离辗转变迁史，这片土地的底色在心中盘桓，日复日才厚重起来。

　　晋穆帝升平四年（360年）二月间，凤将九雏飞落于丰城：翱健冲霄，羽丰凌汉，锦文旋彩……头摩天，尾掷地……那是何等奇异而吉祥！凤凰山距县三十五公里，即楮山之南。一千八百多年过去，人们加之所有美好想象，赋以山色苍翠，赋以原野苍茫，赋予丰城瑰奇色彩。

　　同样亦是楮山，更承载着淡泊以明志、宁静以致远之典故。东汉徐孺子

(97—169年）隐居在楮山智度寺，"大树将颠，非一绳所维，何为栖栖不遑宁处？"乱世纷争，无法力挽狂澜的徐孺子选择了楮山，抑或说楮山收留了一位沉潜高士。他设帐授徒用平生所学教化地方宁静，夜不闭户，又多次征召而不就。与师友讨论学问，则惺惺惜惺惺。彼升官则断往来，彼离世又去祭吊……他总用最决绝最温情的背影牵动着后来追随者。生刍一束，其人如玉。他的行为不正是丰城人重情重义最真实写照吗？即便动荡如斯，仍然光照千秋。无怪乎王勃在《滕王阁序》中高吟："物华天宝，龙光射牛斗之墟；人杰地灵，徐孺下陈蕃之榻。"

每个地域都有属于自己的灵魂密码，就像窑火不熄成为瓷都的名片。丰城是以剑闻名的城市，乡以剑乡，江以剑江，邑以剑邑，人以剑称，自然，没有剑气就没有丰城。"剑者，兵之君也"，剑气，首先就是担当、责任。如果说徐孺子以隐者方式遁迹山林为楮山打下精神烙印，那么有史记载的第一位县令雷焕则为丰城这片古老的土地挖掘出宝剑的英雄之气。

丰城有幸，公元3世纪，西晋雷焕来到豫章做富城令，他废除霸道，施行仁德，谦和待人，主政宽厚，营造了良好的政治生态环境。他是百姓的福音，不仅如此，而且不负好友司空张华重托，在狱基下挖到龙泉、太阿这对雌雄宝剑，天上不复紫气盘桓，他以自己的践行化解了隐秘的忧虑，从而出色完成使命。当然，他的学问成就远不止于此，他因仕安家，之后见贾后专政，元康九年（299年）又挂冠而去，结庐仙林观。在他的身上，我们看到了儒家道家思想完美结合的诠释。自此，从晋到唐宋时期，剑池名动天下，妙笔如林，剑气就这样浩浩乎贯注进丰城人的血脉中。

剑之道，是气之道，是生之道，是无私无我而长生不老。行走在这片土地，在百姓的宗教里，你可以看到无处不在的供奉的丰城保护神——傅祈将军。祥符五年（878年），王仙芝、黄巢作乱，所到之处生灵涂炭。攻破洪州南昌过丰城境，傅祁为救家乡百姓于水深火热中，遂领五百义士揭竿而起，终因寡不敌众牺牲，所率将士无一屈膝求生。那一个个忠烈英魂，何尝不是铁肩担道义，舍身成仁之丰城精神最本真体现呢？

当然，论及剑气，侠肝义胆，我们更不可能绕过意气沛然的书生，绕过书院文化。龙光书院分量已远远超过它的实际功用。它是一种象征，丰城精神的文化内核自然也离不开它的启迪。北宋陈瑞慨然献家产，捐剑池、义田五百亩，创义学。尤为虔诚的是绍兴二年（1132年）四月的春天，千里迢迢"走东鲁（山东）孔庙脱真圣像归祀书院"，开化风气训迪学子，教诲四方学者，震撼宋高宗，亲嘉其义，御赐其名"龙光书院"，就这样将剑文化与书院文化交融贯汇。

剑以文名，文因剑气多了慷慨义举，亦多了啸然意趣。之后理学家朱熹在龙光讲学三月，与书院有不解之缘，与理学先贤盛温如更是君子情长，临分别时立于巷口的"心送"则是最好的注脚。这一片热土，多少先贤用孜孜不倦的深情穷究"义理学问"，探寻生命意旨。他们不仅学问立身，更以仕途拯济苍生。不说唐之王季友，宋之姚勉，明之朱善等名臣大儒，单是沿着槎水，由赣江滔滔汇入历史河流，河上仍星星点灯闪烁无数光芒。他们或以布衣传道如周谞，或以诗名志如陈杰，或以史著汗青如揭傒斯，或抗倭报国如邓子龙，或杀身取义如黄端卿……他们受尽磨难百折而不挠，不顾功利得失，义无反顾，一代又一代，丰富"义"之内涵，从民族大义到社会道义，到为民情义等等，从而成为丰城精神高地。

文能提笔安天下，武能上马定乾坤。也许你叹息丰城过去未有这方面的杰出代表。我们发展缓慢，我们步履蹒跚，我们试图将散落的珍珠串联成昂扬的主旋律。时代在呼唤，我们在呼唤：每个丰城人都"义不容辞"肩起责任，以"人人为我，我为人人"之精神去改变创新，去锐意进取。提起杂乱破旧的火车站我们痛心；举目新城老城找不到几家书店我们纠结；驱车二千八百平方公里看不到创意成熟的旅游去处我们悲哀；一次次偏离经济打造中心刺痛我们的神经，但这片广袤的土地从来就不乏义重情深。

出则兼济天下，归则反哺桑梓，商帮文化一直都在绵亘不息地回馈，温暖着游子心中的母体。从过去的修桥铺路，到今天的教育慈善，公益助学，我们更感受到情义无价。有形的是物质，无形的是精神。桥东上南山徐良喜创立的"武汉欧亚达控投集团"，为家乡兴办学校，助力扶贫，十几年来投资四千多万元而不辍，奏响"教育兴国、造福家乡"的最强音。同样，胖叔年年如是为学子送温馨,助力丰城教育强市。丰城人重"情"重"义",随着时代发展,已经在不断拓展崭新的内涵。

不带"江湖义气",不再"任侠使气",剑气升腾,化作胸中正气,成为滋润心田的暖流,让我们每一个人多一份担当。勇争先,敢作为,做家乡发展的推动者、实践者。让"剑气"在这片厚重的土地上继续传承、弘扬……